KB234978

산호새의 비밀

산호새의 비밀

천재 변리사의 죽음

이 태 훈 장편소설

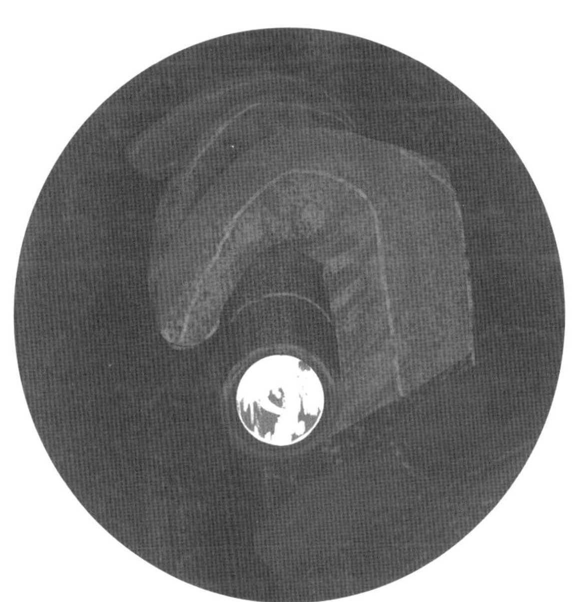

MONGSIL BOOKS

산에는 호랑이도 살고 새도 사네

만난 자는 반드시 헤어지며,
태어난 자는 반드시 죽는다.

강민호는 밀린 업무를 하느라 정신이 없었다. 월말도 아니고 독촉하는 클라이언트가 없는데도 일은 늘 밀렸다. 특허사무소의 대표 변리사로서 결정해야 할 일도 많았고 당장 회신해야 할 이메일도 쌓여 있었다. 메일이란 놈은 읽은 즉시 처리하지 않으면 자기 복제를 한 것처럼 다음 날은 백여 개로 늘어나 있기 마련이었다. 조금만 늑장을 피우거나 미루다 보면 나중에는 메일 더미 속에 쓰레기처럼 파묻혀 버리곤 했다. 그러다 보면 가끔은 중요한 메일을 놓쳐 버리게 되고, 다음날은 어김없이 클라이언트의 날선 항의가 날아들었다. 그래서 늦은 밤 시간이라도 메일을 일일이 열어 보고 버릴 것은 쓰레기통에 버리고, 중요한 일은 즉시 답장을 보내 버려야 했다. 그래야 마음을 놓고 퇴근할 수 있었다.

직원들은 모두 퇴근을 했고 사무실 불이 꺼진 지는 이미 오래였다. 강민호는 머그컵에 남아 있던 반쯤 식은 커피를 인상을 찌푸리며 마셨다. 입안이 텁텁했다. 낮에 블랙커피를 많이 마신 터라 고민하다 우유를 좀 탔는데 원하는 맛이 나지 않았다.

흘낏 고개를 들어 벽에 걸린 시계를 보았다. 시침이 힘겹게 새벽 두 시를 넘어가고 있었다. 기지개를 켜며 입이 찢어질 듯 큰 하품을 한 그는 하루 종일 혹사당해 파랗게 질려 있는 컴퓨터를 껐다. 남아 있는 메일들은 내일 처리해도 될 것처럼 보였다. 그렇게 보였다기보다는 그렇게 생각하고픈 마음이었다.

체력이 방전된 지는 이미 오래였다. 무작정 책상에 오래 앉아 있는 게 능사는 아니었다. 일이란 적당한 휴식을 병행할 때 효율성을 극대화시킬 수 있었다.

내일을 생각해야지. 강민호는 혼잣말로 중얼거렸다. 내일도 이만큼의 일을 처리해야 한다면 오늘은, 아니 이미 내일이 와버렸지만 이쯤에서 하루를 끝내야 했다. 나는 기계가 아냐. 나도 숨을 쉬고 싶어. 그는 다시 중얼거리며 자석처럼 엉덩이에 붙어 있던 의자를 밀치고 일어났다. 의자는 빙글빙글 돌아 뒷벽에 부딪혔다. 그는 옷걸이에서 겉옷을 꺼내 들고 지갑과 휴대폰을 챙겼다. 머리가 터질 듯이 아파 왔다.

사무실을 나온 강민호는 출입구 보안 인식기에 카드를 대고 퇴근 표시를 했다. 회사 대표니까 굳이 퇴근 표시를 안 해도 되지만 조직을 운영하다 보면 형식적으로 해야 하는 일도 있는 법이었다. 직원들도 대표가 새벽까지 일하는 걸 알아야 했다. 출퇴근 기록은 월말에 근태 관리를 위해 지원팀 진 과장이 정리를 할 것이고 강 대표가 새벽 두 시에 퇴근했다는 사실은 알음알음 직원들에게 전파될 것이다.

강민호는 문이 닫혔는지 꼼꼼하게 확인했다. 특허사무소가 밀집되어 있는 강남 쪽으로 사무실을 옮긴 건 작년이었다. 성남에서 강남으로 옮기면서 개인 사무소에서 특허법인으로 전환했다. 직원들도 신이 났고 그도 어깨가 저절로 올라갔다. 드디어 성공의 반열에 올라선 듯했다.

친구인 송호성 변리사는 규모도 작고 돈벌이도 시원찮았지만 일찌감치 강남에 자리를 잡고 있었다. 허름한 사무소여도 명함에는 강남구라는 주소가 번듯하게 박혀 있었다. 친구가 일하는 곳은 5층짜리 낡은 건물이었다. 임대료가 싼 곳을 찾아다닌 결과였다. 강민호는 일부러 보란 듯이 송호성의 사무실 바로 옆 신축한 빌딩에 둥지를 틀었다.

통유리로 출입구를 만든 건 백번 생각해도 잘한 일이었다. 일하는 모습이 외부 사람들에게까지 고스란히 드러나게 된 지원팀 직원들은 불만스러운 표정을 지었지만 드러내놓고 말을 꺼낼 수는 없었다. 회사가 법인으로 전환되었지만 여전히 특허법인 강의 대표는 강민호였다. 그런 결정이나 권위가 싫다면 스스로 떠나야했다.

아래에서 은은한 불빛이 아지랑이처럼 위로 올라와 회사 로고를 비추었다. 특허법인 강. 명판 위에 돋을새김으로 새겨진 회사 이름은 비취색 보석처럼 빛났다. 회사 로고는 푸른색 강물 같은 이미지였는데 조명의 움직임에 따라 춤을 추듯 낯선 공간에서 이리저리 흩어졌다.

강민호는 만족스런 웃음을 머금은 채 승강기에서 내려 주차장으로 향했다. 지하 6층 주차장에는 단 한 대의 차가 주차되어 있었다. 그동안 너무 오래된 차를 타고 다녔다고 아내가 법인 기념, 강남 진입 기념, 생일 기념으로 사 준 최신형 자동차였다. 물론 아내가 결제한 건 아니었다. 아내가 차를 사라고 허락해 준 게 바로 선물이었다.

시동을 켜자 잔잔한 음악이 기다렸다는 듯이 흘러나왔다. 클래식을 딱히 좋아하지는 않지만 아내가 피로 회복에 좋다면서 바이올린 CD를 구해 놓았다. 파가니니의 곡이었는데 가슴을 아련하게 하는 연주가 들을 만했다. 바이올린 선율을 타고 빙글빙글 지하를 돌아 겨우 지상으로 나왔다.

드문드문 불 켜진 사무실이 보였다. 다 그런 건 아니지만 대부분의 특허사무소 직원들은 칼퇴근을 했다. 나이든 직원들이 퇴직하고 생긴 빈자리를 채운 젊은 직원들은 돈보다 삶의 질을 더 원했다. 야근을 강요하면 얼마 안 있어 사직서를 들고 왔다. 특허업계라는 곳이 정글 같은 전쟁터인 건 여전했지만 그건 임원과 경영자들이 치러 내야 할 숙제였다. 사원들은 월급이 조금 적더라도 일하기 편한 곳을 찾아 철새처럼 옮겨 다녔다.

특허사무소는 이직률이 꽤 높은 편에 속했다. 이제 평생직장으로 한곳에서 오래 일하는 사람은 오히려 바보처럼 여겨지는 시대가 되었다. 젊은 친구들은 조금 일하다 경력을 내세워 다른 곳으로 옮겨 갔다. 그것이 자랑거리였고 주된 대화 주제였다. 잡코리아나 인쿠르트 같은 채용 정보 사이트에서 '특허'를 키워드로 넣으면 수많은 특허사무소의 구인 게시글이 수 초 만에 화면을 까맣게 점령했다. 결국 특허사무소는 전체적인 평균 연령이 낮아지면서 자연스럽게 정시에 퇴근하는 분위기가 자리를 잡게 되었다.

문제는 넘쳐나는 일이었다. 특허사무소가 자선 사업 단체도 아니고 수익을 내야 하는 회사다 보니 전문적인 경영 수업을 받은 적이 없는 변리사들은 땀을 뻘뻘 흘리며 동분서주해야만 했다.

특허는 특히 날짜가 중요했다. 모든 특허의 행정 서류는 송달 받은 날을 기준으로 답변을 보내야 하는 날이 정해진

다. 결국 날짜를 지켜야 하는 급한 일은 나이가 많아 이직이 두려운 고령의 직원과 책임을 맡아 월급을 쥐꼬리만큼 더 받는 팀장 그리고 경영을 책임지고 있는 임원들의 몫이 되었다. 그렇다고 해도 새벽 두 시까지 남아 일하는 곳은 없었다.

가끔 밤을 새우는 일이 생기기도 했지만 대부분은 술을 찾아, 가족을 찾아 일찍 사무실을 떠났다. 어쩔 수 없이 마지못해 불을 밝히고 있는 사무실에서는 직원들의 하얀 한숨이 새벽처럼 새어 나왔다.

오른쪽으로 천천히 운전대를 돌리던 강민호가 갑자기 브레이크를 밟았다.

"어, 아직 송변이 일하고 있나?"

이름도 촌스러운 소나무 특허법률사무소 간판은 건물 외벽에 위태롭게 걸려 있었다. 그리고 간판 바로 옆, 친구인 송호성 변리사가 일하는 사무실에서 희미한 불빛이 새어 나오고 있었다. 강민호는 차에서 내려 빠른 걸음으로 건물 안으로 들어갔다.

처음 있는 일이었다. 체력이 약한 호성이가 일 때문에 새벽까지 남아 있다니. 송호성은 어릴 때부터 유난히 잔병치레가 많았다. 그의 아내 최은주도 옆에서 잘 지켜 달라고, 8시 이전에는 꼭 집으로 보내 달라고 신신당부를 했었다.

송호성은 말 잘 듣는 남편이 되어 술을 마시다가도 8시가 되면 신데렐라처럼 벌떡 일어나 집으로 향했다. 친구들은 그런 그를 두고 호랑이 아내를 무서워하는 겁쟁이라거나, 절세가인인 아내 때문에 양기를 다 뺏긴다며 뒤에서 수군거렸다.

강민호는 4층까지 뛰어 올라갔다. 너무 급하게 뛴 탓에 거대한 몸은 순식간에 땀을 비처럼 쏟아 냈다. 호흡을 가다듬으며 빛이 새어 나오는 사무실을 들여다보았다. 문은 잠겨 있어 안으로 들어갈 수는 없었다. 빛은 새어 나왔지만 인기척은 없었다. 한참을 기다려 봤지만 아무런 움직임이 없었다. 사람이 없는 게 분명했다.

사무실 불을 켜놓은 채 호성이는 어디로 갔을까. 복도는 에너지를 절약한다며 군데군데 전등을 켜 놓고 있었다. 음산한 복도는 정적만 가득했다.

무슨 일이 생긴 걸까. 강민호는 휴대폰을 꺼내 송호성과 통화를 시도했다. 신호는 계속 갔지만 전화를 받지 않았다. 알 수 없는 불안한 기운이 그를 한차례 휩쓸고 지나갔다. 집으로 전화를 걸어 볼까 생각했지만 너무 늦은 시간이라 그만두었다.

"요즘 많이 힘들어."

최근 송호성은 강민호 앞에서 힘들다는 말을 자주 했었다. 강민호와 송호성은 막역한 친구지만 업무적인 관계로는 만남을 가질 수 없게 되어 있었다. 두 특허사무소의 클라이언트 기업이 서로 경쟁 관계다 보니 기업에서 자사 기술의 비밀 보호를 위해 그런 조건을 내걸었던 것이다.

변리사는 기업들이 세상에 제품을 내놓기도 전에 기술에 대한 설명을 가장 먼저 듣게 된다. 그리고 이를 독점적이고 배타적인 권리로 사용할 수 있도록 특허 등록 작업을 해준다. 그런데 만약 경쟁 관계에 있는 두 기업이 같은 특허사무소에 특허 의뢰를 하면 어떻게 될까. 이럴 경우 특허사무소는 경쟁 관계에 있는 두 회사를 동시에 고객으로 받아들이지 않는다. 나중에 두 기업이 그 사실을 알게 될 경우 기업은 자신들의 기업 비밀이 상대기업에게 유출되었다고 추정하고 특허사무소를 떠날 수 있기 때문이다.

당장 눈앞의 수수료를 위해 서로 경쟁 관계에 있는 두 회사를 모두 클라이언트로 만드는 건 가장 어리석은 처사다. 어디에도 법으로 명시된 건 없지만 그 룰을 지키는 건 특허 업계가 기업들의 불안을 해소시켜 주고 그들의 신뢰를 얻는 가장 기본적인 사항이었다. 그래서 사무소 직원들도 모두 보안을 철저하게 지켰다. 그렇지만 경쟁 기업의 일을 맡은 특허사무소 변리사와 아예 만나지도 못하게 요구하는 것은 지나친 처사였다. 윤리는 자율적으로 지켜질 때 빛을 발하지 않던가. 하지만 A기업은 송호성에게 이를 끈질기게 요구했다. 구체적으로 강민호 변리사와 만나지 않겠다는 확약을 해달라고 했다. 그렇지 않으면 특허 출원 사건을 맡기지 않겠다고 했던 것이다.

송호성은 어이가 없고 자존심도 상해서 사건을 맡지 않으려고 했었다. 어떻게 친구와 얘기도 하지 않고 지낸단 말인가. 하지만 사건을 수임하지 않으면 당장 직원들 월급도 주기가 어려운 처지였다. 강민호도 옆에서 송호성을 부추겼다. 우리야 집도 가까우니 집에서 만나면 되지 않느냐. 회사를 먼저 생각하고 직원을 먼저 생각하라고 했던 것이다. 며칠을 고민하던 송호성은 결국 돈 앞에 무릎을 꿇었다. 그는 A기업에 직접 전화를 걸어 사건을 맡겠다고 했다.

"미안해. 이렇게까지 하면서 일을 맡고 싶진 않은데, 알잖아. 요즘 통 일이 없었던 거."

"그게 뭐가 미안하냐. 괜찮아. 기업 비밀만 지켜 주면 되지. 그 사람들이 우릴 24시간 감시할 것도 아니고. 우리야 집에서 만나면 되지 뭐, 그 사람들이 집까지 찾아와 감시하진 못할 거 아냐. 그리고 어차피 우린 일 얘기는 안 하니까. 괜찮아. 너무 걱정하지 마."

강민호와 송호성은 서로 집이나 집 근처 주점에서 회포를 풀었다. 물론 업무 얘기는 거의 하지 않았다. 그러다 얼마 전 둘이 만났을 때 송호성은 갑자기 고개를 떨구고 힘들다는 말을 꺼냈다. A기업 때문이냐는 질문에는 입을 다물었다.

"송변! 송호성!"

강민호는 땀을 훔칠 새도 없이 다시 1층으로 내려갔다. 불을 켜놓고 나간 거라면 잠깐 편의점에 갔을 수도 있겠다는 생각이 들어서였다. 사무실 주변 편의점은 딱 한 군데였다. 문을 열자 유리문 위에 매달린 방울이 새벽의 고요를 일시에 무너뜨렸다.

"어서 오세요.

아르바이트생은 젊은 남자 청년이었는데 새벽 시간인데도 지친 표정 없이 생글거리며 손님을 맞았다. 어디선가 본 것처럼 매우 친근했다. 하루에 한 번씩은 들르는 곳이니 낯이 익을 만도 했다.

"혹시 좀 전에 중년 남자 들어오지 않았나요? 여기 위 특허 사무실 송 변리사라고."

"아무도 들어온 사람은 없었는데……."

청년은 기억을 하려 잠깐 미간을 좁혔다. 그러다 화색을 하며 말을 이었다.

"아, 한 시간 전인가 담배를 사러 온 손님이 있었어요."

강민호는 휴대폰에서 송호성과 함께 찍은 사진을 찾아 청년에게 보여 주었다. 청년은 손가락으로 얼굴을 확대해서 보

16

더니 고개를 흔들었다.

"불빛이 밝아 기억하는데 담배 사러 온 사람은 아니에요."

강민호는 잠시 생각에 빠졌다. 어쩌면 A기업 대표일지도 몰랐다. 문득 그런 생각이 들었다. 하지만 그는 A기업 대표의 사진이 없었다. 물론 만나본 적도 없었다. 그래서 아르바이트 청년에게 확인할 방법이 없었다. 힘없이 문을 열고 편의점을 나가던 강민호는 무슨 생각이 들었는지 갑자기 몸을 돌려 청년에게 물었다.

"담배 사러 온 그 사람, 혹시 어느 쪽으로 갔는지 기억해요?"

청년이 한쪽 골목을 가리켰다.

강민호는 얼굴을 찡그렸다. 저 골목은 또 뭔가. 음습한 골목이었다. 편의점에서 발산되는 빛에 골목은 초입 부분만 희부연 노출을 허락하고 있었다. 골목은 다른 골목으로 이어지지 않고 막혀 있었다.

강민호는 조심스레 골목 안쪽으로 한 발 다가갔다. 강철 같은 그였지만 심장이 벌렁거리는 것을 막지는 못했다. 편의점에서 발산하는 빛이 미치지 않는 골목은 돌연 어둠에 휩싸였다. 강민호는 골목 형상이 눈에 들어오도록 빛과 어둠의 경계에 한참 동안 서 있었다.

얇게 뜬 눈이 어둠에 익숙해지자 지린내가 사방에서 흘러
나왔다. 얼굴을 찡그리고 코를 감싸 쥐었다. 그때 멀리 누군
가 쓰러져 있는 것이 눈에 들어왔다. 어둠 속으로 한 걸음
더 내딛었다.

피 냄새가 어둠처럼 급하게 몰려왔다.

늪에 빠질 땐 힘을 빼야 한다.

김태근은 정수기에서 찬물을 받아 벌컥벌컥 들이켰다. 아침부터 따가운 햇살이 창살을 파고들었다. 강남이 자질구레한 사건과 사고들이 많이 발생하긴 해도 살인이 자주 일어나는 구역은 아니었다. 그런데 작년 '묻지 마 살인 사건' 이후 처음으로 강남 역세권에서 살인 사건이 발생했다.

강남 지하철역 12번 출구로 나와서 국기원을 지나 더 가다 보면 특허청 서울 사무소가 나온다. 예전에는 이곳이 특허청 역할을 했지만 이제 특허청은 대전 정부 청사로 내려갔다. 특허를 심사하던 심사관들도 모두 대전으로 내려갔다. 서울에 특허청이 있을 때는 빈 사무소만 생기면 어김없이 특허사무소가 들어설 정도로 특허업계는 호황을 누렸었다.

지금은 그 영화가 많이 사라지긴 했지만 강남역은 그래도 여전히 특허의 도시였다. 서울에서 특허사무소를 연다 하면 사람들은 으레 강남을 떠올렸다. 특허청 서울 사무소가 강남에 있기 때문에 아직 많은 사람들이 이곳을 방문해 특허 일을 처리하기 때문이었다.

특허사무소들은 대부분 특허청 서울 사무소 맞은편, 강남역 1번 출구 골목에 자리를 잡고 있었다.

살인으로 추정되는 사건 신고가 들어온 곳은 1번 출구에서 멀지 않은 곳에 있었지만 대로변이 아니라 골목 안쪽으로 한참 들어와 있어 큰길에서는 잘 보이지 않았다. 게다가 막다른 골목이었고 가로등도 없었으며 CCTV에서도 한참 떨어진 곳이었다. 범죄 현장은 완전 범죄가 성립될 수 있는 가장 완벽한 조건을 갖춘 곳이었다.

피해자는 새벽에 음식물 쓰레기를 수거하는 환경미화원에 의해 발견됐다. 중년의 남자는 날카로운 칼로 추정되는 흉기에 찔려 출혈 과다로 사망했다. 소지품이 그대로 남아 있었기 때문에 피해자의 신분은 금방 밝혀졌다. 그는 인근 소나무 특허사무소의 대표인 송호성 변리사였다.

시신을 확인하러 온 배우자는 싸늘한 시신으로 변한 남편을 보고 그 자리에서 실신하고 말았다. 특허사무소가 밀집된 강남에서 변리사가 살해되자 특허업계는 발칵 뒤집혔다.

변리사란 특허를 전문적으로 다루는 사람으로 소위 '사'자 달린 전문직에 속했다. 변호사는 법만 알아도 되지만 변리사는 기술과 법을 모두 알아야 했다. 그래서 이공계 출신이 많았다. 변리사가 되기 위해서는 고시 수준의 변시라는 시험을 치러 1차와 2차를 통과해야 했고 경쟁률도 매년 엄청났다.

변리사는 특허법을 통해 기술을 다루는 기술 변호사라고 생각하면 이해가 쉽다. 강력반에 갓 들어온 조 형사는 변리사가 병아리 감별사 아니냐고, 강남에 병아리 감별소가 있었냐고 엉뚱한 질문을 해댔다.

김태근은 지갑과 신용카드가 그대로 있는 점으로 보아 단순 강도는 아닌 것으로 판단했다. 단순 강도가 아니라면 대부분의 경우 내연 관계에 의한 치정 살인극일 가능성이 높았다. 게다가 변리사라는 직종은 9년 동안 변호사를 제치고 전문가 고소득 1위를 차지하지 않았는가. 그렇다면 어딘가에서 돈을 보고 날아든 여자가 분명히 있었을 것이다. 자본주의 세상이란 그런 것이다. 돈 따라 움직이는 세상. 그것이 권력이 되고 힘이 되었다. 경우에 따라선 모범 답안이 되거나 정답이 되기도 했다. 그리고 돈은 모든 문제의 시작이었다. 어디선가 돈 냄새가 났다. 김태근은 코를 킁킁거리며 서류를 뒤적거렸다. 그 냄새를 쫓아가야 한다.

김태근은 지끈거리는 머리를 누르며 지금까지 수집한 정보를 정리해 보았다. 송호성이 쓰러져 있던 골목 주변의 한 가정집 주인은 음식물 쓰레기를 뒷문으로 밤 10시경 내놓았는데 골목에는 아무런 이상한 점도 없었다고 했다. 그 뒤 바로 잠을 잤는데 밤새 아무런 소리도 듣지 못했다고 진술했다. 피해자의 카드 사용 내역을 중심으로 주변 술집과 식당을 탐문했지만 그와 내연 관계라고 의심할 만한 사람은 발견되지 않았다.

회사 직원들과의 개인 면담에서도 내연 관계로 의심되거나 원한을 가진 사람은 없었다. 모든 직원이 그의 죽음을 끔찍하게 슬퍼했다. 마치 이상한 종교 집단의 교주를 대하는 듯했다. 직원들은 삶의 희망과 의지를 모두 잃어버린 듯했다. 그를 추앙하고 존경했으며 범인을 잡기 위해서라면 불구덩이에라도 뛰어들 것처럼 보였다. 다만 들어온 지 얼마 안 되었다는 수습 변리사만 정신이 말짱했다. 선우혜민 변리사는 대학을 졸업하자마자 변리사 시험에 합격한 수재였다. 변리사라는 게 대학 기말고사 보듯 공부한다고 뚝딱 자격증을 얻을 수 있는 직종이 아니었다.

그녀는 수습 중이긴 해도 사무실에 혼자 남겨진 변리사여서 그런지 회사 일을 처리하느라 정신이 없어 보였다. 회사 대표가 죽어 모두 망연자실한 상태에서 그녀 혼자 사무실 일들을 야무지게 처리하고 있었다. 그녀는 오히려 슬퍼할 시간이 없어 보였다. 아니면 같이 일한 기간이 얼마 되지 않아 다른 직원만큼 깊은 정이 안 들었을 수도 있다.

주변 이웃과 친척을 통해 확인한 결과 송호성은 아내와도 특별한 문제가 없었던 것으로 나타났다. 그러나 사건은 홀로 일어나지 않는 법이다. 김태근은 그걸 알고 있기에 지금 나타난 결과를 보고도 크게 실망하지 않았다. 백 퍼센트 묻지 마 범죄가 아닌 이상 사건은 인과 법칙을 철저하게 따른다.

범죄에 사용된 흉기는 현장에서 발견되지 않았다. 칼이 발견된 곳은 사건 현장에서 얼마 떨어지지 않은 휴지통 속이었다. 경찰은 주변 휴지통을 이 잡듯 뒤졌고 식당 뒤 음식물 쓰레기통까지 구석구석 헤집고 다녔다. 칼은 강민호의 사무실이 있는 건물 1층 쓰레기통에서 발견되었다. 환경미화원이 쓰레기를 막 비우려던 참이었다. 경찰은 비닐을 뚫고 나온 칼날을 발견했고 즉시 수거했다. 칼은 과일 깎는 과도처럼 자그마했고 아직 새것인 양 사용 흔적이 별로 없었다. 감식반에 의뢰한 결과 칼 손잡이에서는 아무런 지문도 발견할 수 없었다. 다만 칼끝에 묻어 있던 혈흔은 송호성의 피와 동일한 것으로 나타났다. 처음으로 범죄 증거물이 확보된 셈이었다.

현재까지 가장 유력해 보이는 용의자는 강민호 변리사였

다. 주변 탐문 결과 피해자와 가장 친한 친구였으나 최근 피해자와 심하게 다퉜다는 증언을 확보했다. 김태근 반장이 강민호를 만나 사건 당일 밤 시간의 알리바이를 물었을 때 그는 기억이 잘 나지 않는다며 정확한 대답을 하지 못했다. 알리바이가 명확하지 않다고 다 용의자가 되는 것은 아니지만 그에게는 의심스러운 부분이 많았다. 김태근 반장은 강민호를 한 번 더 만나 보기로 했다.

강민호는 동료 변리사들의 화환이 엄숙하게 진열된 장례식장에 상주처럼 앉아 있었다. 송호성의 아이들은 아직 어렸다. 아내 최은주는 송호성과 늦은 나이에 결혼했다고 했다. 그녀는 갑자기 닥친 날벼락 앞에 초점 잃은 눈으로 허망하게 허공을 응시하고 있었다. 얼마나 충격이 컸을지 짐작이 갔다.

김태근은 강민호에게 잠깐만 시간을 내달라고 했다. 둘은 근처 카페로 자리를 옮겼다. 강민호는 며칠 밤을 새운 것처럼 다크서클이 눈 아래 진하게 내려와 있었다. 그 역시 더 이상 살아갈 의미가 없다는 듯 허망한 표정이었다.

김태근은 가해자이면서도 피해자처럼 행동하는 사람들을 많이 보아 왔다. 자신이 저지른 범죄 현장에 구경꾼처럼 나타나는 경우도 있었다. 사람 얼굴만으로 그가 범인인지 아닌지 판단할 수는 없었다. 강민호는 피해자에게 가장 마지막에 전화를 건 사람이었다. 그는 새벽 두 시가 넘어서 송호성에게 전화를 걸었고, 송호성은 두 시에서 세 시 사이에 칼에 찔려 사망했다.

"힘드실 텐데 시간을 내주셔서 감사합니다."

김태근은 강민호의 눈을 보며 악수를 청했다. 악수할 생각이 없었던 강민호는 얼떨결에 손을 내밀었다. 김태근은 악수를 하면서 손에 전해지는 진동을 통해 그가 심하게 떨고 있음을 알아차렸다. 좋은 징조였다. 용의자와 악수를 하면서 상대의 심리 상태를 파악하는 건 김태근의 전매특허였다. 그는 상대가 얼마나 긴장하고 있는지, 긴장 강도에 따라 용의자에 얼마나 가까운지를 직감적으로 파악했다. 강민호는 단순한 긴장과 두려움의 상태를 넘어서는 수준에 해당했다. 무언가를 숨기고 있을 때 나타나는 수준이었다.

"다름이 아니라, 사건이 발생한 당일 강 변리사님 행적이 다소 명확하지가 않아서요."

"제가 용의자인가요?"

강민호가 깜짝 놀라 의자에서 벌떡 일어났다. 앉아 있을 땐 몰랐는데 덩치가 상당했다. 테이블이 심하게 흔들렸다.

김태근은 양손으로 급하게 테이블을 붙잡았다.

"아, 아닙니다. 그런 건 아니고, 원래 피해자 주변 분들에 대해 사건 당일 모든 알리바이를 확인하는 건 기본입니다."

"아, 네."

강민호는 알 듯 모를 듯 얼굴을 찌푸리며 다시 앉았다. 좁아 보이는 의자 팔걸이를 두 손으로 꽉 붙잡았다.

"너무 긴장하지는 마십시오. 으레 하는 형식적인 절차입니다."

김태근은 강민호에게 눈웃음을 지어 보였다.

주문한 아이스커피가 얼음 가득한 머그컵에 담겨 나왔다. 강민호는 커피를 받자 냉수를 마시듯 단숨에 들이켰다. 퀭하게 들어간 눈에는 온 핏발이 항거하듯 서 있었다. 그는 컵에 담긴 사각 얼음을 손으로 집어 입에 넣고 아득아득 씹었다. 얼음 깨지는 소리가 입안에서 사방으로 흩어져 나왔다. 많이 피곤해 보였다. 그리고 조금 안정을 찾은 듯했다.

"변리사님이 사무실에서 나온 시간은 정확하게 새벽 2시 10분입니다. 이건 출입문 지문 인식 시스템에 찍힌 거니까 정확하지요. 그리고 집에 도착한 시간은 3시 반경이라고 들었습니다. 물론 이건 정확하지가 않습니다. 사모님이 잠결에 뒤척이다 시계를 봤다고 했고, '3시 반인데 이제 왔어,' 라고 물었다고 했으니까요. 변리사님도 이 부분에는 이의가 없으시죠?"

"네. 너무 피곤해서 들어오자마자 쓰러져 잠이 들긴 했습니다만, 새벽 3시 반 얘긴 들은 것 같습니다. 제가 직접 확인한 시간은 아닙니다.”

“맞습니다. 새벽 3시 반이라는 시간은 변리사님이 직접 확인한 시간은 아닙니다. 사모님이 한 말이지만 잠결이어서 정확하지 않을 수도 있습니다. 하지만 침실 정면에 시계가 걸려 있고 사모님이 시간을 정확하게 기억하고 있으니 거의 비슷한 시간일 거라고 짐작됩니다. 그날 시계가 고장 난 것이 아니라면 변리사님은 사건 당일 새벽 3시 반경에 집에 도착하셨을 겁니다.”

“네. 알겠습니다. 인정합니다.”

강민호는 다시 그날의 기억을 떠올려 봤지만 아내가 물었던 것도, 어떻게 잠이 들었는지도 잘 기억나지 않았다.

김태근은 틈을 주지 않고 말을 이었다.

“그런데 저희가 비슷한 시간에 차를 몰아봤습니다. 아시다시피 저희도 새벽 근무를 좋아하지는 않습니다. 그런데도 자청해서 새벽 근무를 했습니다. 그 새벽에 진짜 한 시간 반이나 걸리는지 궁금했거든요. 새벽은 교통량이 많지 않더군요. 강남역에서 여유 있게 움직였는데도 20분 정도 지나니까 변리사님 집에 도착할 수 있었습니다.”

김태근은 여기까지 말을 하고 강민호의 얼굴을 쳐다보았다. 강민호는 아무런 할 말이 없는 듯했다. 어쩌면 시간 개념이 없는지도 몰랐다.

"그러니까 제 말은, 강민호 변리사님! 당신은 2시 30분이면, 집에, 도착했어야, 한다는 겁니다."

김태근은 음절 하나하나에 힘을 주어 말했다.

"그런데 왜 3시 반에 도착한 겁니까! 한 시간이나 차이가 나는 이유가 뭡니까? 사무실을 나온 시간은 2시 10분인데, 집에 도착한 시간은 3시 30분입니다. 도대체 비어 있는 한 시간 동안 어디에서 무얼 했습니까?"

강민호는 그제야 정신이 번쩍 들었다. 형사가 자기를 왜 다시 찾아왔는지 뒤늦게 알아차렸다. 강민호는 다시 얼음 하나를 손으로 꺼내 입에 넣었다. 얼음 조각은 그새 녹아 반으로 작아져 있었다. 입에서 오도독 얼음 깨지는 소리가 들렸다. 얼음에서는 커피 향이 희미하게 났다. 부서진 얼음 조각 하나가 식도를 타고 빠르게 내려갔다. 얼음 조각의 질주는 위장 끝에 가서야 멈추었다. 대장은 어제부터 막혀 있었다. 대변을 보지 못한 지가 벌써 3일째였다. 날마다 하루에 한 번 이상은 황금색 변을 보던 그였다. 소화가 안 되어 속도 계속 더부룩한 상태였다. 강민호는 무의식적으로 배를 쓰다듬었다.

"그러니까 그게 저도 잘 모르겠습니다. 너무 피곤해서 그런지 아무런 기억도 나질 않습니다. 특별히 다른 곳에 들른 기억은 없어요. 그날 평소처럼 사무실에서 나와 그냥 집으로 간 것 같은데 한 시간 가량 늦게 도착했다고 하니 저도 이유를 모르겠습니다. 답답하네요."

강민호는 습관처럼 주머니에서 담배를 찾다 멈추었다. 아내에게 흡연 사실을 들키고 나서 다시는 피우지 않겠다고 약속한 게 한 달 전이었다. 끝까지 숨길 수 있었는데 잠시 방심한 사이 들키고 말았다. 그의 시선이 카페 천장 중간에 매달려 있는 커피 모빌에 멈추었다. 카페에서는 커피를 타고 남은 찌끼를 한지로 만든 예쁜 상자에 담아 천장에 매달아 놓고 있었다. 바람이 불지 않는데도 커피 향이 위에서 아래로, 오른쪽에서 왼쪽으로 흩어졌다. 커피 향은 노랫가락에도 연기처럼 흐르는 듯했다. 갑자기 스피커에서 바흐의 무반주 첼로 조곡이 탄식처럼 터져 나왔다.

김태근은 강민호의 눈을 주시했다. 얼굴은 답답한 표정을 짓고 있었으나 눈은 무언가 숨기는 것처럼 흔들렸다. 불안한 사람들이 보여 주는 전형적인 눈빛이었다. 김 형사는 이성보다는 직감을 믿는 편이었다. 그것은 오랜 경찰 생활에서 얻은 노하우였다. 지금 강민호는 알리바이를 숨기고 있다. 이때 강하게 밀고 나가야만 한다. 큼. 헛기침을 크게 했다. 아랫배에 힘을 주자 먹이를 향해 달려드는 맹수처럼 자신감이 생겼다. 그는 강민호의 눈을 정면으로 응시했다.

"이봐요, 강민호 씨!"

김태근은 힘을 주어 강 변리사를 '강민호 씨'라고 불렀다. 갑자기 호칭을 바꾸면 상대는 순간적으로 당황해 힘을 빼앗기고 만다. 공기의 흐름을 바꾸고 기선을 먼저 잡는 게 중요했다. 하지만 아직 존칭을 버리지는 않았다. 결정적인 증거가 나오기 전까지는 그가 방심하도록 변리사에 대한 예우를 갖춰 주기로 했다.

"기억이 안 난다고 유야무야 얼버무릴 일이 아닙니다. 몇 년 전 일도 아니고 고작 3일 전입니다. 어떻게 그날 일을 모를 수 있습니까? 아무리 피곤했다고 하지만 그건 납득할 만한 이유가 아닙니다. 만약 다른 분들의 알리바이가 모두 명확하다면 지금의 상황은 선생님에게 매우 불리할 수 있습니다."

강민호는 키가 190센티미터나 되었고 체격도 운동선수처럼 아주 좋았다. 그런 그가 마른 낙엽처럼 바람에 흔들리고 있었다. 양손으로 머리를 붙잡고 한숨을 내쉬었다.

"형사님. 저는, 정말 기억이 나질 않습니다. 제가 마지막으로 친구에게 전화를 했다는 것도 기억이 안 난다고요."

강민호의 목소리는 화가 난 듯했지만 오히려 촉촉한 물기가 배어 나왔다. 강민호는 미간을 좁히고 기억을 떠올려 보았지만 그날 일은 온통 희부옇기만 했다. 호숫가를 가득 채운 물안개가 바닥에서부터 올라와 눈앞을 하얗게 가리고 있는 것만 같았다. 기분 좋게 사무실을 나와 주차장으로 가서 자동차에 앉았던 기억까지는 분명했다. 그런데 그 다음부터는 시간이 갑자기 빨라져 다음 날 아침으로 넘어가 버렸다. 집에 돌아온 기억도, 아내가 잠결에 말을 걸었던 기억도 그의 뇌 속에는 들어 있지 않았다.

띠리리링. 벨소리가 울렸다. 김태근은 휴대폰을 꺼내 발신자를 확인했다. 1년 후배인 박형택 경위였다.

"잠시 전화 받고 오겠습니다."

김태근은 강민호의 대답을 기다리지도 않고 바깥으로 나갔다. 더운 날씨인데도 바깥 테라스에는 손님들이 모두 앉아 있어 빈자리가 없었다.

"반장님, 그 칼을 좀 알아봤습니다."

박형택은 다짜고짜 칼 얘기를 꺼냈다.

"아, 칼. 그래. 맞아. 자네에게 칼을 좀 알아보라고 했지."

정신이 없기는 김태근도 마찬가지였다. 박형택의 말을 듣고서야 칼 출처를 알아보라고 말했던 게 생각났다.

"그게 요하네스 기셀이라는 회사가 만든 건데요."

바로 옆에서 얘기하는 것처럼 목소리가 과장되게 울렸다. 김태근은 가까이에 듣는 사람이 없는지 재빨리 살피고는 휴대폰을 귀에서 멀리 떨어뜨렸다.

"요하네스 기셀? 처음 들어 보는 이름 같기도 하고, 그래서?"

"요하네스 기셀이 세계적인 칼 제조사라고 합니다. 230년 전통을 자랑한다고 하네요."

"그래서 요점이 뭐야?"

불쑥 튀어나온 말이었다.

원래 김태근은 권위적이지 않고 부하 직원들과 좋은 관계를 유지하는 것으로 알려져 있었다. 그런데 요즘 김태근이 변했다는 소리가 심심찮게 들렸다. 그걸 아는지 모르는지 김태근은 얼굴을 찌푸렸다. 뜨거운 햇살 아래에서 인상을 찡그리며 전화를 받는 이 상황에 갑자기 짜증이 났던 것이다. 햇빛에 달구어진 지열처럼 짜증이 뜨겁게 올라왔다. 더위를 이기지 못하는 체질이라 더 힘들었다. 곁눈질로 카페 안을 흘낏 보았다. 강민호도 누군가와 통화를 하는지 휴대폰을 귀에 대고 심각한 표정으로 말하고 있었다. 시원한 곳으로 얼른 돌아가야 했다. 그래야 정신을 차릴 수 있을 것 같았다.

"반장님. 그러니까 요하네스 기셀 제품은 일반 가정에서는 잘 쓰지 않고 최고급 요릿집에서 사용하는 칼일 가능성이 높습니다. 칼 하나가 10만원을 훌쩍 넘어간다고 합니다. 일반 가정에서 사과 깎는 칼로 쓰기에는 좀 부담스러운 가격이지 않습니까?"

아직도 박형택은 칼 타령을 하고 있었다. 김태근은 통화를 얼른 끝내고 싶어 건성으로 맞장구를 쳤다.

"그렇지. 그러니까 돌려 말하면 그 칼은 가정에서보다 고급 식당에서 사용할 가능성이 많다, 이런 말이군. 수고했어. 박 형사. 그럼, 강남역 주변 식당을 좀 더 탐문해 봐. 그 칼을 쓰는 곳이 진짜로 있는지."

"네, 알겠습니다."

김태근은 재빠르게 머릿속을 굴려 보았다. 건성으로 대답했지만 요하네스 기셀이라는 이름은 뇌리에 칼처럼 콱 박혔다.

새로운 정보인 건 맞지만 어디에 끼워 맞춰야 할지 모르는 퍼즐 조각이라는 게 문제였다. 그는 이 퍼즐 조각을 구석진 곳에 잠시 숨겨 두기로 했다.

손수건으로 땀을 닦아 내고 숨을 잠시 돌리는 사이 또다시 전화가 울렸다. 이번에는 사고 현장 주변을 탐색하라고 보냈던 최인호 경위였다. 박형택 형사가 자신에게 매우 우호적인데 반해 최인호는 자신을 반장은 물론 선배로도 인정하지 않으려 했다. 똑같이 경찰 공무원 시험으로 경찰이 됐지만, 가방끈이 조금 긴 최인호는 김태근을 이기려고 기를 쓰고 덤비는 진돗개 같았다.

카페 앞 테라스에 앉아 있던 젊은 남녀가 일어섰다. 김태근은 얼른 달려가 테라스 의자에 털썩 앉았다. 최인호 형사에게는 사건 현장 주변 사람들을 만나 사건 당일 강민호나 송호성을 본 사람이 있는지 알아보라고 지시했었다.

"어, 최 형사, 뭐 발견한 거라도 있어?"

"반장님. 강민호가 확실합니다."

교통계에서 수사1팀으로 와 처음으로 살인 사건을 배정받은 최인호의 목소리는 한껏 들떠 있었다. 그는 누구보다 먼저 실적을 올리고 싶어 했다.

"확실하다니, 뭐가?"

김태근은 전화기를 귀에 가까이 댔다.

"주변에 편의점이 딱 하나 있는데요. 사건 발생 시간에 근무했던 아르바이트 청년을 만났습니다. 강민호 사진을 보여 주니까 딱 알던데요. 그 사람이 새벽 두 시 넘어서 왔었대요. 물건을 산 건 아니고 어떤 사람을 찾는다고 들어왔다가 나갔다고 합니다. 그래서 내부 CCTV를 확인해 보니까 강민호가 들어왔다 나가는 장면이 찍혀 있었습니다."

"흠, 그러니까 사건 발생 시간에 강민호가 현장 주변에 있었다는 거지?"

"네. 그렇습니다. 그리고 알바생 말로는 강민호가 골목으로 들어갔답니다. 그날 새벽에는 손님이 거의 없어서 확실히 기억한다고……."

"강민호가 골목 쪽으로 갔다는 말이지."

김태근은 최인호의 말을 뚝 잘랐다. 그의 얼굴에 회심의
미소가 환하게 피어올랐다.

우리는 항상 미래를 과소평가한다.
과거를 쉽게 잊어버리듯이.

악몽 같은 하루가 지나갔다. 장례는 눈물과 한숨으로 끝이 났다. 남편을 떠나보내던 날 최은주는 강민호의 가슴을 붙잡고 악을 쓰듯 울었다. 눈물은 지상으로 나오자마자 먼지처럼 하늘로 날아갔다. 세상에서 눈물처럼 빨리 마르는 것이 없다고 하더니 정말 그랬다. 어느새 얼굴에는 물줄기 흔적만 남아 있었다. 그런데도 그녀는 울음을 그치지 못했다. 눈물과 울음은 전혀 상관관계가 없는 것처럼 따로 놀았다. 눈물이 말라도 울음이 나왔고, 울음이 멈춰도 눈물이 흘렀다. 그녀는 다시는 남편을 기억하지 못할 것처럼 끄억끄억 울었다.

강민호는 흔들림 없이 서 있었지만 최은주가 양복 깃을 너무 세게 부여잡고 있어 목이 아파 왔다. 저러다 혼절하는 것은 아닐까 걱정이 되었지만 위태위태한 상태에서도 정신의 끝자락은 붙잡고 있었다.

천재 변리사로 변리업계에 화려하게 진출해 놓고도 그 능력을 제대로 인정받지 못한 채 이슬처럼 사라져 간 친구는 불운했다. 초등학생이 되기 전부터 동네 친구로 함께 자라 지금까지 40년 가까이 친구로 남아 있던 유일한 녀석이었다. 둘은 말 그대로 죽마고우였다.

두 집 건너 살았던 두 사람은 어린 시절 함께 발가벗고 멱을 감았다. 개울가가 있었던 것은 아니고 늘 함께 목욕탕을 다녔는데 목욕탕에서 물장구치며 노느라 시간 가는 줄 몰랐다. 둘은 서로의 집에 무슨 반찬이 준비되고 있는지 알았고, 친구 부모님의 기분이 좋은지 나쁜지도 알았다. 둘은 하루 세 끼 중에서 최소한 두끼는 같이 먹었다. 좋아하는 것, 싫어하는 것, 힘들어 하는 것, 숨기고 싶은 것까지 모두 알고 있는 유일한 친구였다. 이성 친구까지 그랬다.

그들에겐 비밀이 없었다. 그랬던 친구가 사라지자 대들보 하나가 쑥 뽑혀 나간 집처럼 육체가 휘청거렸다. 천장과 장판이 흔들리며 뒤바뀌었고 정신은 사막처럼 말라 버렸다. 갑자기 모든 것이 사라졌다. 세상은 공허해졌고 눈을 들었을 때 먼지조차 남아 있지 않았다. 강민호가 소유했던 모든 사물은 친구가 있음으로 인해 존재감을 발했다. 함께 들었던 음악, 함께 읽었던 책, 밤을 새우며 맞췄던 명화 퍼즐들, 군

시절 서로 주고받았던 편지들. 어른이 되어서 힘든 세상을 견뎌 낼 수 있었던 건 서로가 서로에게 버팀목이 되어 주었기 때문이었다. 그가 사라지자 강민호에게 남아 있는 모든 것은 그저 쓰레기에 불과해졌다. 이제 그 이름을 지워야 했다. 강민호는 그러고 싶었다. 가장 빠른 체념이 가장 빠른 시작을 가져온다는 사실을 잘 알고 있었다.

송호성이 사라졌다는 '새로운 사실'을 '기정사실'로 인정할 때 모든 것은 진실로 다시 시작될 수 있을 것이었다. 하지만 강민호가 그 이름을 지우기도 전에 송호성은 이미 소멸하고 없었다. 그는 더 이상 실존하지 않는 인물이었다. 오직 과거 속에서만 존재하는 과거의 사람이었다.

"이제 어떻게 할 거야?"

발인을 끝내고 강민호가 물었다. 최은주는 푸석한 얼굴에 어느새 주름이 자글거렸지만 처녀 시절의 아름다움이 다 사라진 것은 아니었다. 강민호의 눈길을 의식한 최은주는 두 손으로 양 볼을 감싸며 우물거렸다.

"일단은 아이들한테 가야겠지?"

자신 없는 대답이었다. 대답이 아니라 또 다른 질문이었다. 그런데 누구에게 한 질문인지 명확하지 않았다. 장례 기간 동안 친정어머니가 아이들을 잠시 맡아 주고 있었다.

"하지만 지척에 시댁이 있으니 편하지가 않을 거 같아."

송호성과 최은주의 본가는 1킬로미터 가량 떨어진 곳에 있었다. 두 집이 그렇게 가까이에 있었는데도 어린 시절은 물론이고 이성에 관심을 가질 청년 시절에 이르기까지 우연을 가장하고서라도 두 사람은 만난 적이 없었다.

공식적으로는 그랬다. 둘 아니 셋은 희미하게나마 서로의 존재를 눈치채고 있었을지도 몰랐다. 버스를 타고 가다 스쳐 지나갔을 수도 있었다. 마트는 정확히 두 집 중간에 있었다. 마트를 가려면 서로 건너편 건널목에서 녹색 신호를 기다리며 서 있어야 했다. 어쩌면 두 사람은 비공식적으로 마트에서 스쳐 지나갔을 것이다. 친구와 키득거리며 훔쳐보기도 했을 것이다. 그러나 그 이상의 무언가는 없었다. 그렇게 그들은 성인이 되었다. 강민호 역시 마찬가지였다. 송호성과 늘 같이 붙어 다녔으니 둘 중 한 명만 최은주를 알거나 만나는 것은 불가능했다.

강민호는 최은주를 대학 동아리에서 처음 만났다. 강민호는 대학 2년을 마치고 대한민국 남자라면 피해갈 수 없는 군대를 갔다. 제대하고 나서 복학생으로 어색하게 동아리를 찾아갔을 때 한쪽 구석에 앉아 있던 최은주를 발견했다. 당시 최은주는 갓 입학한 신입생이었고 눈에는 사랑스런 총기가 가득했다. 게다가 예뻤다.

강민호는 최은주를 보자마자 사랑에 빠졌다. 그런 일은 자신에게 일어나지 않을 거라고 생각했는데 기적 같은 일이었다. 그는 그녀를 사랑하고 귀여워했다. 신입생이었던 최은주는 동네 오빠라며 강민호를 따랐다.

강민호와 송호성이 유일하게 함께하지 않은 것이 있다면 그것은 동아리 활동이었다. 강민호는 클래식 음악 동호회에 들었는데 음악을 좋아해서라기보다는 음악 감상실에 놓여 있는 반짝이는 오디오와 커다란 스피커 그리고 안락한 의자가 좋아서였다. 점심을 먹고 나서 폭신한 의자에 몸을 파묻고 무슨 음악인지도 모른 채 듣고 있노라면 저절로 잠에 빠져들었다.

송호성은 덩치에 맞지 않게 유도부에 들었다. 늦은 밤 겁 없이 골목을 다닐 수 있으려면 자기 몸을 보호할 수 있는 호신술 하나는 익혀야 한다며 빼먹지 않고 참석했다. 처음에는 낙법만 배운다며 입이 비죽 튀어나왔지만 얼마 지나자 기술을 익힌다며 좋아했다.

두 동아리의 차이가 있다면 클래식 음악 동호회에는 여자들이 많았고 유도부에는 여자가 한 명도 없다는 것이었다. 목요일마다 클래식 동아리 모임이 있었는데 강민호는 동아리 모임이 끝나면 최은주와 함께 송호성을 만났고 송호성은 최은주와도 자연스럽게 어울렸다. 최은주는 애교도 많았고 붙임성도 좋아 송호성에게도 곧 오빠라고 부르며 같이 다녔다.

세 사람이 만나는 횟수가 많아지면서 송호성도 최은주를 좋아하게 되었다.

강민호도 그런 사실을 눈치챘다. 최은주를 알게 되면 누구나 그녀를 사랑하지 않을 수 없을 거라고 생각했다. 강민호와 송호성이 허물없는 친구였던 것처럼 최은주도 그들에게 허물없는 이성 친구가 되었다. 하지만 최은주는 대학을 마치자마자 독일로 유학을 떠났다. 최은주는 두 사람에게 기다려 달라는 말을 하지 못했다.

강민호는 그녀를 기다리지 못했고 결국 부모님의 성화로 지금의 아내와 결혼했다. 송호성은 최은주가 돌아올 때까지 사귀는 사람이 없었고 한국으로 돌아온 최은주 역시 사귀는 사람이 없었다. 두 사람은 자연스럽게 다시 만나기 시작했고 얼마 뒤 결혼했다. 그녀는 대학에서 시간 강사로 심리학을 강의하고 있었다.

"학교 강의는?"

"마침 방학했잖아. 오빠가 사고 당하기 전날에 기말고사까지 마쳤거든. 그래서 그것도 감사했지. 아, 그래선 안 되는데. 오빠, 그런 것들도 감사했어. 그리고 그런 생각을 하는 게 죄스러웠어. 오빠가 끔찍한 사고를 당했는데 나는 기말시험을 마친 뒤라서 다행이라고 생각하고 있었어. 나는 정상일까? 이제 난 어디로 가야 하고 무얼 할 수 있을까? 혼자 살아갈 수 있을까? 오빠, 난 생존할 수 있을까?"

강민호는 은주를 끌어당겨 품에 안았다. 그녀는 작은 새처럼 민호에게 안겼다. 땀에 약간 끈적거렸지만 그녀에게서 풋풋한 사과 향내가 났다. 오랜만에 맡아 보는 그녀의 향이었다. 그녀는 강민호의 가슴속에서 작은 새처럼 떨었다. 떨림의 진폭은 작았지만 길었고 서늘함이 있었다. 이제 잊는 수밖에 없다고, 그를 놓아줄 수밖에 없다고, 고작 그녀의 등을 두드려 줄 수밖에 없는 자신이 한심했다.

송호성과 최은주가 결혼하던 날, 자신이 결혼할 때보다 더 기뻐했었는데, 더 행복하길 간절히 바랐는데, 하늘만큼 땅만큼 축복해 주었는데. 강민호는 송호성과의 마지막 대화가 그렇게 끝날 수밖에 없었다는 사실에 가슴이 미어졌다. 이렇게 죽어 버릴 줄 알았다면 친구에게 괜찮다고 말할걸. 친구야, 미안하다. 그는 그녀를 안은 채 친구에게 끊임없이 사죄의 인사를 보냈다. 은주는 내가 지켜 줄게. 친구야, 잘 가.

* * *

선우혜민에게서 만나자는 연락이 왔다. 강민호는 강남에 있는 카페에서 그녀를 만났다. 송호성과 함께 몇 번 만난 적이 있었지만 이렇게 단둘이 만나기는 처음이었다. 카페는 조금 어두웠다. 약속 시간보다 조금 일찍 도착한 그는 구석에 몸을 숨겼지만 덩치가 너무 커서 누구에게나 쉽게 발견되었다. 멀리서 긴 머리를 찰랑거리며 선우혜민이 들어왔다. 아직 이십 대라 그런지 걸음걸이가 명랑했다. 그런데 가까이 다가오면서 어두운 조명에 드러난 선우혜민의 얼굴은 까칠했다. 오른쪽 얼굴은 보기에도 민망할 정도였다. 내 얼굴도 저 정도일까.

강민호는 속으로 생각하며 선우혜민에게 자리를 권했다. 젊은 나이에 감당하기 힘든 큰 충격을 받았으니 그럴 만도 했다. 사람이 평생 동안 살인이라는 이름으로 죽음을 마주하는 경우가 얼마나 될까. 대부분은 가족의 병사로 죽음을 마주하기 마련이다. 가족의 예측되는 죽음도 그토록 견디기 힘든데, 끔찍하게 살해를 당하는 사건이 자신의 눈앞에서 일어난다면 그 누구도 온전한 정신을 유지하기는 힘들 것이다.

"변리사님. 이렇게 불쑥 만나자고 연락을 드려 죄송해요."

"그렇잖아도 연락을 하려고 했는데, 나보다 정신이 없을 테지. 그래, 어떻게 지내고 있나?"

강민호는 자기 코도 석 자였지만, 친구 특허사무소의 수습 변리사를 모른 체 내버려 둘 수도 없었다. 얼마나 큰 상처를 입었겠는가. 트라우마가 상당할 것이었다.

"저희 사무소 일을 맡아 주는 회계사랑 얘기를 해 봤어요.

개인 회사라는 게 그렇대요. 대표가 없으면 회사가 아니라고. 저희는 변리사님처럼 법인이 아니라 개인 사무소잖아요. 이런 경우에는 폐업을 해야 된다고 하더라고요. 근데 만약 회사에 부채가 있으면 그게 배우자와 자녀에게 상속이 된다고 하던데⋯⋯.”

선우혜민은 말꼬리를 흐렸다.

“우리 변리사님이 부채는 없었겠죠.”

쿵. 심장에 커다란 바위가 갑자기 떨어졌다. 빚이 상속된다니, 예상치 못했던 부분이었다. 어디선가 들었던 기억이 났다. 기억의 뿌리는 바로 어머니였다. 어머니는 강민호를 볼 때마다 아버지가 죽으면 절대로 유산을 상속받지 말라고 잔소리처럼 말했었다. 재산보다 빚이 더 많기 때문에 재산을 상속받게 되면 빚을 떠안게 된다고 귀에 못이 박히도록 말했던 것이다. 어머니의 잔소리가 예언이었는지 저주였는지 몰라도 아버지는 한창때 돌아가시고 말았다. 그래서 재산 상속 같은 건 어머니가 다 처리했기 때문에 진짜로 유산 상속을 받지 않았는지 알 수는 없었다. 오래된 기억 속에서 그다지 친했던 기억이 없는 아버지가 불쑥 튀어나와 당황한 강민호는 세차게 머리를 흔들어 현실로 돌아왔다. 지금, 여기에 집중해야 했다.

송호성에게 빚은 끈덕지게 따라붙는 거미줄과 같았다. 대한민국에서 일하는 변리사 중에 부채 없는 변리사가 어디 있겠는가. 회사를 운영하다 보면 빚은 늘 안고 가야 하는 운명과도 같은 것이었다. 강민호 자신도 가장 두려워하는 게 매달 꼬박꼬박 돌아오는 월급날이지 않은가. 직원들 월급 주는 게 그리 간단하고 쉬운 일이 아니었다. 모두들 변리사 시험에 합격하기 위해 특허법을 외우고, 민법을 외우고, 전공 공부를 더 깊이 파면서 죽어라고 공부만 열심히 했지, 회사를 경영할 거라고는 생각지도 못했다. 그러니 당연히 전문 경영인 수업은 들어볼 생각도 못했고 경영학 개론을 펼쳐 본 적조차 없었다.

변리사 시험 과목에 경영학이 필수로 들어 있다면 얼마나 좋을까. 변리사들에게는 몸으로 부딪치고 실패하며 얻어 낸 경험이 경영 지식의 전부였다. 회계 처리 같은 부분은 회계사에게 맡겨 놓았기에 손익 계산서니 재무제표니 하는 것들에 대해서는 까막눈과 다름이 없었다. 한숨 한 번 쉬고 돌아서면 어느새 월급날이 코앞에 다가와 있었고, 그러다 보면 계획 없이 여기저기 손을 벌릴 수밖에 없었다. 무엇보다 직원들 월급을 못 주는 사태만은 막아야 했다. 요즘 시대에 어느 누가 월급도 받지 않고 일을 하겠는가. 회사에 대한 충성심 같은 건 개에게나 줘 버리는 게 옳았다.

시대는 바뀌었다. 게다가 강남 사무실들은 임대료도 비쌌다. 변리사라는 직함은 허울만 좋았지 속을 들여다보면 가난하고 불쌍한 족속들이 허다했다. 고소득이라고 동네방네 소문은 다 났지만 개업하는 변리사 사무소 그 이상으로 폐업하는 사무소도 많았다.

천재 변리사라고 불렸지만 송호성도 마찬가지였다. 그는 거의 매달 월급날이 되면 돈을 빌렸고 그 규모는 순식간에 눈덩이처럼 불어나 몇 억을 가볍게 뛰어넘었다. 강민호가 소나무 특허사무소 직원의 월급날을 위해 급전을 구해 준 것도 한두 번이 아니었다.

송호성은 특허 한 건을 만들기 위해 지나치게 완벽을 기했다. 완벽이란 단어는 오히려 송호성 변리사의 작업을 충분히 설명해 주지 못한다. 특허를 작성하는 건수만큼 수수료가 대가로 들어오기 때문에 특허사무소는 얼마나 빨리, 얼마나 정확하게 의뢰자의 발명을 특허 문서로 작성하느냐가 경쟁력이다.

그런데 송호성은 언제나 특허 한 건을 쓰면서도 누구도 알아주지 않는 완벽을 기했다. 한 편의 명세서를 물 흐르듯이 자연스럽게 읽히도록 쓰면서도 의뢰자의 기술을 경쟁자가 모방하지 못하도록 꼼꼼하게 방어했다. 그러다 보니 특허 명세서를 작성하는 시간이 다른 사람들보다 두 배 세 배 또는 그 이상 오래 걸렸다. 특허 명세서의 질은 국내 최고 수준이었지만 그렇게 해서는 한 달에 고작해야 대여섯 건의 특허밖에 작업하지 못했다.

직원 다섯 명이 같이 작업을 한다고 해도 적자를 보는 것은 불 속을 들여다보는 것처럼 뻔했다. 장인들의 작품이라면 완성품 단가가 높아야 하겠지만 특허라는 시장은 변리사가 계속 배출되고 특허사무소가 계속 늘어나면서 진흙탕 시장이 되어 갔고 특허 작성에 따른 수수료는 계속 내려갔다. 특허 시장은 수요보다 공급이 언제나 넘쳐났다. 그걸 알아차린 사람들은 여차하면 다른 특허사무소로 간다고 위협하며 계속 수임료를 내렸다. 물론 그러면서 특허 명세서의 품질은 최상을 요구했다.

강민호는 송호성과 크게 싸웠던 순간이 떠올랐다. 그날도 송호성은 직원들 월급을 줄 돈이 없다며 급하게 돈을 좀 빌려달라고 했다. 다음 달에 수임료 들어올 게 있어 금방 갚을 수 있다고 큰소리를 쳤다. 송호성답지 않은 허세였다. 그가 그렇게 큰소리를 낸 적이 없었다. 이상하다고 생각해야 했지만 지친 강민호는 이성을 잃고 말았다. 냉철한 판단력은 사라져 버렸고 더 이상 참을 수가 없다는 분노만 가득했다. 이런 사태를 그대로 계속 방치하다가는 소나무 특허사무소는 부채에 압사 당해 흔적도 없이 사라질 것이 뻔했다. 언제까지 계속 돈을 빌려 사무실을 운영할 것인가. 강민호는 친구

였기에 마지막이라는 생각으로 강하게 송호성을 몰아붙였었
다. 그런데 그 마지막이 진짜 이별이 되고 말았다.

아마 송호성 본인만 아는 수많은 부채가 어딘가에 더 숨겨
져 있을 것이다. 강민호는 친구의 죽음 앞에서 돈 걱정을 먼
저 해야 하는 이 사태가 심히 부조리하다고 느꼈다. 하지만
현실을 외면할 수는 없었다. 은주는 어느 정도까지 부채를
알고 있을까. 사채업자들이 은주에게 파리 떼처럼 달려들기
전에 이 사태를 해결해야 했다.

"사실은 사모님께 특허사무소를 맡아서 운영할 생각이 있
으신지 물어봤어요. 어쨌든 개인 사무소인 데다, 제가 주인
도 아니고, 드라마 같은 걸 봐도 남편이 죽으면 사모님이 그
자리를 맡아서 운영하잖아요."

선우혜민은 잠시 말을 끊었다. 강민호에게서 아무런 반응
이 없자 혼자 웃으며 말을 이었다.

"어리석은 질문이었죠. 부채가 있으면 부채가 상속된다고
말씀드렸더니 깜짝 놀라는 거예요. 부채가 있었냐고. 그래서
저는 모른다고 했죠. 어쨌든 그렇다고만 알려 드렸어요. 그
러자 자기는 특허가 뭔지도 모른다며, 특허사무소를 맡을 뜻
은 전혀 없다고 완강히 거부했어요. 제가 억지로 맡아 달라
고 한 건 아니고 그냥 물어보기만 한 건데. 그래서 폐업 신
고를 해야 된다고 말씀드리니까 저보고 해 달래요. 좀 이상

했어요. 정신이 하나도 없는 건 이해하지만 그건 저도 마찬가지거든요. 그러니까 사람이 할 일은 해야 하는데, 어쨌든 기분은 좀 안 좋았어요. 저는 일개 직원인 데다 제가 어떤 사람인지도 모르면서 변리사라고 하니까 알아서 다 처리해 달래요. 어쨌든 사무실에 변리사님 도장도 다 있고 해서 제가 폐업 신고를 했어요."

선우혜민은 말을 많이 해서 목이 타는지 민트 슬러시를 빨대로 쪽쪽 빨아 댔다.

"전기세가 아까워 에어컨을 안 켰더니 우리 사무실은 너무 덥더라고요. 그냥 일할 때는 몰랐는데 정리하면서 고지서를 보니까 전기세가 너무 많이 나와서……. 그나저나 여기는 에어컨 안 트나?"

선우혜민은 연신 손으로 부채를 만들어 흔들면서 얼굴에 바람을 일으켰다. 그 모습이 조금은 경박스러워 보였다. 원래 저런 애였나. 강민호는 고개를 갸웃거렸다. 성격을 좀체 가늠하기 힘들었다. 수다스러워 보이는 면이 있긴 했지만 얘기를 들어 보면 일처리는 똑 부러지게 잘하는 것처럼 보였다.

"조금 있으면 시원해질 거야. 강남 기온은 혀를 내두를 정도지. 아스팔트 열기, 자동차 열기가 체감 온도를 최소한 3도는 더 높일걸?"

강민호는 얼굴이 발개진 선우혜민을 보며 말했다. 철부지 아가씨인 줄 알았는데, 정신없이 허둥댈 줄 알았는데, 세무 관계며, 부채 정리, 상속까지 자기도 생각하지 못했던 일들을 척척 정리하고 있었다. 송호성이 자기보다 더 천재 같다며 자랑이 대단하던데 역시 빈말이 아니었다.

"며칠 전에 형사분이 찾아왔었어요. 이것저것 캐묻던데 강 변리사님 관련해서도 물어보더라고요. 그래서 알려 드리려고 연락드린 거예요."

선우혜민이 목소리를 낮추며 주위를 살폈다. 강민호는 자기도 모르게 팔이 뻣뻣해지는 걸 느꼈다. 자신의 의지와는 상관없는 신체 반응이었다. 침을 꿀꺽 삼켰다.

"형사가 뭘 물어봤지?"

그는 자신의 질문도 형사들의 질문처럼 느껴져서 씁쓸하게 웃었다.

"그냥 이것저것 다 물어봤어요. 언제 입사했냐? 어떤 경로로 들어왔냐. 무슨 일을 주로 하느냐. 송 변리사랑 같이 일하는 건 없었냐. 사이가 안 좋았던 사람이 있었느냐? 강 변리사와 관계는 어땠냐? 둘이 싸우지는 않았냐? 뭐 그런 것들이었죠."

"그래서? 그래서 뭐라고 대답했어?"

"그냥 제가 아는 수준에서 대답했죠. 좀 죄송하긴 한데요.

얼마 전에 강 변리사님이 저희 사무실에 오셔서 송 변리사님
이랑 좀 다투셨잖아요. 그래서 그 부분도 말씀드렸어요. 다
른 직원들도 다 들었는데 저만 모른다고 하면 안 될 것 같았
고, 제가 옆에 있어서 제일 많이 들었잖아요. 그 부분을 너
무 꼬치꼬치 캐묻는 게 좀 이상하긴 했는데 어차피 강 변리
사님이야 알리바이도 확실하고 해서 제가 들었던 부분은 다
말씀드렸어요. 그게 나중에도 더 명확히 도움이 될 것 같아
서요.”

“아!”

강민호는 탄식을 내질렀다. 그래서 그날 김 형사가 그렇게
자신만만하게 나왔구나.

“물론 그렇지. 난, 아무 상관이 없으니까. 괜찮아. 모든 건
사실대로 말하는 게 좋지. 암.”

강민호는 마른기침을 하며 고개를 주억거렸다. 김 형사와
는 달리 선우혜민은 사건 당일 자신의 행적에 대해선 아무런
의심이 없는 듯했다.

“참, 그리고요. 송 변리사님 바깥 주머니에서 종잇조각이
나왔는데 거기에 쓰인 글자가 무슨 뜻이냐고 묻더라고요. 그
런데 아무리 봐도 모르겠어서 사진을 찍어 왔어요. 가져가서
물어보겠다고 했더니 증거품이라 안 된다고 해서요. 강 변리
사님은 혹시 이게 어떤 내용인지 아세요?”

선우혜민이 휴대폰에서 사진 폴더를 열어 송 변리사가 가지고 있었다는 종잇조각을 보여 주었다. 종이는 어디 편의점 같은 데서 물건을 사고 받은 영수증 같은 것이었는데, 안내 글이 빽빽하게 적힌 영수증 뒷면에 영어가 휘갈겨져 있었다. 영수증을 바닥에 놓고 커피 잔을 그 위에 놓았는지 동그란 자국이 희미하게 번져 있었다. 종잇조각에는 처음 보는 영어 단어가 적혀 있었다.

AERUS-IL

에, 어, 러, 스, 일?
에, 어, 러, 스, 아이엘?
강민호는 처음 보는 종잇조각 사진을 보면서, 내가 많이 무심했구나 생각했다. 작은 목소리로 영어 단어를 읽어 보았지만 무슨 말인지 도저히 알아챌 수 없었다.

시작할 땐,

아무도 끝을 알 수 없다.

선우혜민은 강민호의 눈을 가만히 쳐다보았다. 저 눈이 진실을 말해 줄까. 나는 저 사람을 얼마나 믿을 수 있을까. 흔들리는 까만 눈동자 뒤로 강직함이랄까 뭔가 단단한 바위 같은 것이 버티고 있는 것처럼 보였다.

김태근 형사는 강민호를 가까이하지 않는 게 좋다고 했다. 수사상 기밀이라 자세히 말할 수는 없지만 아무튼 그게 좋다고 했다. 하지만 선우혜민은 경찰의 말도 믿을 수 없었다. 반장이라는 그 사람은 자기에게 도움이 되는 정보를 빼내기 위해 고양이 앞에 생선을 내놓듯 약 오르는 정보를 하나씩 흘리며 유혹했다. 게다가 그는 선우혜민에게 대답할 수 없는 지독한 질문들을 던졌다. 다치지 않고 대답을 하려면 하나를 취하는 대신 다른 하나를 버려야 했다.

무엇을 취하고 무엇을 버릴지 생각하는 데 긴 시간을 주지도 않았지만 하나의 잘못된 대답이 나중에 엄청난 눈덩이가 되어 되돌아올지도 몰랐다. 신중히 생각을 고르고 다듬은 뒤 대답해야 했다.

김태근은 선우혜민의 등장도 적이 의심스러웠다. 직원들 말에 따르면 그녀는 송 변리사가 수습 변리사를 뽑지 않겠다고 한 스스로의 규칙을 깨고 받아들인 첫 변리사라고 했다. 송호성은 직원들은 물론 주변 사람들에게도 왜 선우혜민이어야 했는지에 대해 명확히 설명하지 않았다고 했다.

"송호성 씨가 특별히 당신만 뽑은 이유가 뭐라고 생각합니까? 경쟁자도 많았다고 하던데……."

김태근은 구태여 돌아가지 않고 바로 질문을 던졌다. 선우혜민은 이런 질문을 예상하지 못한 듯 크게 당황했다.

"그, 그게……."

"그는 5년 동안 수습 변리사를 받지 않았어요. 지원자가 계속 문을 두드렸지만 단칼에 모두 거절했단 말입니다. 그런데, 왜 당신만 뽑았을까요? 분명히 어떤 목적과 이유가 있지 않았을까요. 뽑으면서 이유를 말해 주지 않던가요?"

"저한테 따로 말해 주지 않아서 그건 잘 모르겠어요. 제가 직접 물어보기도 그렇고."

목적과 이유라. 정말 그런 게 있었을까. 새해가 막 지난

첫날이었다. 선우혜민은 지하철 강남역에서 내려 1번 출구로 나왔다. 찬바람이 기습 시위를 하듯 예상치 못한 곳에서 불어닥쳤다. 나뭇가지에 얹혀 있던 눈가루가 바람에 날렸다. 눈가루는 영화에서 보는 것처럼 느린 화면으로 공중에 잠시 머물렀다가 흰 꽃송이가 되어 아름답게 하늘에 뿌려졌다.

아, 첫날이구나. 감동과 함께 콧물이 쑥 떨어졌다. 코를 비비니 코끝이 얼어 단단해져 있었다. 가죽 장갑이라고 꼈지만 보온보다 맵시에 더 신경을 쓴 장갑은 매서운 바람을 이겨내지 못했다. 찬바람은 손가락과 장갑 사이의 공간을 종횡무진 돌아다녔다. 그녀는 잠시 걸음을 멈추고 양손을 서로 주물렀다. 따뜻한 피가 돌기 시작했다.

직원들과의 첫 만남이라 옷에 신경을 쓴다고 입은 짧은 치마 때문에 종아리가 더 시렸다. 높은 구두도 어색했다. 그녀는 이런 정장 패션을 즐겨 입지 않았다. 하지만 오늘은 정식으로 첫 출근을 하는 날이지 않은가. 좋은 인상을 보여야 했다. 먼저 사회생활을 시작한 친구들에게 귀에 딱지가 않도록 들은 말은 첫날에 무조건 잘 보여야 한다는 것이었다.

첫날 인상이 한 달이고 두 달이고 간다고 했다. 조직에서 낙인찍히는 건 그날로 인생이 끝나는 것과 마찬가지라거나, 첫인상을 바꾸는 건 계란으로 바위를 치는 것만큼이나 어렵다는 등 수없이 많은 조언과 이론들을 들어야 했다. 어떤 친구는 결국 두 달 만에 회사를 그만뒀네, 자살을 했네, 하는 사실 확인이 되지 않는 얘기들까지 부풀려져서 돌아다녔다. 그런 얘기를 다 믿는 건 아니었지만 입사 첫날부터 직원들의 뒷담화 주인공이 되는 건 생각만 해도 끔찍했다.

길은 꽁꽁 얼어 있었지만 아침 공기는 신선했다. 도로 양옆으로 특허사무소 간판들이 눈에 씻겨선지 유난히 반짝거렸다. 대한민국 서울에서 가장 번화한 강남으로 출근한다는 사실은 선우혜민을 더욱 우쭐하게 만들었다. 게다가 전국의 모든 변리사들이 군말 없이 인정하는 최고의 천재 변리사가 운영하는 사무소라니. 그녀는 수습 변리사로 활동할 수 있도록 허락해 준 송호성 변리사가 무척 고마웠다. 변시 공부를 할 때부터도 그랬지만 송호성은 그녀의 완벽한 롤모델이었다.

선우혜민은 스스로를 천재라고는 생각하지 않았다. 그건 꿈도 꿀 수 없는, 입에 올리기조차 과분한 말이었다. 주위에서는 간혹 그녀를 그렇게 보는 사람들이 있었지만 그녀 자신은 철저한 노력파지 천재가 아니라고 굳게 믿고 있었다. 그래서 더 기분이 좋았다. 아마 송호성 변리사는 자신의 미래 가능성을 보고 뽑은 것이리라. 그런데 왜 지난 5년 동안은 수습 변리사를 한 명도 받지 않았을까. 진짜 받지 않은 것일까, 아니면 다른 사람들이 지레 포기하고 문을 두드리지 않은 것일까.

변리사 자격증을 받게 되면 6개월이라는 긴 시간 동안 기존의 특허사무소에서 수습 변리사라는 이름으로 지내게 된다. 이때 최고의 변리사 밑에서 많은 것을 제대로 배우고 싶어 하는 것은 당연지사였다. 송호성 변리사는 특허 명세서 작성에 있어서 한 글자의 오류도 허용하지 않는 치밀함으로 정평이 나 있었다. 송호성 변리사는 변시 시험을 공부하는 사람에게는 신과 같은 존재로 추앙받았다.

그가 남겨 놓은 변시 시험용 서브 노트 답을 읽다 보면 답안지를 보는 게 아니라 하나의 문학 작품을 읽는 것 같은 착각이 들었다. 그러면서 변시 준비생들은 자신의 무능함과 부족함을 깨닫고 한숨을 푹 내쉬게 되는 것이었다. 그가 특허법 책을 제대로 한 권 썼다면 그는 평생을 먹고 살 만큼 돈을 벌었을 거라는 말이 전설처럼 떠돌았다. 그가 만든 변시 시험용 서브 노트 답안들은 복사 가게에서 헐값에 팔려 나가고 있었다. 그리고 그 이익은 고스란히 복사 집 주인들의 차지였다.

동기들은 변리사가 되자마자 실력에 대한 욕심보다 잘 먹고 잘살기 위한 자본주의 이론에 목을 맸다. 그들은 이제 더 이상 치밀하고 완벽한 특허 명세서 작성에는 관심이 없었다. 그들은 물결에 흔들리는 수초들처럼 돈을 잘 번다는 소문을 따라 우르르 몰려다녔다. 그들은 선배 변리사로부터 특허 명세서가 중요한 게 아니라 얼마나 많은 일감을 물어 오느냐가 중요하다는 것을, 아니 더 까놓고 말해서 그것만이 살아남는 길이라는 걸 수습 때부터 귀에 딱지가 앉을 정도로 들었다.

명세서는 대충 써도 어차피 일반인들은 잘 모를 것이라는 비양심적인 얘기를 하기도 했다. 그러니 수습 변리사들도 정글로 변해 버린 특허업계에서 살아남기 위해 어떻게 자기 고객을 만들 수 있는가를 먼저 배워야 한다고 생각했다. 그래서 처음부터 영업 능력을 배우기 위해 대형 특허사무소를 찾아가는 친구들도 있었다. 특허사무소도 결국 먹고 사는 곳이었다.

수험생들은 시험에 합격하고 나서 선배 변리사들의 입을 통해 그들이 신으로 추앙했던 사람에 대한 소문다운 소문을 처음 듣게 된다. 너무 천재여서 엄청나게 가난한 변리사가 있다는, 칭찬도 아니고 비꼬는 것도 아닌 소문이었다. 그는 절대로 수습 변리사를 받지 않는다고 했다. 그래서 신청해 봐야 소용 없다고도 했다.

선우혜민은 자신이 선택될 가능성을 염두에 두고 수습 변리사 신청을 한 건 아니었다. 그저 혹시나 하는 마음에서였다. 그런데 놀랍게도 수습 변리사로 올 수 없겠냐고, 다른 특허사무소에도 이력서를 보냈냐고 물어보면서 송호성 측에서 먼저 선우혜민에게 전화를 걸어 온 것이었다. 5년 만에 처음 있는 일이었다.

두 번째 골목으로 들어서자 특허사무소 간판은 대부분 사라지고 없었다. 눈에 띄는 사무소들은 대부분 세무 사무소였다. 강남역에서 특허사무소의 지리학적 위치는 큰길가였다. 그렇지 않으면 특허청 서울 사무소를 들락거리는 발명가들의 눈에 띄기 어려웠다. 물론 대기업과 계약하면 사무실 장소가 어디든 고정 수입과 함께 안정적인 운영이 가능할 것이다.

하지만 수임료를 바닥까지 떨어뜨리는 대기업의 갑질 횡포는 상상을 초월했다. 물론 모든 대기업이 다 그런 건 아니다. 하지만 대기업의 특허 출원 대행을 잘못 받았다가는, 늘 시간에 쫓기며 바쁘기만 하고, 그러면서 결코 돈은 벌지 못하는 빈곤형 특허사무소로 전락할 수 있었다.

매출은 오르지만 수익이 나지 않는 흑자 도산의 주인공이 될 수 있는 매우 위험한 폭탄을 안게 되는 것이다. 그러나 대기업 사건을 수입하고 있다는 홈페이지의 번듯한 홍보는 긴가민가하는 다른 기업체들에게 신뢰를 주기에 딱 좋은 미끼였다. 가끔 대형 마트에서 품질 좋은 상품을 헐값에 할인 판매 하면서 다른 상품을 사도록 유인하는 것처럼, 특허사무소의 대기업 사건 수임은 적자가 될 걸 알면서 다른 사건 수임을 위해 받아들일 수밖에 없는, 그런 정글의 공생 관계로 겨우 유지하고 있었다.

　강남역에서 사람들이 눈으로 인지 가능한 지리학적 위치는 1단계 골목길까지였다. 큰길에 서서 보았을 때 시야에 들어오는 건물들이 이에 해당된다. 시야에서 벗어나 골목길에서 한 번 더 안쪽으로 꺾어 들어오면 눈을 씻고 찾아봐도 특허사무소가 보이지 않는다. 선우혜민에게도 마찬가지 현상이 일어났다.

　큰길가에서 한 번 골목길로 들어간 뒤 다시 오른쪽으로 꺾어 들어가자 특허사무소 간판은 더 이상 보이지 않았다. 대신 눈앞에 편의점이 보였다. 몸도 녹일 겸 커피 한 캔을 사기로 했다. 첫날부터 테이크 아웃 스타벅스 커피를 들고 입장하는 건 아무래도 너무 과도한 친절을 보이는 짓 같았다. 한 번도 청소를 하지 않은 듯 먼지가 잔뜩 낀 보온기 문을 열고 레쓰비 캔 커피 하나를 골랐다. 따뜻한 온기가 손바닥을 통해 온 사방으로 흩어졌다. 사무실은 편의점과 같은 건물 4층에 있었다.

　소나무 특허법률사무소.

　한겨울에 위태롭게 걸려 있는 간판은 겨울을 더욱 겨울답게 느끼게 했다. 바람이 불자 간판은 끼익끽 소리를 내며 미세하게 흔들거렸다. 엘리베이터 바닥에는 싸구려 비닐 장판이 깔려 있었다. 비가 오는 날이면 미끄러지기 딱 좋을 듯했다.

아침 출근시간이어서 그런지 싸구려 엘리베이터에도 사람들은 미어터졌다. 비좁은 엘리베이터에 갇힌 그녀는 자기보다 큰 사람들이 위에서 내뿜는 입김과 콧김 때문에 숨도 쉬기 어려웠다. 다들 새해 아침을 거하게 먹고 왔는지 마늘 냄새가 사방에서 뿜어져 나왔다. 이 허름한 건물에서 이토록 많은 사람들이 일하고 있다는 사실은 다소 충격적이었다. 출근 첫날부터 특허사무소의 민낯을 너무 일찍 보아 버린 것 같아 꺼림칙했다.

"안녕하세요."

선우혜민은 밝게 인사하며 사무실로 들어섰다.

"아, 어서 와요."

구부정한 자세로 커피를 타고 있던 송 변리사가 고개를 들었다. 얼굴에 환한 웃음이 가득했다. 수습 변리사로 자신을 선택한 것을 무척 자랑스럽게 생각하는 것이라고 선우혜민은 판단했다. 송 변리사는 몇 안 되는 직원들에게 그녀를 일일이 소개했다. 작년 변리사 시험에서 차석 합격한 수재라며 그녀를 추켜세웠다.

"우리 사무소는 수석, 차석 아니면 안 받나 봐요."

나이가 좀 들어 보이는 여직원이 말꼬리를 달았다. 자랑인지 비꼬는 말인지 모호했다. 선우혜민은 고개를 살짝 숙여 고마움을 표했다. 고마움을 표시함으로써 그 말은 자신에게 칭찬으로 돌아올 터였다.

"말씀 많이 들었습니다. 저는 기계 파트를 담당하는 손훈입니다. 제가 변리사님에게 첫 커피를 타 드리는 영광의 인물이 되고 싶습니다."

얼굴이 곱상해서 기계를 전혀 다루지 못할 것 같은 남자가 커피포트에서 물을 따랐다. 혜민이 손에 들고 있는 캔 커피는 못 본 것 같았다. 혜민은 얼른 캔 커피를 코트 주머니에 넣었다.

"미안. 첫 커피는 내가 타고 있네."

송 변리사가 머그컵을 들어 올렸다.

"아, 첫빠를 놓쳤군요. 그럼 열시 반 브레이크 타임에 제가 커피 예약하겠습니다."

손훈은 무척 아쉬워하며 뒤로 물러섰다.

"그럼 저는 점심 커피를 책임지겠습니다. 저는 전자 파트를 담당하는 심경입니다."

갑자기 등 뒤에서 목소리가 들려왔다. 뒤를 돌아보자 키가 훤칠하고 덩치가 큰 남자가 치아가 다 보이도록 환한 웃음을 지으며 서 있었다. 가식 없는 웃음이 그녀를 설레게 했다.

"에구, 나한테는 한 번도 저런 적이 없었는데, 나도 이제 늙었나 보다."

여직원이 구시렁거렸다. 그녀의 등이 작고 왜소해 보였다.

“우리 누님, 화날 만도 하네. 그럼 저는 누님 커피 타드릴
게요. 새해 첫 근문데 그 정도는 해드려야죠.”

오른쪽 끝에 있던 남자가 서글서글한 눈매로 웃으며 말했
다.

“저 친구는 화학 담당자고 이름은 손문이에요. 화학, 생물,
물리 못 하는 게 없죠. 기계, 전자를 뺀 모든 학문을 다 다
룬다고나 할까요? 어찌 보면 혜민 씨랑 보조를 많이 맞춰야
할지도 모르겠어요.”

송호성 변리사가 사족을 달았다.

“반가워요. 송희예요.”

나이가 들어 보이는 여자는 선우혜민 앞으로 와 손을 내밀
었다. 선우혜민이 엉겁결에 손을 잡았다. 송희의 손은 따뜻
했다.

“아, 네. 잘 부탁드립니다.”

선우혜민은 손을 잡은 채 고개를 숙여 인사했다.

“자, 인사가 다 끝났으면 이제 일을 합시다. 혜민 씨는 잠
깐 내 방에 들렀다 가고.”

선우혜민은 송 변리사가 타 준 커피를 들고 그를 따라갔
다. 다 함께 모였던 중앙 홀 같은 곳에서 출입구 방향을 지
나자 바로 칸막이가 있었다. 별도의 문이 있는 내실이었다.

출입문에 ‘변리사 송호성’이라는 명패가 붙어 있었다.

사무실로 들어서자 작은 책상이 정면에 놓여 있고 회의실에서나 볼 법한 커다란 모니터가 까만 뒷모습을 드러낸 채 서 있었다.

책장 뒤 벽면에는 그림이 하나 걸려 있었다. 어디선가 많이 본 그림인데 무슨 그림인지 기억이 나지 않았다.

"세한도라고 하지."

혜민의 눈길을 따라간 송호성은 묻지도 않았는데 대답을 했다. 그림은 겨울을 극명하게 보여주는 듯했다. 쓰러져 가는 집 주위에 소나무 네 그루가 겨우 목숨만 부지한 채 힘겹게 서 있었다.

"추사 김정희가 그린 그림이야. 물론 진품은 아니고. 추사 김정희가 제주도로 유배를 가서 그린 그림이지. 당시 그의 마음을 잘 드러낸 작품이라고나 할까. 내 마음 같기도 해서 걸어 놨어."

"사무실 이름이 소나무인데, 그림과 관련이 있나요?"

"없다고는 할 수 없겠지. 소나무는 푸르고 또 푸르지. 결코 계절에 지지 않아. 타협하지도 않고. 그래서 그만큼 슬픈 나무야. 다른 나무들이 시샘을 많이 하거든."

왠지 그날 선우혜민은 송호성 변리사의 눈에서 소나무처럼 푸른 눈물을 본 것만 같았다. 결코 시들 수 없는 열정의 안타까움 같은 것이 세한도 위에 어른거렸다.

선우혜민은 인터넷으로 세한도를 찾아보았다. 세한도는 송 변리사의 모든 걸 말해 주는 듯했다. 겨울에 홀로 푸른 소나무. 김정희는 세한도를 그려 제자 이상적에게 보냈다. 그때 함께 쓴 편지에 공자가 논어에서 말한 '세한연후 지송백지후조(歲寒然後 知松柏之後凋)'를 적었다. 날씨가 추워진 뒤에야 소나무와 잣나무가 늦게 시든다는 것을 안다는 말이었다. 훌륭한 뜻과 기상은 위기가 닥쳐야 알 수 있는 법이었다. 아마도 송 변리사는 자기가 바로 그 공자가 말한 소나무라고 생각했으리라. 천재는 고독했고, 사무소는 강남에 있지만 김정희처럼 아무도 알아주지 않는 제주도에 있는 것이나 다름없는 유배 생활이라고 여겼는지도 모른다.

"사실은 좀 미안해서 말이야."

송호성이 뜸을 들이며 말했다.

선우혜민은 무슨 말인가 해서 눈을 동그랗게 떴다.

"변리사니까 별도로 방을 하나 만들어 주면 좋겠는데 보다시피 사무실도 좁고, 아직 수습이니까 실무를 좀 더 익히는 것도 좋겠고."

송호성은 말을 빙빙 돌렸다.

"네. 저도 실무를 익히려고 왔으니까 자리야 아무 곳이나 상관없습니다."

송호성의 눈이 커졌다.

“정말 괜찮겠어? 사실 저기 송 차장 옆에 자리를 만들어
놨어. 컴퓨터랑 다 준비해 놨으니까 일하는 데는 문제가 없
을 거야. 불편한 게 있으면 옆에 송 차장에게 뭐든지 말해.
다 들어줄 테니까.”

“반갑습니다. 차장님. 제 자리가 여기네요.”

선우혜민은 인사를 하며 주머니에서 캔 커피를 꺼내 송희
책상 위에 놓았다.

“하하, 변리사님. 반가워요. 젊은 변리사 분이 옆에 오니까
좋네요. 그동안 남자만 우글거려서 홀아비 냄새가 폴폴 났는
데, 이제 우리 사무소도 좀 향긋해지겠어요.”

송희는 환하게 웃으며 선우혜민의 자리를 챙겼다. 선우혜
민은 사회생활 자체가 처음이라 하나부터 열까지 송 차장의
도움을 받아야만 했다. 인터넷 아웃룩 이메일 계정을 설정하
는 법, 사내 메신저를 깔고 파일을 주고받는 법, 전자 결재
를 진행하는 법, 특허청 전자 출원을 실시하는 법. 심지어는
전화 응대를 하는 법이며 업무적인 메일을 주고받을 때 인사
말 적는 법까지 하나하나 배웠다. 그리고 점심을 먹는 식당
은 어디가 좋고 어디나 나쁘며, 커피를 마시는 카페는 어디
가 싸고 맛있으며 양이 많은지도 배웠다.

송희는 점심을 먹고 커피를 사겠다며 선우혜민을 데리고
카페로 들어갔다. 선우혜민 변리사님에서 동생으로, 송희 차

장님에서 언니로 호칭이 바뀌기 시작하자 두 사람은 급격하게 가까워졌다. 카페는 주변의 소란스러운 곳과는 달리 무척 조용했다.

"언니, 이렇게 좋은 곳을 몰래 숨겨 두고 혼자 다녔단 말이에요?"

선우혜민은 눈을 흘기며 송희의 어깨를 장난스레 밀쳤다.

"미안 미안, 나도 남들은 모르는 비밀 장소가 하나쯤은 있어야지. 안 그래? 근데 이젠 동생도 알아 버렸으니 뭐, 혼자만의 비밀 장소는 김샜고 둘만의 아지트로 하자. 졸릴 땐 여기 와서 한숨 자다 가도 되고."

"언니, 너무 좋아요. 주인에겐 미안한 말이지만 사람들도 없고. 점심시간인데 어디 가서 이런 고요를 맛볼 수 있겠어요? 언니 고마워요."

선우혜민은 송희가 진심으로 고마웠다. 강남은 언제 어떤 커피숍에 들어가도 조용한 곳을 찾기 어려웠다. 무든 시간대, 모든 장소에 항상 사람이 가득했다. 그러니 이렇게 아늑하고 조용한 카페를 알고 있다는 건 정말 소중한 강남 노하우에 속했다.

"그나저나 동생, 이제 적응이 좀 됐을 텐데, 우리 사무소 그동안 다녀보니까 어때?"

송희가 장난처럼 툭 말을 던졌다.

“저야 다른 곳엔 다녀본 적이 없고 아직 적응하느라 바쁘기만 해서 잘 모르겠어요.”

선우혜민은 바보처럼 실실 눈웃음을 쳤다.

“우리 대장이 동생 데려온다고 얼마나 공을 들였는지 몰라. 지금까지 5년 동안이나 받지 않던 수습 변리사였는데 말이야. 그래서 다들 궁금하기도 했고, 도대체 얼마나 똑똑한 거야, 하며 내심 반감들도 가지고 있었거든.”

“반감을 가지고 있었다고요?”

“뭐, 꼭 반감이라고 말하긴 어렵지만, 뭐라고 얘기해야 하나. 아는지 모르겠지만 여기 일하는 직원들도 사실 모두 과수석은 기본이고 매 학기마다 단대 전체 장학금을 받아온 수재들이야. 대부분 변시 시험도 봤던 친구들인데 2차에서 아깝게 떨어졌지. 가정 형편이 어려워 일단 일하면서 시험을 보자, 그리고 특허사무소로 들어와서는 그냥 눌러앉아 버린 친구들이야. 이왕이면 변시 공부할 때 신으로 추앙했던 송호성 변리사가 있는 곳에서 근무하자 싶었던 거지. 그들에게 이곳은 천국과 같았어. 이제는 변리사 시험은 포기한 채 여기서 그냥 변리사님이랑 일하는 게 행복하다고 해. 매주 수요일 다 같이 모여 공부하고 토론하면서 느꼈겠지만 모두 엄청난 내공으로 특허법, 상표법, 민법 토론이 벌어지잖아. 이런 특허사무소는 없을걸. 아마도 그걸 알기 때문에 우리 대장이 5년 동안이나 수습 변리사를 못 받았을 거라고 생각해. 사실 처음 들어왔던 수습 변리사는 자신의 실력이 직원들보다 못하다는 사실에 좌절을 느껴 여길 나갔는데 결국 다시는 변리 업계에 발을 들이지 못했어. 그때 변리사님이 좀 충격을 받았던 거 같아.”

선우혜민은 수습 딱지를 떼고 나서도 송호성 변리사가 왜 자기만 수습 변리사로 뽑았는지 그 이유를 듣지 못했다. 궁금하기도 했지만 물어볼 용기가 없었다. 송호성은 편하게 대한다고 대했지만 선우혜민은 아직 어렸고 사회생활이나 인간관계가 서툴렀다. 어느 정도로 감정을 표현해야 할지, 어느 정도로 받아들여야 할지 그 정도를 완전히 파악하기가 힘들었다. 대신 사무실 분위기가 좋아 자유롭고 평등한 곳이구나. 여기서 오래 일해도 좋겠구나, 생각하며 주어진 일을 열심히 했다.

이론과 다르게 실무들은 역동적이었고 기업체에 전문적인 도움을 준다는 보람도 있었다. 다만 회사가 너무 가난해서 비품을 아껴 써야 하고 커피와 식사를 자기 돈으로 사 먹어야 한다는 점이 좀 아쉬웠지만 월급이 밀린 적은 한 번도 없었다. 회사는 작은 가족 같았다. 언제나 웃음꽃이 만발했다. 사무실에서는 늘 잔잔한 음악이 흘러나왔다. 송호성 변리사가 직접 선곡한다는 음악은 뇌의 긴장을 풀어 주고 일의 효율을 높여 준다고 했다. 모차르트 이펙트가 아니라 송호성 이펙트였다.

“동생, 혹시 다음 주 토요일에 무슨 일 있어? 시간 괜찮으면 같이 봉사 활동 가지 않을래?”

봄이 막 찾아왔을 무렵 송희가 물었다.

“봉사 활동요? 와, 우리 회사가 그런 것도 하나요?”

“두뇌 재능 기부 같은 건데, 별로 어렵진 않아.”

“네. 저도 갈래요. 직원 모두 간다는데 제가 빠질 순 없죠.”

그렇게 시작한 두뇌 재능 기부 봉사 활동은 지속적으로 이어졌다. 선우혜민은 그것이 봉사 활동이 아니라 은밀한 연구 활동인 것을 알게 됐다. 엄밀히 말하면 임상 실험 가운데 하나인데 직접 실험 대상이 되는 것이었다. 임상 2상을 마치고 임상 3상에 들어선 단계라 매우 안전하다고 했다.

송호성의 주도로 참여한 토요 모임은 선우혜민에게 또 하나의 일상이 되고 있었다.

누군가의 기쁨은
누군가의 슬픔을 가져온 것이다.

어둠이 소리 없이 미끄러져 내려왔다. 햇살에 반짝반짝 빛
났던 아스팔트 바닥도 거뭇거뭇해져 있었다. 승원은 실내화
가방을 오른발로 툭툭 찼다. 집 앞에 왔지만 바로 들어가지
않고 초등학교 쪽으로 발길을 돌렸다. 집에 들어가고 싶은
마음이 전혀 없었다.

집으로 들어간다는 것은 곧 한 마리의 짐승이 되는 것과
같았다. 물론 언제까지고 바깥에서 서성거리고 있을 수만은
없었다. 만두와 어묵을 파는 포장마차 앞을 흘끔흘끔 쳐다보
며 지나갔다. 뜨거운 냄비에서 흘러나오는 고소한 냄새가 식
욕을 자극했다. 표가 나지 않게 최대한 코를 크게 벌려 킁킁
거리며 냄새를 맡았다. 포장마차를 지나자 초등학교 정문이
나타났다.

운동장에는 초등학생들이 없었다. 대신 반바지를 입은 외국인이 땀을 흘리며 운동장을 달리고 있었고, 한쪽에서는 또래로 보이는 남자 고등학생 몇 명이 농구 골대 앞에서 공을 튕기며 에너지를 쏟아 내고 있었다. 승원은 아무도 없는 시소로 걸어갔다. 반대편에 책가방과 실내화 가방을 던져 놓고 가까운 쪽에 털썩 앉았다. 승원의 몸을 어쩔 수 없이 껴안은 시소는 끼익끼익 쇳소리를 내며 바닥으로 기울어졌다. 바닥에 심어 놓은 타이어에 시소 바닥이 쿵 소리를 내며 부딪쳤다. 살짝 부딪쳤는데 가슴이 철렁하며 바닥으로 내려앉았다.

가슴이 철렁한다는 말은 매우 실제적인 표현이었다. 시소가 내려앉는 순간 중력에 따른 위치에너지의 심각한 감소가 일어난다. 승원은 빠르게 위치에너지 값을 구해 보았다. 솔직하게 밝힐 순 없지만 자신의 몸무게를 60킬로그램이라고 가정하고, 자신의 뜨거운 심장이 1미터 높이에 있다고 하면 그 때의 위치에너지는 588mh가 된다. 뭐 그다지 어려운 계산식은 아니고 위치에너지 = 9.8 x 질량(kg, m) x 높이(h)의 공식으로 그저 곱하기만 하면 된다. 서 있다가 시소의 의자에 앉는 바람에 심장이 0.2미터 위치로 내려오게 되면 위치에너지는 117.6mh가 될 것이다. 그러니까 위치에너지는 철저하게 높이의 지배를 받는다. 지면에서 위로 올라갈수록 위치에너지가 커지는 것이다.

사람이 가만히 서 있다가 시소에 앉아 바닥으로 내려가는 시간은 1초도 채 걸리지 않을 것이다. 그 짧은 시간에 1미터 에서 0.2미터로 이동했다고 하면 심장이 얼마나 수축되고 쪼그라들지 상상이 된다. 심장은 관성의 법칙에 따라 1미터 높이에서 자신의 정체성을 지키려 하겠지만 수 초 사이에 이미 바닥으로 내려와 버렸기 때문에 놀란 심장은 뒤늦게 자기 위치를 찾아 허둥지둥 아래로 내려올 것이다. 이때 심장은 빛의 속도로 아래로 이동하게 되고 뇌는 이것을 가슴이 철렁 내려앉는 것으로 인지하게 되는 것이다. 그러나 이런 실질적인 공간 이동이 아니라도, 승원은 이제 아빠의 발걸음 소리, 초인종 소리만 들어도 심장이 바닥으로 철렁철렁 내려앉는 걸 느낄 수 있었다.

위치에너지 공식이 다 뻥이라는 걸 온몸이 증명하고 있었다. 게다가 호흡마저 가빠지고 속이 더부룩해지며 배가 사르르 아파 오기 시작하다 화장실로 뛰어가야 하는 과민성 대장 증후군 증상까지 겹치면서 수 초 만에 전방위적으로 환자가 되어 버리곤 했다.

조금씩 더워지고 있었다. 날씨가 더워진다는 것은 8월에 있을 전국 암산 경시대회가 점점 다가온다는 뜻이기도 했다. 날짜가 갈수록 아빠의 히스테리는 더욱 심해졌다. 승원은 아빠를 견딜 수가 없었다. 어떨 땐 아빠가 죽어 버렸으면 좋겠다는 생각을 하기도 했다. 왜 그렇게 자신을 학교 제자와 비교하는지 알다가도 모를 일이었다.

괜한 열등감이었다. 승원은 그것이 아빠의 열등감에서 비롯된 것이라고 생각했다. 아버지는 자기의 못다 이룬 꿈, 학교에서 1등을 하지 못한 꿈, 그 열등감을 아들을 통해 보상받으려고 했다. 승원은 힘없이 가방을 들고 일어섰다. 더 늦었다간 엄마의 불호령이 성난 화살처럼 날아들 것이다. 왜 부모들은 자녀를 못 잡아먹어서 안달인지.

부모가 맞벌이를 하는 태경이가 부러웠다. 태경이 부모는 저녁밥을 차려 줄 형편이 안 되니까 좋은 식당에서 그냥 사 먹고 다니라고 태경이에게 체크카드를 줬다. 태경이는 저녁마다 뭘 먹을지 고민하며 편의점을 기웃거리거나 중국집을 어슬렁거렸다. 태경이 기분이 좋을 때 승원도 짜장면 한 그릇을 얻어먹기도 했다. 짜장면은 시켜 먹으면 5천원이었지만 식당에 직접 가서 먹으면 3천원밖에 하지 않았다. 컵밥도 천원이면 해결할 수 있었고 맛까지 좋았다. 그렇게 보면 대한민국은 참 살기 좋은 나라였다.

"식당 밥들은 죄다 부실하기 짝이 없어. 너는 그런 밥을 먹으면 안 돼. 뇌에 충분한 영양분을 넣어 줘야 한다고."

승원의 아빠는 반드시 집에 와서 저녁밥을 먹으라는 엄명을 내렸다. 엄마는 머리에 좋다는 음식들로 식단을 구성하고 아들에게 저녁을 꼬박꼬박 챙겨 주었다. 문제는 그런 영양가 많은 밥들이 대부분 맛이 없다는 것이었다. 엄마는 맛도 없는 아들의 저녁을 준비하느라 하루의 대부분을 소비했다. 엄마가 직장을 가지지 못하는 이유는 어쩌면 아들의 식사 때문인지도 몰랐다.

"다녀왔습니다."

입속에서 웅얼거리다 끝난 말이 채 마무리되기도 전에 엄마의 질문이 쏟아졌다.

"왜 이렇게 늦었니? 경시대회 얼마 안 남았다고 오늘 학원에서 추가 학습했니?"

"추가는 무슨! 경시대회는 아직 한참 남았는데. 배고파요. 밥이나 줘요."

승원은 대회 같은 건 관심에도 없다는 듯 엄마의 말을 잘랐다.

"무슨 소리니? 8월이면 이제 코앞인데. 이번에는 무슨 일이 있어도 등수 안에 들어야 할 것 아니니? 아빠가 저렇게 기대하고 있는데."

"아니, 저게 무슨 기대예요. 숫제 날 찜통에 밀어 넣고 있는 거지. 아빠 때문에 숨도 못 쉬겠어요. 아빠 때문에 어쩌면 나 죽을지도 몰라요. 만약 내가 죽으면 그건 다 아빠 때문이란 것만 알아 두세요."

승원은 엄마에게 못할 말을 했다. 가슴에 못을 박는 말인 줄 알면서도 터진 입이라고 말은 아무렇게나 튀어 나왔다. 친구도 별로 없는 승원은 어디 하소연할 데도 없었다. 그저 만만한 게 엄마였다. 엄마는 아빠 말을 거역하지도 못했지만 그렇다고 아들을 엄하게 다루지도 못했다. 엄마는 여기서 종종, 저기서 종종, 그저 남편과 아들 사이를 왔다 갔다 하며 조바심만 냈다.

한기수의 목표는 소박했다. 1차로 S대 암산 경시대회에서 우승을 하고 그 기세를 몰아 독일 국제 암산 대회에 도전해 입선하는 것이었다. 물론 그건 아들인 승원이가 달성해야 하는 목표였다. 대신 이를 위해 꼼꼼하게 준비하고 코치하는 것이 아빠인 한기수의 역할이었다. S대에서 매년 열리는 암산 수학 경시대회는 초등부, 중고등부, 일반부로 나눠 치러졌다. 지난 해에 중학생이었던 승원이는 입선에도 들지 못했다. 어떤 수준인지 맛이나 보자며 참가한 것이었지만 충격이 컸다. 서른 명이나 뽑는 입선에도 들지 못하다니 자존심이 상했다. 아들은 그저 서울에 올라온 것이 신기하다며 즐거워했다. 보는 사람만 없었다면 몇 번이나 주먹을 날렸을 것이다. 입선에도 들지 못한 녀석이 어떻게 낯짝을 들고 히죽히죽 웃을 수 있는지 기수는 이해할 수가 없었다.

올해 1위를 노리는 한기수의 제자 뽀식이는 지난해 3위로 입상했다. 녀석은 당당하게 수상자가 되어 메달도 받고 사진도 찍었다. 물론 승원이도 사진을 찍기는 했다. 하지만 그것은 수상자 사진이 아니라 참가자 전원 단체 사진이었다. 맨 앞에는 주최 측 대학 총장이 앉았고 그 좌우로 1등부터 3등까지 의자에 앉았다. 30등까지의 입선자들은 그 뒤에 두 줄로 나란히 섰다. 승원이는 뒤에서 둘째 줄에 섰다. 멀리서 보면 얼굴도 잘 보이지 않았다. 어디 가서 대회에 참가했다고 말하기도 부끄러웠다. 사진비가 아까웠다. 수상자도 아닌데 사진을 액자에 넣어 12만 원에 판매하는 상술이 대단했다. 12만 원에 100명이면 1200만 원이 아닌가. 참가비 받아 처먹고 사진비 받아 처먹고. 나쁜 놈들. 한기수는 누가 보든 말든 바닥에 침을 탁 뱉었다.

참가하는 데 뜻을 둔 많은 아이들은 수상과 상관없이 꽃다발을 가슴에 품고 있었다. 일부 아이들은 손을 들어 브이 자를 만들기도 했는데, 나머지 대부분 아이들은 어색한 표정으로 정면을 뚫어지게 쳐다보고 있었다. 그러나 앞줄의 수상자들은 주최 측에서 준비해 온 꽃다발과 가족들이 가져온 꽃다발로 얼굴이 보이지 않을 지경이었다.

가족들은 어떻게 자기 자녀가 순위에 들 줄 알고 꽃다발을 준비했을까? 주최 측이 문제를 어디 흘리기라도 한 것일까? 주산 암산 학원 선생님들이 어떻게든 줄을 대어 문제를 확보하려고 동분서주한 사실은 인정해야 했다. 한 명이라도 수상자가 나와야 학원의 인기가 올라갈 수 있으니까. 수상자가 나오면 학원 입구는 물론이고 동네 입구에서부터 현수막을 내걸어 대단한 천재가 탄생한 것처럼 포장하였다.

'축 1등, 전국 암산 대회 제패' 같은 현수막이 마을 입구, 마을 회관, 졸업한 초등학교, 중학교 교문에 모두 내걸렸다. 시골 동네에서 주산 학원을 운영하는 것은 쉽지 않았다. 그나마 시골이라 대학보다 먹고 살 생각을 먼저 하는 곳이어서 수학 학원과 비슷한 인기를 누릴 수 있었다.

서울에 있는 대학교 암산 대회에서 수상했다는 것은, 시골 동네에서는 고생 끝, 행복 시작을 알리는 보증 수표가 될 수 있었다. 비록 3등이었지만 뽀식이의 수상 소식은 순식간에 마을에 퍼졌고 그날 뽀식이 아버지는 돼지 한 마리를 잡아 마을 잔치를 벌였다. 온갖 나쁜 짓으로 마을 어른들에게 그다지 좋은 평을 받지 못했던 뽀식이는 한순간에 마을 영웅이 되었다. 지방 신문에도 소개되었는데 그때 한기수는 마음에도 없는 뽀식이 자랑을 해야 했다.

"한국의 에디슨과 같은 학생입니다. 학교에서 다소 엉뚱한 행동들을 하지만 에디슨이 그랬던 것처럼 훗날 대한민국을 빛낼 인물임이 분명합니다."

한기수는 아들에게 주려고 가져왔던 꽃다발을 뽀식이에게

주었다. 뽀식이는 공부에는 별로 관심이 없고 놀기만 좋아하는 녀석인데 이상하게 시험만 치면 우등생과 맞먹는 점수를 받았다. 게다가 이 녀석이 암산에 능하다는 사실은 한기수를 깜짝 놀라게 했다. 한기수는 즉시 동네 주산 학원에 아들을 등록시켰다. 아들의 적성이나 취미 따위는 관심도 없었다. 다행히 자기 머리를 닮았는지 승원이는 주산에 흥미를 느꼈고 이내 학원에서 두각을 드러냈다. 한기수는 내심 승원의 깜짝 입상을 기대했다. 학원 원장도 어느 정도 기대하고 있었으리라. 그렇지만 기대는 기대에 그쳤다. 혹시나 하고 몰래 준비해 갔던 꽃다발은 홧김에 뽀식이에게 주고 말았다.

뽀식이는 깜짝 방문한 선생님 때문에 놀라고, 수상을 예측하고 가져온 꽃다발에 또 한 번 놀랐다. 학교에서 지금까지 선생님에게 이런 호의와 관심을 받아 본 적이 없었다. 물론 한기수는 "축하한다." 한 마디만 하고 휑 하니 가버렸지만 뽀식이는 등을 돌리고 강당 문을 나서는 순간까지 선생님에게서 눈을 떼지 못했다.

한기수는 주변 사람들에게 말하지 않고 대회에 참가한 게 천만다행이라고 생각했다. 그런데 아들 녀석은 온 동네방네 친구들에게 서울에 간다고 자랑을 한 모양이었다. 승원이는 어디서 들었는지 서울에 가면 꼭 남산엘 가야 한다며 졸라 댔다. 케이블카라는 것을 꼭 타보고 싶다고 했다. 한기수는 아들과 계약을 맺었다. 케이블카를 태워 주는 대신 내년에는 꼭 입상하기로.

올해 대회에서는 뽀식이가 1등을 노리고 있다는 얘기를 들은 터였다. 그렇다면 이번에는 기필코 수상자 이름에 한승원이 들어가야 했다. 대회가 다가오면서 더 거세게 승원이를 몰아붙였다. 주산 학원을 마치고 돌아와서도 승원이는 꼼짝없이 두 시간씩 아빠의 스파르타식 훈련을 받아야 했다. 한기수는 계속해서 숫자의 단위를 높이며 훈련의 강도를 높였다. 암산을 잘하는 것은 곧 공부를 잘하는 지름길이기도 했다. 한국식 교육에서는 충분히 가능한 일이었다.

모든 과목은 이해보다 암기가 우선이었다. 심지어 체육 과목도 암기를 잘해야 좋은 성적을 받을 수 있었다. 주산을 배우면 나중에는 주판을 튕기지 않아도 머릿속으로 주판알을 튕기며 암산할 수 있게 된다. 계산기 사용이 일반화되면서 주산 학원은 거의 사라지는 추세에 있었다. 세상은 더 이상 주산을 필요로 하지 않았다. 몇몇 학원은 암산 학원이라고 이름을 바꾸어 명맥을 유지했다. 사회에서는 주산을 더 이상 필요로 하지 않았지만, 암기력은 학생들에게 중요한 무기가 될 수 있었다. 굳이 학원에라도 보내서 한자 공부를 시키려는 부모가 있는 것처럼, 암기력 향상을 위해서라면 주산 학원에 못 보낼 이유가 없다는 부모들도 많았다. 시골에서는 여전히 구석구석 주산 학원, 암산 학원이 간판을 달고 있었다. 학원은 언제나 부모님 편이었다. 서울 대회에서의 한 방을 노리며 아이들의 시간과 자유를 빼앗았다.

결과는 대참패였다. 뽀식이는 진짜 1위를 하여 단상에 올라가 자랑스럽게 메달과 꽃다발을 받았다. 한승원은 30명에게 주는 입선에 겨우 턱걸이를 했다. 화가 난 한기수는 시상식을 보지도 않고 혼자 집으로 와 버렸고, 승원이는 시상식을 마치고 얼이 빠진 채 혼자 버스를 타고 집으로 돌아와야 했다.

서울에서 전주로 내려오는 길은 참으로 험했다. 엄마가 배고플 때 사먹으라고 몰래 준 만 원짜리가 없었다면 쫄쫄 굶고 가출 학생이 될 뻔했다. 승원이가 초라한 몰골로 새벽녘에 겨우 집으로 돌아왔을 때 한기수는 그때까지 술에 취해 있었다. 거지꼴로 들어선 아들은 본 그는 반쯤 풀린 눈으로 소리쳤다.

"나가! 아들이라고 부르고 싶지도 않으니까 당장 내 집에서 나가!"

폭발하는 모든 것은

자기를 제어하지 못한다.

괜찮겠지? 아냐. 잘못하면 크게 다칠지도 몰라. 송호성은 턱을 받치고 있던 왼손을 내려 책상 위에 있던 휴대폰 끝부분을 잡고는 탁자를 탁탁 치기 시작했다. 턱은 어느새 오른손이 안전하게 받치고 있었다. 그녀가 다치기라도 한다면 그것은 내가 책임져야 해. 그렇지만 어디까지 책임질 수 있을까? 그는 턱을 받치고 있던 오른손으로 안경을 살짝 밀어 올렸다. 휴대폰을 책상에 다시 내려놓고 이번에는 팔짱을 꼈다.

시간을 오래 끌 수 없었다. 이미 A기업에게는 말을 해 놓은 상태였고 오늘이 바로 그 약속한 날이었지만 송호성은 마지막까지 결정을 내릴 수 없었다. 물론 지금이라도 취소할 수는 있었다. 아직 아무것도 결정된 것은 없었다. 너무 겁내지 마. 그는 다시 중얼거리며 앞에 놓인 커피 잔을 들어 입술을 축였다.

예가체프 커피는 향이 진했다. 머나먼 이국 땅 아프리카에서 건너온 예가체프는 붉은 황토에서 키우고 따 낸 커피였다. 커피 원두에서 흙냄새가 구수하게 올라왔다. 인류 조상이 아프리카에서 시작되었다면 한국인의 핏줄도 아프리카 어디와 닿아 있을 것이다. 커피에 녹아 있던 카페인이 뇌를 강하게 때리고 지나갔다. 정신이 번쩍 들었다.

사실은 그 때문에 그녀를 뽑은 것이 아닌가. 게다가 그녀는 변리사 시험에서 1점 차이로 차석이 된 수재다. 물리학 전공이면서도 화학을 부전공으로 했으니 A기업에게 이처럼 딱 맞는 사람도 없을 것이다.

5년 만에 뽑은 수습 변리사. 앞으로 자신의 모든 것을 전수해 주고 파트너 변리사로 함께 일하게 될 그녀였다. 학생 때부터 생글거리며 웃는 모습이 마음에 들었었다. 그동안 숨죽인 채 모든 걸 숨기고 그녀를 돌보아 온 것이 벌써 몇 해던가. 하지만 이 사실은 죽을 때까지 비밀로 간직해야 했다. 그렇게 하지 않으면 그동안 쌓아 올린 모든 것이 순식간에 사라질지도 몰랐다. 그녀는 자기 자신에 대한 가식도 없었고 타인의 시선을 의식하지도 않았다. 호성은 자신의 눈을 믿었다.

얼마나 많은 사람들이 5년 만에 뽑은 그녀를 탐색할 것인가. 그것에 대해 자신을 가져야 했다. 누구나 면접 때는 긴장하기 마련인데 그녀는 이미 오래 전부터 알던 사람인 듯 친근하게 굴었다. 이 또한 그녀의 강점이었고 재산이었다. 한 번의 웃음으로 사람을 무장 해제 시키는 천진난만함. 그러나 거대한 나무뿌리 아래에는 세상을 집어삼킬 욕망과 집요한 열정이 숨겨져 있었다. 그것이 그녀를 물리학의 천재로 만들었다. 그녀도 모르고 세상도 모르지만 송호성은 그녀의 능력을 간파하였다.

천재는 천재를 알아보는 법이었고 천재가 천재를 키우는 법이었다. 호랑이를 잡으려면 호랑이 굴로 들어가야 한다. 그는 결심을 굳히고 자리에서 일어섰다. 그녀가 아니면 안 돼. 그는 힘차게 문을 열어젖혔다.

똑똑. 노크 소리와 함께 선우혜민이 들어섰다.

"어머, 먼저 와 계셨네요."

앳되면서도 강단 있는 목소리가 그녀의 나이를 짐작하기 어렵게 했다.

"휴일에 쉬지도 못하게 하고 불러냈는데 먼저 와서 기다리기라도 해야지. 안 그러면 우리 선변한테 혼나잖아."

송호성은 과장된 몸짓으로 그녀를 맞았다. 변리사들은 변호사처럼 성에다가 변자를 붙여 김변, 최변 하며 서로를 호칭했다. 그런데 두 글자 성을 가진 선우혜민은 어떻게 불러야 할지 난감했다. 송호성은 그녀가 입사한 첫날 에이, 모르겠네 하며 그냥 앞 자만 따서 선변으로 부르기 시작했다. 선우혜민이 딱히 반대도 하지 않아 그냥 그렇게 굳어진 상태였다. 선우혜민은 외투를 벗어 옷걸이에 걸고는 맞은편에 앉았다.

"선변, 내 옆으로 와. 맞은편에는 A기업 대표가 앉아야 하니까."

송호성은 지긋한 눈빛으로 혜민에게 말했다.

"이러다 너무 가까워지는 거 아니에요? 호호."

혜민은 자리를 옮기며 살짝 눈웃음을 쳤다.

"가까워지면 나야 좋지. 아니 사실은 더 빨리 가까워져야해. 선변이 눈빛만 보고도 내 마음을 읽을 수 있을 정도가돼야 하거든."

"에이. 제가 독심술을 쓸 줄 아는 것도 아니고 무슨 수로눈빛만으로 변리사님 마음을 읽어요! 게다가 진짜 그런 일이벌어진다면 그건 더 위험하죠. 변리사님 가정을 파탄 낼 수야 없잖아요. 솔직하게 말하면 가끔씩은 애인도 되어 드릴생각이 있어요. 호호. 하지만 진짜 그랬다간 사모님한테 머리털 다 뽑히고 말걸요."

"하하. 내가 머리털 안 뽑히게 막아줄 테니까, 나랑 이번

프로젝트, 마음을 잘 맞춰서 해 보자고."

똑똑.

노크 소리와 함께 훤칠한 키의 중년 신사가 들어왔다. 차가운 바깥에서 갑자기 따뜻한 실내로 들어오자 안경은 김이 서려 뿌옇게 되었고 얼굴은 낮술이라도 한잔한 것처럼 불콰해졌다. 송호성은 자리에서 벌떡 일어났다. 혜민도 덩달아 일어났다.

"어서 오세요. 김 대표님. 여기는 지난번에 말씀드린 선우혜민 변리사입니다."

송호성은 그가 자리도 잡기 전에 선우혜민을 소개했다. 선우혜민은 어쩔 수 없이 경황없어 하는 신사를 앞에 두고 인사를 했다.

"안녕하세요. 송호성 변리사님과 함께 일하고 있는 선우혜민이라고 합니다. 잘 부탁합니다."

"말씀 많이 들었습니다. 저야말로 변리사님께 잘 부탁드립니다. A기업 대표 김 대표입니다."

김 대표는 안경을 벗어 닦다가 인사를 받고는 주머니를 뒤져 명함을 꺼내 건넸다.

선우혜민은 잠시 고개를 갸우뚱했다. 명함에는 회사 이름이 정말로 'A기업'으로 되어 있었다. 게다가 대표 이름도 '김 대표'로 되어 있었다.

A기업

김 대표
070-0700-0700
ceo_KIM@Acompany.com

A기업 김 대표가 진짜 A기업 김 대표일 줄이야. 송호성 변리사가 A기업 김 대표를 만난다고 해서 약칭으로만 그렇게 부른다고 생각했었는데 그게 아니었다. 농락당한 것일까, 이것도 테스트일까, 아니면 농담일까? 호기롭게 웃어야 하는 걸까? 그녀의 뇌는 순간 판단을 내리지 못했고, 뇌의 명령을 받지 못한 오른쪽 손은 명함을 받은 채 어색하게 허공에 머물러 있었다.

김 대표는 상대의 반응을 예상하고 있었던 듯, "아, 죄송합니다. 이번 프로젝트가 워낙 중요하고 또 보안이 생명이라 잠시 가명을 쓰고 있습니다. 양해를 구합니다."라고 말하며 농담처럼 웃어 넘겼다.

웃어야 하는구나.

"아, 네. 호호호."

이젠 능란한 애드리브로 전혀 당황하지 않은 것처럼 받아쳐야 했다.

"저도 보안 명함을 가져올걸 그랬네요. 저는 B변리사예요.

예명으로 선우혜민이라고 부른답니다."

"초면에 숙녀 앞에서 명함으로 결례를 범한 건 아닌지 조심스럽습니다."

신사는 호리호리한 체형과 다르게 굵직한 목소리가 뱃속에서 울려 나왔다. 목울대의 공명이 아주 좋았다. 아무리 보안으로 신분을 숨겨도 목소리 때문에 누군지 다 알아차릴 것만 같았다.

"하지만 특허를 특허청에 내게 되면 발명자 정보에 이름이며 주소를 다 공개해야 하는 거 아시죠?"

"역시 예리하시네요. 맞습니다. 특허를 내려면 발명자 정보를 주소지까지 다 공개해야 하지요. 제일 먼저는 우리 소나무 특허사무소에 다 알려줘야 하고요. 물론 회사 정보도 마찬가지고요."

김 대표는 패배를 선언하는 듯했다. 정직하게 특허를 낸다면 모든 것은 투명해야만 했다. 특허는 거짓을 허용하지 않는 제도다.

"하지만 우린 그걸 감추어야 합니다. 다른 사람이 모르도록 해야 한단 말입니다. 우리 회사가 이번에 특허를 내려는 기술을 성공했다는 사실이 알려지면 그 즉시 우리 회사는 이 지구상에서 사라지고 말 겁니다. 어떻게 하면 좋을까요? 선우혜민 변리사님."

　김 대표는 갑자기 정색을 하며 질문했다. 선우혜민은 김 대표를 똑바로 쳐다보았다. 경쟁 기업의 존재가 그렇게 두려운 것인가? 특허는 발명자에게 일정 기간 동안 독점권을 부여하지만 대신 그 기술을 공개하여 누구라도 그 기술을 이용하여 더 나은 기술을 개발하도록 해야 한다. 그게 국가경쟁력을 높이는 길이었다. 특허는 그렇게 창과 방패의 모순을 모두 가지고 있는 치명적인 제도였다.

　독점권을 가지려면 자기 기술을 공개해야 한다. 공개하지 않으면 혼자 사용할 수 있지만 경쟁 기업이 기술을 훔쳐 사용해도 이를 저지하기가 어려워진다. 다만 특허 서류를 제출하고 1년 6개월이라는 기간 동안은 비밀을 유지시켜 준다.

　그의 얼굴에서는 초조함이 엿보이지 않았다. 대신 강한 자신감과 승리감이 가득했다. 그렇다면 이건 질문이 아니다. 얼마나 알고 있는지 떠보는 것이다. 하늘 같은 송호성 선배를 옆에 두고 이런 수모를 당해야 하다니.

　수치감이 몰려왔다. 하지만 걷어 내야 했다. 세상 물정에 닳고 닳았다는 것을, 정글과 같은 험난한 사회를 뚝심으로 헤쳐 나갈 힘이 있다는 것을, 정답이 아니라 요령이 있다는 것을 보여 줘야 했다. 윤리적 도덕성을 묻는 건 아니겠지. 법을 어기지 않으면서도 고객의 마음을 헤아리는 신통한 대답을 내놓아야 했다. 그래, 알겠어. 선우혜민은 긴장을 풀고 다시 웃음을 머금었다.

"별로 좋은 방법은 아니지만, 일단 회사 이름이 아닌 개인 발명으로 특허 출원을 진행해야 하겠네요. 뭐, 그 다음엔 발명자를 본인이 아닌 다른 사람으로 내세워야겠죠. 그러니까 은행으로 치자면 차명 계좌를 트는 것, 휴대폰으로 치자면 대포폰을 만드는 것. 이렇게 진행하면, 특허를 누가 냈는지 알 수 없는, 1차 위장은 할 수 있겠군요."

"빙고! 역시 기대했던 그대롭니다."

김 대표가 환한 웃음을 지었다. 선우혜민을 보며 엄지손가락을 들어 올렸다.

"송 변리사님. 어깨가 든든하겠네요. 하나를 물으면 열을 대답하는 친구군요."

선우혜민은 얼굴을 붉혔다. 이걸 시험이라 볼 수도 없지만, 법을 피해 가는 부정한 방법이 무엇인지를 묻는 이상한 시험에 합격한 거라 생각하니 기분이 묘했다. 법을 다루는 전문가로서 한심하기까지 했다. 그렇지만 송호성 변리사는 기분이 좋아 보였다.

"일단 앉읍시다. 배도 고픈데 음식도 시키고 먹으면서 이야기합시다."

송호성은 분위기를 바꿀 겸 식사를 주문하고는 대화를 이끌었다. 대화는 경제, 정치, 역사, 기술을 아우르며 전방위로 이어졌다. 선우혜민은 겨우 고개만 끄덕이며 추임새만 넣을 수 있었다. 북한의 핵실험 얘기가 나왔을 때는 조금 아는 척을 하려고 했지만 그때는 입안에 음식이 들어 있었고, 음식을 삼킨 다음에는 어느새 다른 주제로 넘어가 있었다. 역시 타이밍이 중요했다.

송호성은 대화 도중 흘끗흘끗 선우혜민을 훔쳐보았다. 대단한 여자라는 생각이 들었다. 사회 초년생. 직장 생활이라고는 여기 특허사무소가 처음인 그녀가 이토록 여유 있게 기업체 대표와 맞장을 뜰 수 있으리라고는 생각지도 못했다. 기대 이상이었고 최고였다.

선우혜민은 대화에 깊이 참여할 수 없었다. 말없이 식사에 열중할 뿐이었다. 얼굴은 수시로 달아올랐고, 심장 박동도 불규칙하게 오르내렸다. 시험 같지 않은 것으로 1차 신임은 얻었지만 곧 전공 시험이 기다리고 있을 것이다. 처음이자 마지막일지 모른다. 김 대표와 송호성 변리사에게 자신의 존재를 단번에 증명시켜야 했다. 한 번의 실수로 모든 것이 허사가 될지도 모른다는 불안감이 그녀를 긴장하게 했다.

"선우혜민 변리사님. 사실 저희가 약간의 어려움이 있어 도움을 청하려고 합니다."

김 대표가 다시 말문을 열었다. 드디어 올 것이 왔구나.

선우혜민은 자신도 모르게 입안에 씹다 만 음식물을 꿀꺽 삼켜 버렸다.

"송 변리사님께는 말씀드렸지만 이번에 출원하고자 하는 기술은 원자 번호 72번을 이용한 폭파 방법입니다."

"72번이라면……."

선우혜민은 바로 뒷말을 잊지 못했다.

"하, 프, 늄?"

"맞습니다. 하프늄. 역시 알고 계시네요. 알고 있으리라 생각했습니다."

그의 말투에는 신뢰가 가득 묻어 있었다. 고개를 끄덕인 그는 다시 말을 이었다. 그의 목소리가 낮고 조용했다.

"그렇지만 특허 내용에는 하프늄을 철저히 숨겨야 합니다. 겉으로 드러나는 발명은 단순한 화약 제어 방법이 되겠죠. 지르코늄으로 위장할 수도 있습니다."

"하프늄은 방사능 물질이라 매우 위험해서 함부로 다룰 수 없지 않나요? 핵잠수함이나 원자로 제어봉에 쓰인다고 알고 있는데."

선우혜민은 기술의 수준이 일반인의 범위를 넘어서는 것이라 조심스러웠다. 게다가 하프늄에 대해서는 일반적인 이론 외에는 아는 것이 별로 없었다.

"맞아요. 역시 대단하십니다. 지르코늄은 잘 알아도 하프늄에 대해서 아는 사람은 드문데, 화학 전공도 아니면서 하프늄을 알고 계시는군요."

"고등학교 때 원소 기호를 몽땅 외웠죠. 마지막 번호까지 요. 그리고 웬만해선 잘 안 까먹는답니다. 워낙 가난하게 자라서 한 번 주워 먹은 건 좀체 내뱉질 않거든요. 그리고 사실 화학을 부전공으로 공부하기도 했고요."

"역시 역시, 정말 마음에 듭니다. 제가 전문가를 옆에 두고 속을 태우고 있었네요."

김 대표는 옆에 놓인 물로 입을 헹군 뒤 본격적으로 설명하기 시작했다.

"알고 계신 것처럼 하프늄은 위험하지만 반도체 칩에도 사용되는 만큼 어느 정도는 일반화된 물질이라고도 볼 수 있어요."

하프늄은 지르코늄에 아주 미량으로 섞여 있는데, 지르코늄을 생산할 때 하프늄을 분리하여 얻는다. 하프늄은 미국과 프랑스가 최대 생산국이지만 워낙 소량만 나오기 때문에 고가의 물질에 해당되어 일반인이 접하기는 어려운 물질이다.

A기업은 일반 산이나 암반에 존재하는 천연 하프늄을 이용해서 폭발이 일어나도록 하는 기술을 개발했다고 한다. 세계 최초였고 어디에도 알려지지 않은 신기술이었다. 비밀을 지켜 주면서 특허를 등록 받도록 해 주는 조건으로 A기업은 송호성에게 사무실 1년 치 일감을 확보해 주겠다고 했다.

"발명 내용을 숨기되 특허를 등록 받은 뒤에는 권리 행사를 제대로 할 수 있도록 특허를 꾸며 주시는 부분은 송 변리사님이 알아서 잘해 주시리라 믿습니다. 그리고 등록이 6개월 이내에 이루어지면 최소 3년 치 수임료는 책임지겠습니다."

파격적인 조건이었다. 송호성은 감격했다. 감격한 표정이 아니라 진짜 감동을 먹었다. 천재 변리사로 소문이 나 있지만 깐깐하고 고집 센 변리사라는 이미지가 있어서 사건을 수임하기가 점점 어려워지고 있었다. 달마다 직원들 월급을 주기 위해 돈을 빌리러 다니는 것도 한계에 부딪친 참이었다. 게다가 사무실 임대료도 3개월이나 밀려 자존심을 구기고 있었다. 그런데 자신의 천재성도 인정해 주고 수임료도 3년 치까지 보장을 해준다니 마다할 이유가 없었다. 게다가 A기업의 기술은 국가 이익에 이바지하는 진짜 A급 기술이 아닌가. 이건 돈도 벌면서 애국하는 일이었다.

김 대표가 아무도 없는 주위를 둘러보더니 허리를 굽히고 목소리를 낮추었다.

"다만, 기술적으로 아직 완전히 해결하지 못한 부분이 있는데, 선우혜민 변리사님이 좀 도와주셨으면 합니다."

"특허 관련이 아니라 기술적으로 제 도움이 필요하다고요? 저, 저는 화학이 부전공 수준이고."

“만약 선우혜민 변리사님이 이 부분을 도와주신다면, 변리사님을 사업 파트너로 판단하여 저희 매출의 1%를 매달 수수료로 지급해 드리겠습니다.”

김 대표는 말을 자르며 돈으로 밀어붙였다. 다른 것을 생각할 여유가 없었다. 붙잡느냐 버리느냐를 빨리 결정해야 했다. 이익의 1%만 준다고 해도 돈방석에 앉게 될 텐데 매출의 1%라면 상상을 초월하는 금액이 될 수 있었다.

선우혜민은 경제 개념이 약해 매출의 1%라는 말을 실감하지 못했다. 그저 대단히 많구나, 평생 돈 걱정 안 해도 될 정도인가? 아버지 요양원 걱정은 없겠네, 하는 정도만 생각했다. 하지만 송호성 변리사가 체감하는 수준은 매우 구체적이고 실질적이었다. 그는 입을 다물 수가 없었다. 왜 그런 조건을 여기에서 폭탄처럼 터뜨리는지, 그걸 선우혜민에게 준다는 말인지, 소나무 특허사무소에 준다는 말인지 모든 게 모호했다. 반드시 확인하고 짚고 넘어가야 할 중대 사항이었다.

“저희 기술은 하프늄 같은 화학 물질을 이용하여 단단한 암반을 폭파하는 것입니다. 기술의 핵심은 폭발력을 이용하되 공기 파동을 따라 원거리로 이동시켜 원하는 양만큼만 폭발시키는 것입니다.”

“지금 말씀하신 기술이, 화학 물질을 공기의 흐름을 따라 멀리 원하는 곳으로 이동시키고, 원하는 양만큼만 폭발하게 한다는 겁니까? 그걸 진짜 성공하신 건가요?"

"네. 맞습니다. 정확히 이해하고 계시네요. 지르코늄으로는 성공했는데 하프늄에서 조금 문제가 생겼습니다. 공기 매질의 불안정성을 완전히 해소하지 못해 잦은 오류가 발생하고 있습니다. 그러던 중, 최근에 물리학지에 실린 선우혜민 변리사님의 논문을 읽었습니다. 공기 파동과 음파 파동을 결합한 초지향성 이론이었지요. 저는 바로 소리쳤습니다. 유레카. 유레카. 바로 이 기술이 우리를 살려 줄 거라고요."

선우혜민은 깜짝 놀랐다. 자신의 논문까지 검색했다니 김 대표는 도대체 어떤 사람인가. 게다가 공기 파동과 음파 파동을 결합하는 초지향성 이론을 이해할 수 있다니. 갑자기 무서워졌다. 그 논문은 박사 과정에 있는 친구와 함께 소논문으로 장난삼아 발표한 것이었다. 뭘 해보려는 것은 아니었고, 머릿속으로만 생각하던 것을 이론으로 구체화시켜 정리를 해본 것에 불과했다. 선우혜민은 김 대표의 말을 듣자마자 자신의 이론에 하프늄을 적용할 경우 성공률이 얼마나 될지 재빨리 계산해 보았다.

천연 하프늄을 터널 안에서 즉석에서 조합해 폭발이 일어날 수 있도록 하고, 초지향성 원리를 이용해 원하는 지점에서 폭발이 일어나도록 한다면, 이것은 터널을 위한 암반 발파가 아니라 세상에 또 하나의 무기가 만들어지는 것이었다. 전 세계를 위험에 빠트릴 아주 치명적인 무기가 될 수도 있었다.

이 제안을 받아들일 수 있을까. 금전의 유혹은 컸지만 선우혜민은 자신이 없었다. 하루아침에 거대한 음모의 한복판으로 들어선 것 같았다. 뒤를 돌아 달리고 싶었지만 발걸음이 떨어지지 않았다. 결정해야 했지만 결정할 수 없었다. 맛있게 먹은 음식이 독약처럼 쓰게 느껴졌다.

"화장실 좀."

선우혜민은 비틀거리며 화장실로 향했다.

칼은
정곡을 찌른다.

　김태근은 팀원들을 불러 모았다. 그동안 조사한 내용들을 모아 퍼즐 조각을 맞춰 봐야 했고 강민호에 대한 의문점도 확실히 짚고 넘어가야 했다. 6월인데도 벌써 한여름처럼 무더웠다. 에어컨을 틀기에는 조금 이른 날씨였지만 몸에 열이 많은 그는 더운 걸 참지 못했다. 하지만 6월부터 에어컨을 틀어 댈 수는 없었다. 김태근은 머릿속으로 상황을 정리하며 앞에 놓인 생수병을 따고 냉수로 목을 축였다. 입술에 흘러내리는 생수를 손등으로 훔치며 보드 판 앞으로 걸어 나갔다.
　"박 형사, 요하네스 기셀인가 하는 독일 칼에 대해서 알아본 건 어때? 주변 식당을 탐문 조사 해보라고 했는데."
　박형택은 서류철을 들여다보며 입을 열었다.

“아, 네. 강남역 주변 식당을 조사해 봤는데, 몇몇 식당에서 그 칼을 사용하고 있었습니다. 셰프들이 상당히 선호하는 칼로 잘 알려져 있던데요. 칼도 용도별로 다양해서 뼈 칼, 정육 칼, 빵 칼, 치즈 칼, 연어 칼 등 종류도 많았고 가격도 천차만별이었습니다.”

“그럼, 범행에 사용된 칼은 어떤 용도의 칼이야? 그땐 과도라고 했는데, 맞아?”

“아, 그게 착오였습니다. 칼날 길이가 13센티미터 수준이어서 과일 깎는 용도가 아닐까 생각했는데 발견된 칼은 생선이나 작은 육류, 채소 같은 걸 자를 때 많이 사용한다고 합니다.”

“그렇다면 이 칼은 일반 가정보다는 식당에서 더 많이 사용한다고 볼 수 있겠군.”

“네. 주방장 말로는 기셀인가 하는 독일 칼이 명품이고 비싸서 고급 식당 주방 아니면 사용하는 곳이 많지 않을 거라고 했습니다. 대부분의 식당은 값싼 칼을 사용한다고 합니다. 기셀 칼은 나름 전문 요리사를 두고 있는 곳에서 사용한다고 하는데, 반드시 식당에서만 사용하는 전문 칼은 아니라고 했습니다.”

“그건 또 무슨 말이지?”

“아, 네. 그러니까 기셀이 고급 칼이기 때문에 고급 식당에서 주방용으로 사용할 가능성이 꽤 높지만 그렇다고 반드시 식당에서만 사용하는 칼은 아니고, 일반 가정에서도 충분히 사용할 수 있다고 했습니다."

"그래도 소득이 있네. 만약 식당에서 칼을 구하고 범행을 했다면 그 식당은 고급 식당일 가능성이 높다는 거 아냐. 그렇다면 범행이 일어난 장소에서 가장 가까운 고급 식당이 어디야? 거긴 다녀왔어?"

김태근이 빠르게 분석한 뒤 목소리를 높였다.

"네, 그게 좀 이상합니다. 범행이 일어난 막다른 골목에는 식당이 없었습니다. 피해자가 쓰러진 곳 옆에 있던 쪽문은 일반 가정집이었고요. 식당은 골목을 빙 돌아 나가서 큰길가 쪽에 있었거든요."

김태근은 초조한 듯 손가락으로 탁자를 두드렸다. 강민호가 범인이고 그 칼을 사용했다면 칼의 출처와 연관성이 있어야 했다. 강민호가 식당 주방용 칼을 사용한 것이라면 식사 중에 잠시 나와 담배를 피우고 그러다 감정이 격해져 살인을 저질렀을 수 있다. 그렇지만 주변에는 식당이 없었다. 길 건너편 식당에서 밥을 먹다가 주방용 칼을 훔치고 이곳까지 담배를 피우러 온다는 것은 상식적으로 맞지 않았다.

송호성도 굳이 그렇게 막다른 골목까지 따라 나올 이유가 없었다. 그렇다면 강민호는 처음부터 어딘가에서 칼을 준비해 왔다고 보는 게 맞다.

혹시 전날 싸운 것에 격분해 집에서 준비해 온 것은 아닐까? 사건 현장도 사무실에서 가까운 곳이고 칼이 발견된 곳은 더더구나 사무실 바로 밑 쓰레기통이었다. 담배나 한 대 피우자며 그곳으로 유인해 살인을 저지르고 칼은 정신이 없어 주변 쓰레기통에 버렸을 수 있다.

강남은 아무 데서나 담배를 피울 수가 없다. 골목으로 들어가도 곳곳에 금연 표시가 붙어 있었다. 하지만 늦은 밤이고 으슥한 골목이라면 담배를 피우기 위해 그곳으로 가는 것이 나쁜 선택은 아니라는 생각이 들었다. 그렇다면 일단 강민호 집에 요하네스 기셀 상표의 독일 칼이 있는지 확인하는 작업이 필요해 보였다.

"최 형사는 어때? 범행 현장 주변 CCTV를 모조리 확인해 보라고 했는데."

최인호는 처음 맡은 살인 사건에서 자신의 존재감을 드러내기 위해 안간힘을 쓰고 있었다.

"네. 반장님. 사건이 일어난 곳을 중심으로 사방 1킬로미터 범위의 모든 CCTV를 조사했습니다."

최인호는 반장의 반응을 기대하듯 잠시 말을 멈추었다.

"그래서, 어떻게 됐다는 거야! 뜸 들이지 말고 빨리 얘기해."

“아, 네. 반장님.”

나름 칭찬을 기대했던 최인호는 오히려 호통을 듣자 얼굴이 빨개진 채 허둥지둥 빔 프로젝터를 켜고 실내 전등을 끄는 등 부산을 떨었다.

“지금 보시는 화면은 편의점에서 도로 쪽으로 조금 나간 외곽 지역 골목에 설치된 CCTV입니다.”

화면에는 한 남자가 바닥에 엎드려 고꾸라져 있었다.

“화질이 썩 좋지는 않지만 옷차림새나 큰 덩치로 볼 때 강민호로 보입니다.”

“강민호?”

김태근은 눈을 가늘게 뜨고 화면을 주시했다.

다시 강민호가 안테나에 잡혔다. 김태근은 레이더망에 들어온 강민호를 놓칠 수 없었다. 강민호는 화면에서 한참을 죽은 듯 아스팔트 바닥에 엎드려 있었다.

“처음에는 한참을 저렇게 엎드려만 있어서 누군지 몰랐습니다. 그냥 취객으로 생각하고 넘어갈 뻔했습니다. 그런데…….”

덩치가 일반인보다 커 금방 식별이 가능했다는 말은 사실이었다. 엎드려 있을 때는 잘 몰랐는데 그가 일어서자 화면이 꽉 차는 것처럼 느껴졌다. 그는 커다란 등을 들썩거렸다. 흐느끼는 것 같기도 했다. 벽을 잡고 간신히 몸을 가눈 그는 구토를 하는지 바닥을 향해 오물 같은 걸 쏟아 냈다. 고개를 흔들고 다리에 힘을 준 그는 바닥을 짚었던 손으로 벽을 잡고 힘겹게 일어섰다. 강민호는 일어서다 다시 넘어졌고 다시 넘어지다 일어섰다. 그는 비틀거리며 CCTV 화면 밖으로 사라졌다. CCTV는 멀어지는 강민호를 더 이상 추적하지 못했다. 강민호가 CCTV에 찍힌 시간은 새벽 3시였다.

김태근은 재빨리 시간을 맞추어 보았다. 강민호가 자기 사무실을 나온 시간은 2시 10분이었고, 1층 편의점에 나타난 시간은 2시 반이었다. 그가 송호성을 막다른 골목에서 새벽 2시 반에 만났고 우발적이든 계획적이든 범행을 저지르고 놀라서 도망친 시간이 새벽 3시. 그렇게 계산하면 그가 새벽 2시에 사무실을 나와서 새벽 3시 반에 집에 도착한 시간이 맞춰진다.

김태근은 가장 유력한 용의자로 강민호라는 패를 버릴 수가 없었다. 수사 방향을 한쪽으로 몰고 가는 건 위험한 방식이었지만 그는 자신의 직관을 믿었다. 그는 지금까지 다른 지역 범죄들을 분석하며 처음 오는 촉으로 범인을 지목했고 평균 60퍼센트 이상의 승률을 올렸다. 최근에는 80퍼센트까지도 범인을 맞추었다. 그런 그의 행동은 주변 동료들에게도 알려져 어떨 땐 그에게 범인이 누구일 거 같으냐며 물어 올 때도 있었다.

그가 훈련하는 또 다른 방법은 추리소설을 읽으며 범인을 찾는 것이었다. 소설이어서 사건이 다소 비현실적으로 전개되기도 했지만 소설이 갖는 예측하기 힘든 상황 설정들은 오히려 훌륭한 교관 역할을 하기도 했다. 게다가 책을 읽으면서 자신이 지목한 범인이 진짜 범인으로 밝혀지는 경우 그 쾌감은 이루 말할 수가 없었다. 소설 속 장치는 오히려 현실보다 정교해서 범인을 맞출 수 있는 확률이 낮았다.

강민호가 유력한 용의자라는 사실은 변함이 없었다. 그의 알리바이는 송호성을 살해한 그 핵심적인 시간대만 빼면 나머지 모든 것이 일치했다. 게다가 그는 얼마 전 송호성과 심한 말다툼도 하지 않았던가. 금전적인 일로 다퉜다고 했는데 좀 더 자세히 알아볼 필요가 있었다. 그리고 범죄 현장의 유일한 증거물인 요하네스 기셀 칼과의 연결점도 찾아야 했다.

갑자기 짧은 스포츠형 머리를 한 젊은 형사가 문을 열고 들어왔다.

"자네는 누구지?"

"아, 오늘 회의한다고 최인호 경위님이 알려 줘서 왔습니다."

최인호가 얼굴을 붉히며 벌떡 일어났다.

"반장님이 지시하신 송호성 컴퓨터에 대한 분석을 분석반에 있는 저 친구에게 의뢰했었습니다. 최인성 경장입니다."

“자네들 얼굴이 닮았는데……. 이름도 최인성, 최인호고. 둘이 형젠가?”

“네. 맞습니다. 제가 형이고 인성이가 동생입니다. 얼굴이 많이 안 닮아서 잘 못 알아보던데, 역시 반장님은 대단하십니다.”

최인호는 다시 얼굴을 붉혔다. 이번에는 최인성의 얼굴도 빨개졌다. 저렇게 수줍음을 잘 타서 형사 일을 어떻게 하려는지 걱정되는 형제 형사들이었다.

“형제가 같은 경찰서에 있었는데 어떻게 내가 모르고 있었지?”

김태근은 눈을 껌벅거리며 둘을 번갈아 쳐다보았다.

“네. 최인성 경장은 이곳으로 온 지 얼마 안 됩니다. 아직 일을 배우는 중인데 제가 이번 사건을 맡아 보라고 했습니다. 학교 다닐 때 컴퓨터를 잘 다루던 녀석이라 잘 분석했을 겁니다.”

최인성은 몸을 바로 세우고 기침을 두어 번 한 뒤 큰 목소리로 분석 결과를 얘기했다.

“피해자 컴퓨터에서 최근 6개월간 주고받은 이메일을 분석해 보았습니다. 고객의 항의성 메일은 몇 건 있었지만 협박을 받은 일은 없었습니다.”

“수고했어. 6개월 치면 어마어마했겠군. 그나저나 고생은 했는데 성과가 없네."

김태근은 다시 자신도 모르게 손가락으로 탁자를 두드렸다. 조급한 마음이 손가락을 통해 표출되고 있었다.

"혹시 삭제한 메일이 있지는 않았을까?"

김태근은 갑자기 손가락 동작을 멈추고 물었다.

"맞습니다. 용량 때문인지 과거 5개월 치 메일들은 거의 삭제되어 있었습니다. 그래서 저희 복원 시스템을 이용해 삭제된 메일도 모두 살려서 검토한 결과입니다."

최인성은 명쾌하게 대답했다. 수고했다는 말을 듣자 힘이 나는 것 같았다.

김태근은 삭제 메일까지도 검토한 결과라는 말을 듣자 다시 풀이 죽었다.

"메일로는 협박 받은 사실이 없었다는 거군. 그럼 AERUS -IL에 대한 내용은 어떻게 됐지? 그것도 이 친구가 작업했나?"

김태근이 최인호를 쳐다보며 물었다. 최인성이 재빠르게 입을 열었다.

"네. 반장님. 그 부분도 제가 조사해 보았습니다. 우선 AERUS-IL 중에 뒷단 아이엘은 떼어 내고, 영문자를 에어러스라고 발음하나요? 하여튼 AERUS만 먼저 조사해 보았습니다."

최인성이 밝혀낸 사실은 이랬다. 에어러스(AERUS)는 설립된 지 거의 100년 가까이 되는 미국의 전통 기업인데, 그 회사는 공기청정기나 정수기 등 가정용 건강 전자 제품을 개발하여 판매하고 있었다. 글로벌 기업은 아니었고 미국 텍사스 주변에서만 비즈니스를 하는 지역 중심의 기업이었다. 그런데 놀랍게도 송호성은 AERUS 기업과 2016년부터 꾸준히 메일을 주고받은 것으로 나타났다.

AERUS 기업은 해외 시장으로 눈을 돌리면서 한국의 정수기 시장을 매력적으로 보았고 한국에 특허를 제출하기 위해 송호성 변리사와 접촉한 것이었다. 그리고 실제 제품을 사용해 볼 수 있도록 샘플 정수기까지 한국으로 보내 왔다. 늘 몸이 좋지 않았던 그는 사용해 보고 좋으면 개인적으로도 직접 구매할 의사가 있다는 메일도 보냈던 것으로 나타났다.

"그렇다면 쪽지에 적힌 AERUS가 특별한 의미는 아니고, 그냥 해외 고객사 이름일 가능성이 있다는 거군. 그렇다면 뒷단에 붙은 IL은 뭘까?"

"그게 이상합니다. 메일에서는 단 한 번도 AERUS-IL이라는 전체 알파벳이 사용된 적이 없습니다."

"AERUS는 찾았는데, AERUS-IL은 못 찾았다. 이건 제대로 찾은 걸까, 아니면 헛다리를 짚고 있는 걸까?"

아무도 대답하지 않았다.

"좋아, 좋아. 이 정도만 해도 훌륭한 성과니까 에어러스는 일단 미국 고객 기업 이름이라고 판단하고 넘어가자고."

김태근은 손뼉을 두 번 치며 가라앉은 분위기를 띄웠다. 사소한 것 하나도 함부로 무시해서는 안 되지만 그렇다고 중요하지 않은 것을 너무 오랫동안 쥐고 있으면 그것도 수사에 방해가 될 뿐이었다. 수사 반장은 집요하게 파고들 것과 적당히 빠져나올 것이 어떤 건지 잘 구분하고 조정해야 했다. 김태근은 AERUS라는 퍼즐 조각도 일단 수면 아래에 숨겨 두기로 했다. 쪽지는 쪽지에 불과할 수도 있었다.

그날 오후 김태근은 박형택과 함께 강민호의 집을 찾아갔다. 집에는 강민호 아내 혼자 있었다. 물론 일부러 강민호가 집을 비운 업무 시간에 찾아간 것이었다. 강민호의 아내는 형사라는 말에 선선히 문을 열어 주었지만 눈에는 경계심이 가득했다. 며칠 잠을 자지 못했는지 얼굴이 푸석하고 윤기가 없었다.

"송호성 씨 살인 사건과 관련하여 몇 가지 확인할 게 있어 찾아왔습니다. 잠시 시간을 내주실 수 있습니까?"

"아, 남편한테 얘기는 들었습니다. 안으로 들어오시죠."

"저는 김태근 형사라고 합니다. 이쪽은 박형택 형사. 실례가 되지 않는다면 사모님 성함을 여쭤도 될까요?"

“네. 저는 이서희라고 합니다.”

“감사합니다. 이서희 씨. 지난번에도 찾아뵈었는데 이렇게 또 불쑥 찾아와서 죄송합니다.”

“얼마 전에 남편과도 만났다고 하던데, 저한테도 볼일이 있으신 건가요?”

“아, 걱정하실 필요는 없습니다. 그저 간단하게 몇 가지 확인할 게 있어서 왔습니다.”

“커피 드릴까요?”

“네. 감사합니다.”

김태근은 형식적으로 지나가는 인사성 질문에 정직하게 대답했다. 보통은 괜찮다고 그냥 넘기는 편인데 이날은 달랐다. 박형택 형사에게는 아무런 언질을 주지 않은 상태여서 옆에 서 있던 박형택이 깜짝 놀라 움찔하는 것이 보였다. 이서희는 손님을 거실에 남겨둔 채 커피를 대접하기 위해 주방으로 갔다.

이서희는 커피포트에 물을 올리고 잔을 준비하느라 달그락거리는 소리를 내며 분주하게 움직였다. 지난번에 찾아와 남편이 귀가한 시간을 물어봤을 때 3시 반이라고 했더니 형사의 눈썹이 위로 휙 올라가는 걸 느꼈었다. 남편에게 뭔가 문제가 생겨도 단단히 생긴 모양이었다. 형사가 집까지 찾아오다니, 설마 아니겠지.

이서희는 무의식 속에서 꿈틀거리는 부정적인 생각을 의식적으로 다시 밀어 넣었다. 그럴 리가 없어. 남편과 호성 씨는 죽마고우가 아닌가. 지금까지 그렇게 친구를 챙기는 사람을 본 적이 없었다. 다만 최근에 돈 문제로 자주 다투는 것 같아 걱정이 되긴 했지만 큰 문제가 아니라고 생각했었다. 손이 파르르 떨렸다. 크게 호흡하며 심신을 안정시켜야 했다.

김태근은 마음을 느긋하게 먹고 소파에 앉았다. 찬찬히 집 안을 살펴봐야 했다. 아파트가 산 가까이에 있어서 그런지 에어컨을 틀지 않아도 시원한 바람이 거실로 들어왔다. 멀리서 산새 우는 소리가 들렸다.

김태근은 거실 이곳저곳을 살폈다. 장식장에는 아이와 함께 찍은 가족사진이 있었고 책장에는 다양한 책들이 꽂혀 있었다. 책장 옆에는 5단 높이의 유리 장식장이 하나 더 있었는데 다양한 상패와 감사패들이 진열되어 있었다. 변리사회에서 받은 감사패도 있었고, 중소기업 협회에서 받은 위촉패도 보였다.

김태근의 눈길이 맨 아래의 트로피에 머물렀다. 트로피는 선반 위쪽에 진열되어 있던 감사패나 위촉패와는 등급과 품질이 달라 보였다. 반짝거리는 빛은 거의 사라진 상태였고 여기저기 떨어져 나가 함께 진열되어 있는 다른 패에 나쁜 영향을 주고 있었다. 트로피 옆에는 빛바랜 메달이 얌전하게 놓여 있었다. 김태근은 유리문을 열고 허리를 숙여 메달을 들어 올렸다. 오랫동안 손을 대지 않았는지 먼지가 알갱이로 부서지며 흩어졌다. 메달을 완전히 꺼내자 메달 아래 상자 바닥에 주최 측으로 보이는 대학교 이름이 한자로 선명하게 박혀 있었다.

"성균관 대학교 국제, 주산, 암산 대회? 이게 뭔가요?"

김태근은 메달을 들어 보이며 물었다.

주방에서 고개를 돌려 메달을 흘낏 본 이서희가 대답했다.

"아, 그건 남편이 고등학생 땐가 탄 거라고 들었어요. 성균 관대에서 무슨 전국 대회가 있었는데 거기서 우승했다고 했 는데 자세히 물어보지는 않았어요."

이서희는 커피를 넣고 설탕을 넣을까 말까 고민하며 마지 막 잔을 준비하고 있었다.

"커피에 프림이나 우유 넣어 주시면 됩니다. 없으면 그냥 주셔도 되고요."

김태근은 주방 쪽을 돌아보지도 않고 말했다. 이서희는 깜 짝 놀라 잔을 떨어뜨릴 뻔했다. 독심술을 쓰는 사람인가. 아 니면 형사들은 다 심리학을 전공했나. 얼른 냉장고에서 우유 를 꺼내 따랐다. 쟁반에 커피 두 잔을 받쳐 들고 조용히 소 파 앞 테이블에 놓았다.

"아, 커피 맛있습니다."

김태근의 높은 목소리가 유난히 크게 울렸다. 박형택은 수첩을 꺼내 메모할 준비를 했다.

"이서희 씨. 혹시 송호성 가족과는 자주 만나셨나요? 가장 최근에 만난 때는 언제인가요?"

이서희는 침을 꿀꺽 삼켰다.

"부부 동반으로 만난 걸 얘기하는 건가요?

"부부 동반이든 혼자 만나신 거든 상관없습니다."

"저는 기억이 잘 나지 않습니다. 남편과 호성 씨는 업무적으로도 관계가 있어 두 사람은 자주 저희 집이나 호성 씨 집에서 만났거든요. 가끔 술을 마신 날이면 저한테 데리러 오라고 전화하기도 했고요."

"그럼 질문을 바꾸겠습니다. 남편과 송호성 씨가 가장 최근에 만난 때는 언제인가요?"

이서희는 미간을 좁혔다. 한참을 생각하는 듯했다.

"아마 사건이 있기 3일 전쯤인가 술을 좀 많이 마시고 들어왔더라고요. 회사 일이 많아 술을 절제하는 편인데 그날은 좀 과하게 마신 듯해서 누구랑 마셨냐고 물었더니 호성이랑 마셨다고, 좀 다퉈서 기분이 안 좋다고 했어요."

"아, 그렇군요. 그럼 혹시 무슨 일로 다퉜는지 알고 계시나요?"

"저는 그 부분까지는, 그건 남편에게 직접 물어보시는
게……."

"아, 그렇죠. 그렇죠. 바깥은 날씨가 더운데 땀을 좀 흘렸
더니 시원한 게 먹고 싶네요. 혹시 실례가 안 된다면 과일은
없나요?"

박형택은 깜짝 놀라 반장을 쳐다보았다. 수사를 하면서 과
일을 요구하다니. 경찰청 홈페이지에 민원이라도 올라오게
되면 징계를 먹을 수도 있었다. 김태근은 괜찮다는 표시로
눈을 껌벅하며 박형택을 안심시켰다.

"실례라니요. 마침 마트에 참외가 나와서 사온 게 있는데
참외 좋아하세요?"

"하하. 저는 가리는 게 없습니다. 참외는 비타민 씨 함량이
높고 수분도 많아 여름철 과일로는 제격이죠. 항암 효과도
있는 정말 좋은 과일입니다."

"아, 그런가요? 형사님은 많은 것을 알고 계시네요. 저희
는 그저 맛이 있는지 당도가 좋은지만 보고 사는데."

이서희는 참외를 꺼내 씻고는 접시를 꺼내 껍질을 깎기 시
작했다.

"이리로 오셔서 깎으시죠. 저희도 빨리 가 봐야 해서."

박형택은 고개를 갸우뚱거렸다. 오늘따라 김태근 반장은
무례한 말과 행동을 서슴지 않고 있었다. 그가 수사하면서

이런 행동을 보인 적은 없었다.

이서희는 접시에 참외를 담아 와 껍질을 깎기 시작했다. 그때였다. 김태근은 손을 앞으로 쭉 뻗다가 테이블에 놓인 커피를 바닥에 엎지르고 말았다.

"앗, 반장님!"

깜짝 놀란 박형택이 벌떡 일어섰고 커피는 바닥에 깔린 카펫으로 줄줄 흘러내렸다.

"이런 이런, 정말 죄송합니다. 제가 이런 실수를, 카펫이 다 젖었네. 세탁 비용을 알려 주시면 저희가 처리하도록 하겠습니다."

김태근도 벌떡 일어서서 커피가 쏟아진 바지를 털며 고개를 숙였다.

"아니, 아닙니다. 괜찮습니다. 실수로 그렇게 된 건데요. 어디 다치신 데는 없나요? 잠깐만 기다리세요. 수건을 가져와서 좀 닦아야겠어요."

이서희는 서둘러 일어나 주방으로 갔다. 김태근은 재빨리 주머니에서 휴대폰을 꺼내 무음 카메라로 참외를 깎던 칼을 찍고 자리에 앉았다. 칼날에는 GIESSER MESSER, Made in Germany가 선명하게 새겨져 있었다. 바로 요하네스 기셀 칼이었다.

비밀의 비밀
- 비밀은 겹눈으로 느끼는 것

아니, 어떻게 CCTV 카메라를 얼마나 봤는지 물어보지도
않지? 최인호는 투덜거리며 밖으로 나왔다. 이런 일이야 하
루 이틀 당하는 것도 아니니 불평할 처지도 아니었다. 김태
근이 반장이긴 하지만 같은 경위끼리 해도 너무한다는 생각
이 들었다. 하긴 김 반장이 무슨 잘못이 있겠는가. 이런 엉
터리 조직을 만든 윗사람들이 문제지. 이번 살인 사건이 터
지면서 새로 부임한 강남 경찰서장이 농축된 노하우의 진수
를 맛볼 수 있을 것이라며 특별히 만든 조직이라는데 경위만
세 명이 들어가 있는 이런 조직이 어떻게 제대로 굴러갈 수
있다고 생각한 건지 알다가도 모를 일이었다. 배가 산으로
올라가지 않기만을 바랄 뿐이었다.

최인호는 그래도 너무하다는 생각을 버릴 수가 없었다. 9

급짜리 순경이나 하는 일을 한참 고참인 경위가 밤새워 했는데 수고했다거나 고생 많았다거나 하는 말 한마디 없다니. 사방 1킬로미터 반경의 모든 CCTV를 다 봤다고 분명히 얘기를 했는데도 말이다. 물론 그런 인정이나 칭찬 한마디 받겠다고 일을 한다면 하루도 지나지 않아 때려치우고 말 일이 형사 일일 것이다. 그래도 반경 1킬로미터 이내에 CCTV가 얼마나 많은지는 그도 분명히 알고 있을 것이다.

강남구가 전국에서 CCTV가 제일 많이 설치된 지역이라는 것은 익히 알려진 사실이었다. 부하에게 시키지도 않고 눈알이 빠지도록 100여 개의 CCTV를 일일이 다 돌려봤는데 수고했다는 말 한 마디를 하지 않는다는 게 말이 되는 것인지, 최인호는 부글부글 끓는 속을 진정시키지 못해 얼굴이 붉으락푸르락했다.

"최 경위. 힘내라. 지랄 같아도 참아야지."

동기 박형택 형사가 손으로 어깨를 툭 치며 지나갔다. 구시렁거리는 소리를 들었나? 동기여도 어른스러운 그가 한편으론 부러웠다. 천사표 심장을 가진 박형택은 1년 먼저 들어온 김태근 말을 군소리 하나 없이 따랐다.

밖으로 나오자 강한 햇살이 사정없이 눈을 찔러 왔다. 얼굴을 찡그리며 최인호는 여전히 김 반장 생각에서 벗어나지 못했다.

김 반장 팀의 성과가 좋지 못한 건 다 이유가 있었다. 일이라는 건 혼자서 하는 게 아니지 않은가. 협력이 중요하고 협력의 대상에는 당연히 부하 직원도 포함되는 것인데, 그걸 아는지 모르는지 그는 자기중심적인 사고에서 벗어나지 못했다.

사실 말이야 바른 말이지, 최고의 고객이란 바로 동료 직원이 아닌가. 칭찬을 많이 하고 잘 먹여 주는 만큼 성과는 더 잘 나오게 되어 있는 것이다. 달달 볶고 쥐어짜는 곳에서는 억지로 밀려나오는 쓰레기밖에 없다. 하지만 계급이 깡패인 곳에서 어쩔 것인가.

최인호는 고개를 흔들었다. 아냐, 고생은 고생대로 하고 모든 공을 팀장에게 뺏길 순 없어. 그는 여전히 분을 삭이지 못했다. 눈을 부릅떴다. 일이 그렇게 흘러가도록 놔둘 순 없었다. 경위 직위를 달고 언제까지 반장 그늘 밑에서 부하 직원들처럼 신음만 하다 종칠 것인가.

그는 신호등을 기다리면서 연신 뒤를 돌아보았다. 멀리서 급하게 뛰어오는 동생이 보였다. 그는 건널목을 건너 맞은편 편의점으로 들어갔다. 간단한 요깃거리로 컵라면 두 개를 골랐다. 뚜껑을 열고 수프를 넣은 뒤 뜨거운 물을 부어 자리를 잡았다. 동생이 바람처럼 들어와 옆자리에 앉았다. 아직 이른 아침이어서 그런지 편의점에는 아르바이트생 말고는 아무도 없었다.

"형, 식기 전에 얼른 먹자."

아홉 살이나 차이가 나는 동생은 아직 솜털이 보송보송했
다. 형이 롤모델이라며 경찰에 지원한 최인성은 자리에 앉자
마자 라면이 다 익었는지 확인도 하지 않고 면과 국물을 동
시에 들이켰다.

"천천히 먹어라. 얘기할 것도 많고."

최인호는 연신 젓가락으로 면발을 들어 올리며 바람이 면
발 사이를 통과하도록 했다. 화를 누그러뜨리려면 바람이 통
과해야 했다. 들러붙어 있는 면발을 억지로 떼어 놓아야 했
고, 그 사이에 시원한 바람이 통하도록 해야 했다. 그래야
라면이 더 쫄깃해진다. 하지만 그는 뜨거운 걸 잘 먹지 못했
다. 커피도 미지근하게 식혀야 먹을 수 있었다. 도대체 이렇
게 뜨거운 음식을 어떻게 식히지도 않고 잘 먹는지 그는 뜨
거운 걸 잘 먹는 사람을 보면 부럽기조차 했다. 그는 동생과
보조를 맞추어 라면을 먹느라 벌써 입천장이 홀랑 까지고 말
았다.

"형, 뜨거운 걸 그렇게 못 먹어서 어디 형사 하겠어?"

동생이 입안 가득 라면을 넣은 채 말했다.

"그래. 나는 형사 자격도 없다. 그러니 맨날 찬밥 신세잖
아."

최인호는 어디서 가져왔는지 찬밥을 라면 국물에 풍덩 집어넣고는 숟가락으로 휘휘 저어 후르륵거리며 라면 국밥을 먹기 시작했다.

"하하, 그 찬밥이 이 찬밥이었어? 괜히 쫄았네. 나도 한 입 먹자."

동생이 국물을 떠먹던 숟가락을 인호의 육개장 사발면 그릇에 푹 담갔다.

"얀마. 그 찬밥은 이 찬밥 아냐. 나 이번에 성과 못 내면 이제 어디 갈 부서도 없어. 마지막이라고."

최인호는 인상을 구겼다.

"나는 경위 달고 있는 형이 부럽기만 하구만."

최인성은 눈을 반짝거리며 형을 쳐다보았다.

"말도 마. 내가 여긴 발 들여놓지 말라고 했잖아. 이제 경장 단 네가 뭘 알겠냐. 그래도 순경 5년을 견뎌 낸 게 용하긴 하다만."

"그래도 형은 간부 소리 듣잖아. 나는 언제 경찰 간부가 될지 까마득하네."

"너 자꾸 불난 집에 부채질할래? 간부 되면 뭐하냐. 깐깐한 선배 밑에 쫄다구 신센데. 그나저나 말할 게 있다는 게 뭐야?"

최인호는 목소리를 낮췄다.

“피해자 컴퓨터를 조사하다가 좀 이상한 메일을 봤는데 뭔
지 잘 모르겠어.”

“이상하다니, 뭐가?”

“형, HRL 연구소라고 들어 봤어?”

“에이치 알 엘 연구소? 처음 들어 보는데.”

“그 사람이 HRL 연구소 사람과 일주일에 한 번 이상은
꼭 메일을 주고받았어. 뭔가 중요한 것 같은데 영어로 주고
받은 거라 내용은 잘 모르겠고 혹시 들은 게 있나 해서.”

“일주일에 한 번 이상 메일을 주고받았다면 보통 메일은
아닐 것 같은데. 다른 사람한테는 말하지 말고, 영어 잘하는
친구에게 부탁해서 최근에 주고받은 내용을 좀 알아봐. 송호
성이 죽기 전에 보냈거나 받은 가장 최근 메일은 꼭 챙겨 보
고. 내용 파악하면 나한테 즉시 알려 줘야 해.”

최인성은 대답 대신 조용히 고개를 끄덕였다. 방울 소리가
울리며 손님이 들어왔다. 최인호는 눈짓으로 다 먹었으면 밖
으로 나가자는 신호를 보냈다. 둘은 조용히 일어나 다시 햇
살이 쏟아지는 바깥으로 나왔다.

“오늘은 내가 커피 살게. 조용한 카페가 하나 있어.”

최인호는 성큼성큼 걸었다.

“아니, 밥은 컵라면 먹고 커피는 밥값 두 배나 되는 걸 먹
네.”

"얀마. 경찰도 가끔은 카페에서 커피 마실 수 있는 거야. 속도 부글거리고 시원한 냉커피로 해장하자."

"흐흐, 형, 카페에 와서 냉커피가 뭐야. 무식하게. 나 따라 해 봐. 아이스커피."

"누가 영어 몰라서 안 쓰는 줄 아냐. 여기요. 캐러멜 마키아토 두 잔 주세요. 부실한 식사는 달달한 캐러멜로 채워야지. 너 캐러멜 마키아토라고 먹어 봤냐. 카페 오면 이 정도는 먹어 줘야 커피 좀 먹었다고 하는 거야."

최인호는 구석진 자리에 앉으며 휴대폰을 꺼내 갤러리 폴더를 찾아 들어갔다.

AERUS-IL

이 글자에 뭔가 단서가 있지 않을까. 김태근 반장은 버렸지만 그는 버릴 수가 없었다.

다시 확대해 보았다. 동생이 커피 두 잔을 찾아 들고 와 탁자에 놓았다. 영수증이 밑에 깔려 있었다. 커피를 들자 영수증이 같이 딸려 올라왔다. 그는 영수증을 떼어 내 다시 바닥에 놓았다. 커피를 한 모금 쪽 빨대로 마시던 그는 다시 영수증을 집어 들었다. 그는 커피 잔을 내려놓고 떨리는 손으로 휴대폰에 찍힌 사진을 최대한 확대시켜 보았다.

"인, 인성아. 이거 봐. 에어러스가 아냐."

"무슨 말이야. 에어러스가 아니라니."

“잘 봐. 에이(A) 이(E) 알(R), 알(R)과 유(U) 사이에 콤마가 살짝 들어가 있어. 영수증 중간에 얼룩이 동그랗게 퍼져 있었는데 그게 커피 잔 때문에 생긴 거였어. 그래서 콤마가 보이지 않았던 거야.”

“살짝 찍어 놓은 콤마에 물이 번지면서 흐려져 버린 거네. 그렇다면 AERUS-IL이 아니라, AER, US-IL 이라는 거잖아. 그러면 얘기가 완전히 달라지는데. 반장님에게 보고해야 하지 않아?”

“아니. 하지 마. 이건 우리가 풀어 나갈 거야. 우리가 풀어야 하는 문제야.”

“우리라니, 우리라면 형하고 나?”

“그래. 너와 나. 우리 형제가 다시 콤비가 되는 거지. 옛날에 형사놀이 하던 때처럼 말이야. 김 반장은 믿을 수 없어. 그에게 새로운 정보가 들어가는 순간 문제는 더 꼬이고 복잡해져. 우리가 먼저 풀고, 범인도 우리가 잡는 거야. HRL도 포함해서.”

최인호는 남아 있던 캐러멜 마키아토를 마지막까지 죽 들이켰다. 달달한 커피가 온몸으로 퍼져 나갔다. 손가락 혈관 마지막 끝까지 구석구석.

* * *

　김태근은 혼자서 대한 변리사회를 찾아가고 있었다. 변리사회 회관은 한적한 2차선 도로 가에 있었다. 아담한 건물 뒤로는 트레킹 코스가 갖추어진 서리풀 공원이 어우러져 멋진 풍광을 이루었다. 이런 곳에서 평생을 일한다면 그것도 참 행복할 것 같다는 생각이 들었다.

　"고유승입니다."

　변리사회 회장은 흰머리가 가득했지만 정갈한 모습이 조용한 사무실과 잘 어울렸다.

　"저희도 이번 사건에 큰 관심을 가지고 있습니다. 저희 변리사가 피살된 경우는 처음이라 모든 변리사들이 하루속히 범인이 잡히길 고대하고 있습니다."

　목소리는 차분했고 얼굴의 잔잔한 웃음은 상대를 편안하게 해주었다.

　"네. 저희도 최선을 다하고 있습니다만 아직까지 겉으로 드러난 결과가 없습니다. 현재까지 수사한 내용으로 봐서는 일반적인 치정 사건은 아닌 것으로 판단됩니다. 만약 특허라는 전문적 영역이 영향을 미치는 사건이라면 저희가 쉽게 접근할 수 없는 부분도 있을 테고요. 그래서 회장님을 뵈러 온 것이기도 합니다."

　"저희도 그런 부분을 걱정하고 있습니다. 특허라는 것이 워낙 전문성을 요하는 직업군이라 관련성을 찾아내는 게 쉽지 않으리라 짐작하고 있었습니다. 그래서 저희도 자체적인 조사반을 꾸려 혹시 내부적인 문제는 없었는지 살펴보는 중입니다."

"아, 그러시군요."

김태근은 고개를 끄덕였다. 자체적인 조사반을 꾸렸다는 얘기는 처음 듣는 정보였다. 고유승 회장은 인터폰으로 비서에게 이 변리사를 들여보내라고 지시했다.

"이경주 변리사라고 합니다."

남자는 고유승 회장에게 먼저 인사한 다음 김태근에게 인사했다. 키가 작았지만 반듯하게 차려입은 양복이 흐트러짐이 없었다. 만면에 웃음을 띠고 명함을 꺼내 전달하는 그의 눈길은 부드러웠다.

"이 친구가 보기보단 똑똑해요. 젊은 친구지만 이번에 자체적으로 꾸린 조사단을 맡았지요. 아마 형사님을 잘 도와드릴 겁니다. 수사하시면서 특허에 관해 궁금한 것이 있으면 뭐든지 물어보세요."

회장으로부터 전폭적인 지지를 받고 있는 이경주는 발걸음이 경쾌했다. 회장실을 나와 자신의 사무실로 안내한 그는 김태근에게 직접 차를 우려내 주었다.

"저는 세작이 좋은데 형사님은 어떤 차로 드릴까요?"

녹차 한잔하실까요, 하며 이끌었지만 세작, 중작, 대작이

종류대로 다 있다며 좋아하는 걸 고르라니, 김 형사는 세작, 중작의 맛이 어떻게 다른지 모르기에 아는 척을 할 수도 없었다. 물론 그렇다고 아무것도 모르니 하나하나 설명을 해달라고 하면서 자신의 무지함을 이런 곳에까지 와서 드러낼 수도 없었다. 녹차라는 것이 티백 녹차 아니면 잎차가 전부인 걸로 알고 있던 그로서는 매우 당혹스러운 시간이었다.

김태근은 저런 식으로 얼마 안 되는 지식을 뽐내는 이경주라는 자를 믿을 수 있을지 혼란스러웠다. 사람의 인품은 자신의 지식을 드러내는 데서 나오는 것이 아니라 편안하게 상대를 배려하는 여유에서 나오는 것이 아니던가. 상대에 대한 배려라고는 눈곱만큼도 없는 저런 사람을 믿을 수 있을지 의문이었다. 게다가 반팔을 입고 다니는 6월에 뜨거운 녹차라니. 열 받은 머리에 열이 더 뻗칠 것만 같았다.

"당신이 마시는 걸로 주쇼."

김태근은 퉁명스럽게 내뱉었다. 그깟 거 안 마셔도 되는데, 지금 그게 중요한 게 아닌데 시간은 멈추어 선 채 고요를 향해 달려갔다. 시간마저도 뭔가 유식해 보이고 교양이 풍부해 보이는 순간이었다.

김태근은 평소 부하 직원을 닦달할 때처럼 짜증을 내거나 불같이 화를 낼 수는 없었다. 이 친구에게 뭔가 도움을 받을 상황이 기다리고 있을지 몰랐다. 하지만 알 수 없는 미래의

관계를 위해 현재의 이런 모멸감을 참고 기다려야 한다는 것
에 짜증이 올라왔다. 갈등하는 사이에 차가 다 우려져 버렸
다. 이경주는 다기를 꺼내 뜨거운 물로 한번 헹궜다. 작은
다기는 앙증맞게 귀여웠고 뜨거운 물을 붓자 순식간에 가득
찼다. 이경주는 작은 잔을 두 손으로 받쳐 들고 코로 차향을
음미했다.

"어린 새순을 따서 만든 차라 은은하면서도 파릇파릇한 기
운이 느껴지지요."

이경주는 차를 입에 한 모금 머금은 뒤 꿀꺽 소리를 내고
목으로 넘겼다.

"향이 좋군요."

김태근은 웃으며 뜨거운 잔을 들어 코끝으로 가져갔다. 향
이 진했다. 탁자로 눈을 돌리자 세작이라고 크게 쓰인 글 밑
에 제주도 유기농차라는 설명이 붙어 있었다.

몸에는 좋겠군. 김태근은 땀을 흘리며 뜨거운 차를 후후
불어 가면서 겨우 마셨다. 입천장은 분명히 까졌을 것이다.
차를 마시는 시간은 그의 인내를 시험하는 시간이었다.

"혹시 이게 뭘 뜻하는지 알 수 있나요?"

김태근은 적당히 분위기가 무르익었을 때, 휴대폰을 꺼내
이경주에게 내밀었다. AERUS-IL이라는 영수증 메모였다.
일단 기억 속에서 지우려고 했는데 변리사회에 찾아온 김에

한번 물어보자 싶었다. 혹시 특허와 관계가 있는 내용인지 모를 일이었다. 이경주 변리사는 무슨 글자인지 물어보지도 않고 이리저리 돌려 보고 확대해 봤다.

"이게 어디서 나온 건가요?"

"송호성 변리사 주머니에 있던 건데, 증거물을 가지고 다닐 수 없어서 사진만 찍어 둔 상태죠. 컴퓨터 전문가가 메일을 검토했는데 에어러스라는 미국 기업과 특허 문제로 메일을 주고받은 내용이 있다고 했습니다. 고객과 통화하면서 급하게 영수증 뒷면에 적었구나 생각하고 중요한 단서는 아닐 거라 생각했죠. 그런데 에어러스는 전화 통화가 아니라 이메일로 연락을 주고받았으니 굳이 영수증 뒷면에 적을 필요가 없고, 에어러스가 맞다고 하면 뒤에 붙은 아이엘(IL)은 무슨 의미인지 완전히 의문점이 해소되지가 않아서 고민을 하고 있습니다. 메일에서는 끝단에 붙은 아이엘을 전혀 찾아볼 수 없었거든요. 그런데 이게 혹시 특허와 관계가 있는 표현이 아닐까 하는 생각이 문득 들어서 물어보는 겁니다."

이경주는 고개를 갸우뚱거렸다. 처음 보는 글자지만 어딘지 눈에 익었다.

악몽은
밤에만 일어나지 않는다.

"이미 에어러스라는 기업이 있었다고 하니까 제 추측은 그
다지 도움이 안 될 것 같습니다."

이경주는 휴대폰 화면을 뚫어지게 쳐다보며 말했다.

"아닙니다. 변리사님. 혹시 모르니까 생각나는 것은 무엇이
든 말씀해 주십시오."

"이게 말이 안 되는 말이긴 한데……."

이경주는 확신이 없는 듯 말을 아꼈다.

"말이 안 되는 말이라도 좋습니다. 이게 특허와 연관이 있
다면 어떤 뜻을 생각해 볼 수 있을까요?"

김태근은 속이 바짝 탔다. 말이 되든 안 되든 일단 생각나
는 것을 말해 주면 판단은 제가 알아서 할 텐데, 라는 말이
목구멍 밑에까지 올라왔다.

이경주는 고개를 갸웃거리며 책장으로 걸어갔다.

"맨 끝단 두 글자 말입니다. 만약 앞의 에어러스와 전혀 상관이 없고, 그냥 특허적인 용어로만 생각한다면, 국가 코드로 생각해 볼 수도 있습니다."

혼잣말을 하듯 중얼거리던 이경주는 책상으로 가서 두툼한 책을 한 권 뽑아 이리저리 뒤적거렸다.

"특허에서 사용한다면 두 자리 영문자는 국가 코드일 가능성이 높습니다. 인터넷 도메인에서 사이트 주소에 사용하는 맨 뒷자리 두 글자처럼 말입니다. 대부분 통일되어 있죠, 우리나라는 케이알(KR)을 사용하지 않습니까."

"아, 특허 코드가 도메인 주소와 비슷하다는 말이군요. 컴맹이긴 하지만 그 정도는 저도 알고 있습니다. 그렇다면 아이엘은 어느 나라 코드인가요?"

김태근은 책장 앞으로 다가갔다.

"아이엘(IL), 아이엘, 이건 흔히 사용하는 국가 코드는 아니군요."

"만약 아이엘이 국가 코드를 의미하는 거라면, 반장님 여길 잠깐 보시겠습니까?"

이경주가 책장을 넘겨 김태근에게 내밀었다. 특허 정보 편람 책에는 국가 코드와 실제 국가명이 같이 표기되어 있었다. 알파벳 순서대로 죽 훑어 내려가자 아랫부분에 아이엘이

나왔다. 김태근은 손가락으로 아이엘 영문자를 짚었다. IL 옆에는 선명하게 국가명이 적혀 있었다.

이스라엘.

"만약, 아이엘이 특허 국가 코드라면 이스라엘을 의미한다는 말이군요."

"네. 아이엘이라는 영문자가 국가 코드를 가리킨다고 가정하면 그렇게 생각할 수 있습니다. 그렇지만 앞단 글자가 미국 가전제품 회사라고 하니 이스라엘이 아닐 가능성이 크지 않겠습니까? 제가 괜한 얘기를 한 것 같네요."

책을 덮으며 이경주는 다시 휴대폰을 들여다보았다.

"그러고 보니 아이엘 앞단에 유에스, 미국이 있군요. 이건 미국과 이스라엘입니다. 반장님. 그렇게 보이지 않나요?"

"유에스가 있긴 하지만 AER과 따로 떨어진 단어가 아니고 하나로 붙어 있는 거니까 통으로 에어러스로 읽어야 할 것 같은데……."

김태근은 존대도 반말도 아닌 어중간한 말투로 말을 자르며 이경주를 힐끗 쳐다보았다. 김태근은 좀 전의 절박했던 자세에서 벗어나 다시 부하 직원을 다루듯 태도가 거칠어졌다.

"아이엘을 이스라엘로 생각하는 건 좋은데 AERUS에서 유에스(US)를 잘라내는 건 너무 오버하는 거 아닌가?"

이제는 아예 하대하듯 말을 놓으며 너무 앞서가지 말라는 무언의 신호를 보냈다.

"발명의 법칙 가운데 가장 단순한 듯 보이지만, '나누어서 보라'는 유명한 법칙이 있습니다. A, E, R, U, S, I, L을 하나씩 뜯어서 볼 수도 있고, 두 자리씩 끊어 볼 수도 있죠. 만약 US, IL을 국가 코드라 생각하고 끊어서 본다면 앞에 있는 AER이 무얼 뜻하는지만 파악하면 될 겁니다."

이경주는 결코 물러서지 않을 것처럼 법칙까지 들먹였다. 그러다 뭔가를 발견한 것처럼 목소리가 높아졌다.

"A, E, R은 올 엘레먼트 룰(All Element Rule)의 약자입니다. 특허법을 공부했다면 에이 이 알을 듣고 누구나 가장 먼저 이 규칙을 떠올릴 겁니다."

이경주는 확신에 차서 말했다.

"올 엘레먼트 룰은 특허 권리의 범위를 정하는 매우 중요하고 민감한 규칙이죠. 특허 분쟁이 일어나면 많이 사용하는 용어인데 더 깊이 설명하자면 좀 길어질 것 같네요. 반장님이 이해할 수 있을지도 잘 모르겠고요. 어쨌든 잘은 모르겠지만 미국과 이스라엘 기업에서 특허 분쟁이 있었고 거기에 올 엘레먼트 룰을 적용해야 한다는 것으로 해석이 됩니다."

이경주는 자신의 전공 분야가 나오자 말이 빨라졌다. 추정으로 시작한 것이 어느새 확신으로 굳어 가고 있었다.

"하지만 그건 말이 안 된다는 걸 변리사님도 잘 알 텐데요. AERUS를 어떻게 AER과 US로 나눈단 말입니까."

김태근은 휙 몸을 돌리며 문 쪽으로 걸어갔다. 그의 말속에서 은근히 자신을 무시하는 기운이 느껴졌다.

"아, 형사님. 제 말은 그런 뜻이 아니고요."

이경주가 당황하며 따라 나왔다.

"잘 알겠습니다. 소중한 의견 감사드립니다. 다음에 또 궁금한 부분이 있으면 연락드리겠습니다."

김태근은 깍듯이 인사하고 돌아서 나왔다.

경찰도 법을 근간으로 하고 법을 집행하는 직업이지만 법 전문가로부터 법 얘기를 듣자 머리가 지끈거렸다. 법을 집행하는 사람으로서 상대방이 무슨 말을 하는 건지 하나도 알아들을 수가 없어 기분이 더 나빠졌다. 하지만 에어러스가 미국 정수기 기업이라는 사실 외에 특허 코드로 미국과 이스라엘이라는 새로운 변수를 확보했다. 세작도 모르면서 녹차를 꾸역꾸역 얻어 마신 보람이 있었다.

이제 다른 관점에서 사건을 조사해야 할 필요가 있었다. 만약 진짜 만에 하나, 에어러스가 미국 전자 제품 기업을 말하는 것이 아니고, 올 엘레먼트 룰과 미국, 이스라엘을 의미하는 거라면 어쩌면 미국과 이스라엘에 자사 제품을 수출하고 있는 소나무 특허사무소의 모든 고객을 조사해 봐야 할지도 모를 일이었다. 사건 해결은 진전이 없었고 일은 눈덩이처럼 점점 불어나고 있었다. 이걸 일의 진척으로 봐야 할지, 일의 진창에 빠진 것으로 봐야 할지 난감했다.

거리는 아무런 일도 없는 듯 평온했고 사람들은 모두 즐거워 보였다. 세상은 그런 것이다. 나와는 상관없이 모든 일이 잘 굴러갔다. 누가 죽거나 말거나 세상은 늘 적당한 평온을 유지했다. 김태근은 잠시 공원에 앉아 생각을 정리했다. 일단 잊기 전에 에어러스 아니, 올 엘레먼트 룰인가 뭔가 하는 쪽지부터 처리해야 했다. 그는 휴대폰을 꺼내 들고 파트너가 되어 버린 박형택을 불렀다.

"박 형사. 즉시 소나무 특허사무소 고객 명단을 확보해. 그리고 해외로 사업을 확장시킨 기업이 있는지 확인해 봐. 거기에서 뭔가가 나올 거 같아."

긴 한숨 소리가 수화기 너머에서 들려왔다.

"고객 수가 많을 거라고? 얼마나 될까? 1,000개? 에이, 설마. 작은 사무소에 그렇게 고객이 많아? 그래, 그러면 일단 최근 한 달 동안 사건 의뢰를 하거나 접촉을 한 기업체를 알아봐. 미국이나 이스라엘에 지사를 두고 있는 기업체도 찾아보고. 그래. 알았어. 나중에 술 한잔하자고. 그럼 수고 좀 해줘."

유난히 힘든 하루가 저물고 있었다. 하지만 박형택 형사가 함께 해줘 힘이 났다. 그는 충복처럼 자기의 말을 잘 따랐다. 최인호처럼 뭔가를 기대하지도 않았고 약삭빠르게 자기 걸 챙겨 가지도 않았다. 단지 시켜야 일을 한다는 점이 좀 걸리긴 하지만 한 사람에게 모든 걸 다 기대하는 건 어리석은 일이다. 그는 박형택을 신뢰할 수 있었다. 그것으로 된 것이다.

* * *

강민호는 병원에서 나와 벤치에 앉았다. 의사의 말이 귓전에 맴돌았다.

"인간의 두뇌는 참 이기적입니다. 끔찍한 장면을 보게 되면 누군가는 그것을 잊지 않으려고 기억 상자에 꾹꾹 눌러 담는 반면, 누군가는 그 고통에서 빨리 벗어나려고 그 사건이 일어나지 않은 것처럼 행동하죠. 두뇌는 자기 주인이 필요로 하는 선택을 합니다. 서로 다른 선택이긴 합니다만 알고 보면 똑같습니다. 어딘가에 묻어 둔다는 행위로만 본다면 말입니다. 단지 깊은 곳에 꼭꼭 숨겨 두느냐, 아니면 선반 위에 두고 언제나 꺼내 볼 수 있도록 하느냐의 차이죠. 아마도 선생님은 스스로 감당하기 힘든 장면을 목격했나 봅니다. 그리고 뇌는 충실하게 선생님을 위해서 아무도 꺼내지 못할

않았다. 화면에서는 쇼 호스트가 번쩍이는 칼로 회도 뜨고 당근도 썰며 칼 성능을 과시하고 있었다.

갑자기 아내가 했던 말이 떠올랐다.

"여보, 당신이 사다 준 칼 있잖아요. 그 칼 하나가 없어졌어요. 귀신이 곡할 노릇이에요. 도둑이 훔쳐갔다면 몽땅 훔쳐가지 왜 작은 칼 하나만 쏙 빼갈까요? 내가 어디다 두고 못 찾고 있는 거겠죠? 근데 도대체 찾을 수가 없네요. 근데 말예요. 지난번에 김 반장님인가 하는 분이 왔다 갔다고 했잖아요. 근데 다음 날 다시 와서 전날 빼먹은 게 있다면서 어떤 칼을 사용하느냐고 물어보더라고요. 그래서 남편이 독일 출장 가서 세트로 사 온 칼을 쓰고 있다고 했더니 잠깐 볼 수 있겠느냐고 해서 보여 줬어요. 뭐, 큰 문제 있는 건 아니겠죠?"

강민호는 몽유병 환자처럼 일어나 주방으로 걸어갔다. 주방 수납장을 하나씩 열어 보았다. 요하네스 기셀 칼 세트는 선반 중앙에 있었다. 작은 과도용 칼부터 큰 생선 손질용까지 다섯 개가 하나로 된 상품이었다. 크기가 제일 작은 칼과 그 다음 크기의 칼이 없었다. 눈을 돌려 보니 제일 작은 칼은 싱크대에 과일 껍질과 함께 놓여 있었다. 그렇지만 두 번째 칼은 어디에서도 발견할 수 없었다.

강민호는 멍한 얼굴로 출근을 했다. 송호성과 죽마고우임에도 오히려 가장 유력한 용의자로 의심받고 있으니 일할 맛이 나지 않는 건 당연했다. 특허사무소는 변리사가 상주하지 않아도 시스템이 안정되어 있으면 어느 정도 알아서 돌아가기 마련이었다.

문제는 고객들이 변리사만 찾는다는 데 있었다. 그냥 특허를 내기 위한 명세서를 쓰고 특허청의 거절 이유 같은 행정 서류에 대응하는 것은 변리사가 없어도 직원들이 평소 해오던 대로 진행하면 가능한 영역이었다. 하지만 개인 발명가들이나 작은 기업의 대표들은 그다지 중요하지 않은 문제도 꼭 변리사와 상담하고 싶어 했다.

미국에서는 고객이 변리사와 상담할 경우 모든 상담 시간이 돈으로 계산되어 청구된다. 즉 시간이 돈인 것이다. 그러니 전화로만 상담해도 돈을 청구할 수 있어 상담 수수료만 해도 짭짤하다. 한국 변리사들은 미국 변리사들이 그렇게 부러울 수가 없었다.

게다가 한국은 서비스가 가장 발달한 나라다. 웬만한 서비스는 고객이 왕인 나라에서 거의 무료로 무제한 제공된다. 음식점에서 반찬이 계속 무한 리필 제공되는 것을 보고 외국인들이 놀라는 장면이 텔레비전에 가끔 소개되곤 하지 않던가. 특허업계에서도 고객은 왕이었고, 고객들은 거의 무제한 급 무료 서비스를 요구했다. 그리고 그들은 가능하면 직원이 아닌 변리사들이 자신을 직접 상대해 주길 바랐다. 자신이 발명한 특허를 특허청에 서류로 제출해 달라고 돈을 주고 변리사에게 맡기는데, 그 정도 서비스는 기본 아니냐는 생각을 대부분 가지고 있었다. 그래서 고객들은 조그만 일이 생겨도 무조건 변리사를 찾았다.

강민호는 행정팀에게 모든 약속을 취소하고 꼭 필요한 경우에만 회의를 잡아 달라고 했지만 소용이 없었다. 하루 일과는 사람을 만나면서 시작해 사람을 만나는 것으로 끝났다. 회사에 출근하는 순간 실질적인 특허 명세서 작성이나 소송 준비 같은 업무는 생각할 수조차 없었다. 조용히 앉아서 생각하고 일을 처리해야 하는 업무는 결국 모든 직원이 퇴근하고 난 뒤, 홀로 남아 진행해야 했다.

강민호는 저녁이 되어도 일할 기운이 나지 않았다. 사방에서 에너지를 빼앗아 간 탓이었다. 게다가 낮에는 형사까지 방문해 스트레스가 극에 달했다. 이번에는 최인호라는 약간 젊어 보이는 형사가 방문했다. 사무실에 경찰이 찾아오면 사무실 분위기는 급속히 냉랭해진다. 제복을 입고 있지 않아도 직원들은 순식간에 그들의 신분을 알아챘다.

고객 상담실에서 최인호는 자신을 김태근 형사와는 다르게 봐 달라고 했다. 같은 팀이고 그 사람이 반장인 건 맞지만 자기는 이 사건을 다른 각도에서 보고 있다는 것이었다.

"저는 선생님이 새벽 2시 반 이후 시간이 기억나지 않는다고 한 말을 믿습니다. 눈빛을 보면 알 수 있죠. 진실은 눈빛이 말해 주니까요."

놀라운 발언이었다. 아니 선언이라고 해야 옳았다. 그는 자신의 논리를 이렇게 설명했다. 강민호는 용의자가 될 수 없다는 것이다. 알리바이가 불명확할 뿐이지 살인을 저질렀다는 아무런 증거나 의심도 없다고 했다.

"단지 알리바이가 명확하지 않다고 해서 모든 사람을 다 용의자로 볼 수는 없죠. 저희 김 반장님이 좀 앞서가기는 합니다. 한마디로 촉을 믿는 분이죠. 그렇지만 이번에는 좀 과했어요. 저는 선생님을 돕고 싶습니다. 그래서 빨리 선생님의 친구분을 살해한 범인을 잡고 싶습니다. 도와주십시오."

형사답지 않은 발언이었다. 어디까지 믿어야 할지 강민호는 알 수가 없었다. 전략을 바꾸고 새롭게 수사를 하는 것인지도 몰랐다. 말려들지 않아야 했다. 그렇지만 자신이 거짓말을 하지 않았다는 것을 믿어 준다는 데는 귀가 솔깃했다.

"좀 이상하게 들릴지 모르겠지만, 앞으로 무슨 일이 생기면 제게 먼저 연락을 주십시오. 김태근 반장님에게 연락해도 되겠지만 아마 변리사님이라면 그런 어리석은 일은 하지 않으리라 봅니다. 혹시 사건과 관련해 새로운 기억이 나거나 송호성 변리사와 관련된 일이 생기면 즉각 제게 알려 주시면 좋겠습니다."

최인호는 자기가 우군이라는 것을 증명하듯 따뜻한 웃음을 머금은 채 강민호의 손을 맞잡았다.

"물론 절대 비밀을 보장합니다. 그리고 당신을 용의자로 의심하고 있는 김태근 반장에게도 물론 비밀로 할 거고요. 그건 장담할 수 있습니다."

"아, 예. 저를 믿어 주신다니 고맙습니다. 기억나는 것이 있으면 알려 드리겠습니다."

강민호는 어색한 웃음을 지으며 형식적인 인사를 했다. 최인호는 휴대폰 전화번호가 적힌 명함을 건네고 돌아섰다.

"아, 그리고 말입니다."

최인호는 걸음을 돌려 다시 강민호에게 다가왔다. 아주 가까이 다가온 그는 강민호 귀에 대고 속삭였다.

"혹시 김태근 반장님이 찾아오거나 해서 만나더라도 저를 만났다는 얘기는 하지 말아 주십시오."

명함에는 경찰청 로고 옆에 큼직한 글씨로 부서와 이름이 적혀 있었다. 서울 경찰청 강남 경찰서 강력수사반 경위 최인호. 유명한 소설가의 이름이었다. 강민호는 고개를 갸웃거리며 생각을 멈추고 다시 컴퓨터로 눈을 돌렸다. 엊그제부터 집요하게 만나야 한다며 연락을 해오는 고객이 있었다. 그러고 보니 그 사람의 이름도 소설가와 같았다. 한수산. 풋. 희

한한 우연에 그는 혼자 멋쩍게 웃었다.

수습으로 들어온 문기화 변리사에게 일을 맡겼지만 한수산 사장은 기어코 강민호를 만나야 한다고 했다. 메일에서 한수산 대표는 미국 기업으로부터 특허 침해 경고장을 받았다며 사업이 망하게 생겼다고 꼭 만나 달라고 했다. 행정팀에 따르면 한수산 대표가 운영하는 명성기업은 다른 특허사무소를 통해 특허를 냈는데 특허청으로부터 최종 거절 통지를 받았다고 했다. 게다가 특허도 받지 못했는데 외국 기업으로부터 특허 침해 경고장까지 받았다고 억울해했다.

작은 기업의 어려움을 충분히 이해할 수 있었다. 그런데 어떻게 우리 사무소로 이 사건을 가져오게 됐을까. 누구에게 소개를 받았지? 최근에 연락을 준 사람이 없었는지 선후배를 떠올려 봤지만 기억이 나질 않았다. 사정이 생겨 고객을 넘겨줄 땐 대부분 전화로 아무개를 보내니 잘 봐달라는 말을 하는 게 보통이었다. 그러면 술 한 잔 사주고 고맙다는 인사를 하곤 했다. 하지만 최근에는 그런 연락을 받은 적이 없었다. 아니 기억이 나질 않았다. 벌써 갱년기가 온 것인지 늘 기억이 가물가물했다. 어쨌든 만나기는 해야 할 것 같았다. 다음날 일정표를 본 강민호는 오후 3시경 만나면 좋겠다는 메일을 보냈다.

그때였다. 정적을 깨고 진동과 벨소리가 동시에 울렸다.

정적을 깨고 울리는 전화 소리는 대부분 불길한 소식을 담기 마련이다. 최은주. 발신자 이름에 깜짝 놀란 그는 얼른 전화를 받았다. 휴대폰을 통해 다급한 목소리가 터져 나왔다.

"오빠, 오빠. 얼른 집으로 와 줘. 얼른."

은주는 말을 잇지 못한 채 부들부들 떨고 있었다.

"왜? 무슨 일인데?"

강민호는 겉옷을 낚아채고 문을 나서면서 소리쳐 물었지만 전화는 벌써 끊겨 있었다.

과거는
언제나 현재가 될 준비를 하고 있다.

강민호는 최은주에게 다시 전화를 걸었다. 신호음이 계속 갔지만 받지 않았다. 가슴이 쿵쾅거렸다. 무슨 일이 생긴 걸까. 손이 떨리고 호흡이 가빠 왔다. 급히 주차장으로 내려가 자동차 시동을 걸었다. 급출발을 하면서 차가 주차장 기둥에 쿵 소리를 내며 부딪쳤다. 먼저 안정을 찾아야 했다. 이렇게 찾아간들 무슨 도움이 될까. 하나 둘 셋 숫자를 세며 호흡을 가다듬었다. 운전 중에 졸리면 먹으려고 준비해 둔 껌 세 알을 꺼내 입에 털어 넣었다. 덜덜 떨리는 턱으로 껌을 씹었다. 억지로 껌을 부풀리고 급하게 단물을 짜내 목으로 삼켰다. 단물이 위로 들어가자 뇌가 조금 안정을 찾았다.

무슨 일이 일어난 걸까. 아니 아직 시골로 안 내려간 거야? 온갖 불길한 상상이 머리를 휘저었다. 천천히 운전하자.

안전 운전. 조심조심. 강민호는 스스로를 다독이고 통제를 하면서 지하에서 지상으로 올라왔다.

거리는 조금씩 어둑해지고 있었다. 낮이 길어져 저녁 8시가 다 되어 가는데도 거리는 아직 환했다. 가로등은 하나둘 불을 밝혔고 자동차들도 도로를 밝히기 시작했다. 세상은 낮이나 밤이나 분주했다. 옆에서 사람이 죽어도 눈도 깜짝하지 않았다. 그들의 죽음은 그저 텔레비전의 뉴스에 등장하는 먼 타인의 이야기였다. 흐릿한 술집에서 맥주잔에 사라져 가는 안줏감에 불과했다. 변리사회에서도 언제 한번 방문하겠노라고 전화만 오고 감감 무소식이었다. 최은주에게 다시 전화를 걸었다.

열 번 정도 신호음이 가자 최은주가 힘겹게 전화를 받았다.

"오빠, 오고 있어?"

"응. 가고 있어. 근데 무슨 일이야?"

"너무 무서워서 집에 들어가질 못하겠어. 지금 집 앞 놀이터에 현이랑 있어."

"알았어. 조금만 기다려. 곧 도착할 거야."

최은주는 칭얼거리는 아들을 데리고 놀이터 그네에 앉아 있었다.

"오빠!"

강민호를 보자마자 최은주가 달려와 안겼다. 충격이 심했
는지 부들부들 떠는 진동이 온몸으로 느껴졌다. 최은주는 눈
물을 뚝뚝 떨어뜨렸다.

"무서워. 오빠, 너무 무서워."

강민호는 최은주를 안은 채 등을 토닥거렸다.

"괜찮아. 괜찮아. 내가 왔잖아."

강민호의 가슴은 대지처럼 넓었고 최은주는 대학생 시절처
럼 그 품에 안겨 마음을 놓았다. 강민호는 처음 만났을 때부
터 언제나 믿음직스러웠고 든든했다. 남편과 결혼했을 때도
그랬고, 지금 남편이 죽고 나서도 그랬다. 아니, 이제는 더욱
그래야 했다.

"삼촌. 와쩌?"

강민호를 알아본 송호성의 아들이 인사를 했다. 강민호는
현을 안아 올렸다. 송호성은 아들의 이름을 지을 때 무척 고
심했다. 사람의 이름은 모든 사람에게서 하루에도 수십 번
불리는 것이기 때문에 매우 중요하다고 했다. 직원들의 이름
도 하나같이 외자가 아니면 뽑질 않았다. 손훈, 심경, 손문,
송희. 그리고 이번에 뽑은 수습 변리사 선우혜민은 성이 두
글자였다.

자기 이름을 바꿀 순 없지만 아들은 한 번 들으면 잊히지
않는 이름으로 짓고 싶어 했다. 그렇게 탄생한 이름이 현과

명이었다. 송현. 작은 고개, 성은 송나라 송을 썼지만 송호성은 늘 소나무 송을 즐겨 사용했다. 큰아들 송현의 이름을 소나무로 바꾸면 소나무가 무성한 고개, 소나무 산이라고 했다. 둘째 이름 송명은 밝을 명 자를 써서 푸른 소나무로 세상을 밝게 하라는 뜻으로 지었다.

소나무는 중금속을 정화시키는 기능을 가지고 있다. 소나무가 군락을 이루면 오염된 땅이 깨끗하게 바뀐다. 송호성은 두 아들이 소나무 숲처럼 정의로운 일을 하길 원했다. 땅 밑으로 숨어서 드러나지 않게 사회에 정의의 뿌리를 뻗어나가길 희망했다. 그런데 뿌리의 원천이 될 아버지가 죽고 말았다. 이제 가족의 삶은 엉망진창이 되었다. 어떻게 험난한 이 땅을 헤쳐 나갈지 강민호는 송현을 바라보며 착잡한 마음을 감출 수가 없었다.

"명이는 어딨어?"

현을 안은 채 강민호가 최은주를 보며 물었다.

"장례 때 아버지가 데리고 가셨어. 현이는 나 보고 싶다고 해서 다시 데려왔고."

"삼촌, 누가 와따 가쪄."

송현이 자기 집을 가리켰다. 아빠는 어디 멀리 출장갔다고 했으니 아직 아빠를 잃은 슬픔은 알지 못했다. 차라리 그게 나을 것이다. 강민호는 아이를 안고 아파트로 들어갔다. 현관문을 열고 첫 발을 디디려던 강민호는 헉하는 신음을 내뱉으며 자신도 모르게 뒷걸음질을 쳤다. 지독한 악취가 코를 찔렀다. 신맛, 짠맛, 단맛, 쓴맛 들이 모두 모여 세상에서 가장 불쾌한 냄새를 연출하고 있었다. 그리고 거실 바닥은 온통 난장판이 되어 있었다.

어느 미치광이가 완벽하게 집을 해체한 것 같았다. 눈에 보이는 물건이란 물건은 모두 거실 바닥에 흩어져 있었다. 바닥은 정체를 알 수 없는 내부 구성물들이 몇 겹으로 어지럽게 쌓여 있어 도저히 안으로 들어갈 수가 없었다. 그리고 모든 물건은 칼에 찢겨 속에 들어 있는 원재료들이 내장처럼 바깥으로 흘러나와 있었다. 모든 서랍 속의 옷가지며 양말들이 미친 사람의 헝클어진 머리처럼 사방에 걸터앉아 있었고, 브래지어며 팬티까지 모조리 찢기고 발가벗겨져 바닥에 널브러져 있었다. 부엌 쪽에는 유리 파편이 가득했다. 신발을 신고 들어가도 사방에서 유리조각들이 달려들 것만 같았다. 무언가를 담고 있는 기능을 하는 병이란 병은 모두 깨어져 바닥에 시체처럼 누워 있었고 내용물들은 싱크대에 부어져 있었다.

강민호는 아이를 최은주에게 맡기고 신발을 신은 채 안으로 들어갔다. 발 디딜 곳을 찾아 조심조심 앞으로 나갔다. 쓰러진 물건들이 뾰족하게 이를 갈며 발목 근처 복숭아뼈를 공격해 왔다. 자칫 잘못해 넘어지기라도 하면 골반이며 척추가 금방 상해를 입을 것만 같았다. 낮은 곳에 어질러진 다양한 형태의 물건들은 절벽보다 더 심한 위험 요소를 안고 있었다. 거실 중앙까지 간신히 들어간 그는 가만히 서서 주변을 살폈다. 왼편에 있는 서재는 거의 폭격을 맞은 것처럼 엉망진창이 되어 있었다.

서재는 송호성이 퇴근하고 집으로 와서 음악을 들으며 쉬기도 하고 가끔씩 청탁 받은 원고를 쓰기도 하던 곳이었다. 강민호도 집으로 놀러오면 이곳 서재에서 함께 차를 마시며 얘기를 나누기도 했다. 거실에서 서재로 들어가는 출입구를 빼면 삼면의 벽이 모두 책으로 빼곡히 들어차 있었다. 족히 오천 권은 넘어 보였다. 그는 송호성에게 아예 도서관을 차리라고 놀려 댔었다. 그런데 그 많은 책이 모두 바닥이며 책상 위에 널브러져 있었다. 게다가 표지가 두꺼운 양장본이나 특별한 장식을 한 책들은 하나같이 중앙부가 찢지고 반으로 갈라져 있었다. 중앙에 놓여 있던 책상에는 온갖 책들이 산처럼 쌓여 있었고, 서랍도 모두 밖으로 나와 내팽개쳐져 있었다.

찬찬히 살펴보던 그는 서재에서 뭔가가 빠져 있는 느낌을 받았다. 무얼까, 뭐가 빠졌을까. 그렇다. 노트북. 송호성이 늘 사용하던 노트북이 사라지고 없었다. 집을 엉망으로 만든 사람들이 무엇을 찾으려고 했는지 모르겠지만 노트북을 가지고 간 게 틀림없었다. 여길 찾아온 사람은 송호성의 죽음과 관련이 있을까? 그 사람을 찾아야 했다. 송호성을 죽였지만 원하는 것을 찾지 못했던 것일까? 노트북에 그것이 담겨져 있을까? 이렇게 집까지 찾아와 엉망진창을 만들어 놓았다면 앞으로 어디서 어떤 짓을 더 저지를지 알 수 없었다. 그저 여기서 모든 게 끝났으면 싶었다.

서재에서 거실로 막 나오려던 참이었다. 책장과 책장이 이어지는 틈새에 처음 보는 물건이 떨어져 있었다. 손가락 길이 정도의 길죽한 것이었는데 매우 이국적으로 생긴 것이었다. 강민호는 조심스럽게 그것을 주워 들었다. 호화스러운 금속 문양이 가득 새겨져 있었다. 상단과 하단에는 구멍이 뚫려 있어 어딘가에 걸 수 있도록 되어 있었다. 송호성이 사용하던 물건은 아니었다.

그때였다. 갑자기 얼마 전 집으로 들어가는 길에 낯선 사내와 부딪혔던 기억이 떠올랐다. 그리고 그날 집으로 들어갔을 때 주방이 평소와 다르게 흐트러져 있다고 느꼈었다. 아내가 모임이 있어 늦게 들어온다고 했던 날이었다. 그러나 그때는 그저 아내가 정신이 없어 무얼 찾다가 그냥 나갔구나 생각했었다. 왜 갑자기 그때 일이 떠오르는 것일까? 불안감이 증폭되었다.

150

　　그는 홱 몸을 돌려 반대편을 주시했다. 현관문 너머에서 최은주가 아이를 어르고 있었다. 갑자기 등줄기가 서늘해졌다. 현관문까지의 거리가 너무 멀어 결코 닿지 않을 것처럼 느껴졌다. 주운 금속을 주머니에 넣고 조심스럽게 현관 밖으로 나왔다.

“엄마. 우지 마. 우지 마.”

아들이 훌쩍거리는 엄마의 치마를 흔들며 칭얼거렸다.

“오빠, 어떻게 하면 좋아? 너무 무서워.”

“경찰에 신고는 안 했어?”

“응. 너무 무서워서 오빠한테 먼저 전화한 거야.”

“어떻게 할까. 경찰을 불러야 할까?”

“아니. 이 집은 그냥 청소하시는 분 불러서 부탁하고 나는 그냥 내려가고 싶어.”

“왜 아직 시골로 안 내려간 거야. 나는 진작 내려간 줄 알았는데.”

“집을 처분하고 가려고 했는데 집을 산다는 사람도 안 나타나고 이것저것 챙겨야 할 것도 많아 이렇게 됐어. 너무 무서워. 지금은 무조건 내려가야겠어. 오빠 미안해. 나 시골집까지 좀 데려다줘. 지금. 괜찮지?”

“그래. 내가 데려다줄게.”

강민호는 시계를 봤다. 밤 아홉시가 다 되어 가고 있었다.

최인호라는 형사에게 전화를 할까, 잠시 고민했다. 하지만 하지 않기로 했다. 아직 그를 믿을 수 없었다. 지금 시골로 내려갔다가 다시 올라오면 새벽이 될 것이다. 아내가 걱정할 터였다. 집으로 전화를 걸었다. 최근에 형사들이 계속 찾아오고 기자들도 찾아오고 해서 아내의 신경도 많이 예민해져 있었다. 때론 불안 증세를 보이기도 했다. 혼자 놔두고 집을 비우는 게 마음이 놓이지 않았지만 최은주를 그냥 두고 갈 수도 없었다.

"어, 미안, 야근이 많이 길어지네. 낮에는 손님들 만나느라 일을 통 못 해서 말이야. 그래. 기다리지 말고 그냥 자. 아마 내일 새벽에나 집에 들어갈 수 있을 거 같아. 무슨 일 생기면 전화하고. 무슨 일이 생기냐고? 아니, 그런 뜻이 아니고, 혹시 말이야. 그래. 문단속 잘 하고."

습관처럼 나오던 사랑해, 라는 말을 마지막 순간에 삼켰다. 왜 그랬는지 알 수 없었다. 은주는 뒷좌석에서 아들 현을 꼭 안은 채 눈을 감고 있었다.

"자니?"

아무런 대답이 없었다.

자동차는 고속도로로 들어섰다. 고속도로를 타고 가면 세 시간 정도 걸리는 거리였다. 조금 빨리 밟으면 두 시간 반으로 줄일 수도 있을 것이다. 은주 집을 휘저은 사람들. 한 사람일까? 여러 명일까? 어쨌든 그가 친구 호성이를 죽인 범인일 가능성이 높았다.

노트북에서 무얼 찾으려고 한 걸까? 호성이가 무얼 쥐고 있었을까? 가장 친한 친구였으면서도 그는 송호성의 죽음 앞에서 아는 것이 아무것도 없었다. 은주도 남편의 회사 일과 관련된 것은 거의 모르고 있었을 것이다. 은주에게 송호성은 그저 착한 남편이었을까. 호성이는 어떤 친구였나. 최근에 벌어지는 일을 보면서 자기가 학창 시절만큼 친구를 잘 알지 못하고 있다는 생각이 들었다. 그는 바쁘다는 핑계로 친구에게 소홀했음을 새삼 깨달았다.

'오빠, 보고 싶어.'

은주가 잠꼬대를 했다. 보고 싶은 오빠는 호성이겠지. 강민호는 쓴웃음을 지으며 가속페달을 더 깊숙이 밟았다.

청소부에게 방을 치워달라고 하기 전에 한 번 더 둘러봐야 한다고 생각했다. 어딘가에 범인들이 흔적을 남겨 놓았을 수도 있었다. 뭔가를 떨어뜨리고 갔을 수도 있고 어떤 메시지를 던져 놓았을 수도 있었다.

서울로 돌아오는 길에 잠시 휴게소에 들러 쪽잠을 잤다. 시골 밤하늘에는 작긴 하지만 별들이 하나둘 깜박거렸다. 목 운동과 다리 운동을 하고는 기지개를 켰다. 잠을 쫓기 위해 자판기에서 커피를 뽑아 들었다. 커피 전문점에서 테이크아

웃 커피만 사 먹다 보니 자판기에서 나오는 종이 커피 잔이 매우 작게 느껴졌다. 자판기 커피를 한 모금 마시자 카페인 은 허공으로 사라지고 설탕가루만 이빨에 쩍쩍 달라붙었다.

다시 은주네 아파트 앞에 도착했다. 너무나 자연스럽게 호성이 아파트가 아니라 은주네 아파트가 되었다. 주차할 자리가 없어 도로변 놀이터 뒤에 차를 세웠다. 현이 놀다 떨어뜨렸는지 강아지 인형이 모래 바닥에 엎어져 있었다. 강민호는 인형을 주워 모래를 털었다. 녀석이 좋아하던 건데. 차 뒷문을 열고 시트에 인형을 가만히 놓았다. 새벽녘이라 대부분의 집들이 불이 꺼져 있었다. 새벽에 일하러 가는 사람들, 밤새워 공부하는 사람들 방에만 간간이 불이 켜져 있었다.

무심결에 4층을 올려다봤다. 어, 저기가 402혼데, 마지막에 나오면서 불을 켜뒀었나? 기억이 나지 않았다. 멀리서 개 짖는 소리가 들려왔다. 아파트촌인데 개 짖는 소리가 이상하게 들리지 않았다. 베란다 창문을 열어 두었는지 커튼이 펄럭거렸다. 아니, 커튼 뒤로 뭔가 어른거리다 사라진 것도 같았다. 얼른 살펴보고 문단속을 해놓고 집으로 가 눕고 싶었다. 아무것도 없겠지. 그래도 확인은 해봐야겠어. 문 앞에 도착해 비밀번호를 누르고 문손잡이를 돌렸다.

문을 열자 복도에서 들어온 희미한 빛이 거실을 훑고 지나 갔다. 얼핏 거실이 조금 정리된 느낌이 들었다. 어, 누가 왔다 갔나? 자세히 보려는 순간, 철컥, 소리를 내며 현관문이 닫혔다. 정적과 함께 암흑이 순식간에 공간을 점령했다. 주방 끝에 놓여 있는 정수기 전원 램프에서 푸르스름한 빛이 나와 남은 힘을 다해 어둠을 몰아내고 있었다.

머리끝이 쭈뼛 서면서 온몸에 소름이 돋았다. 아파트를 나갈 때는 불을 끄고 갔는데, 돌아와서 밖에서 볼 때는 거실에 불이 켜져 있었다. 그런데, 다시 거실로 들어오니 이제는 불이 꺼져 있다. 귀신에 홀린 걸까. 언제 식은땀이 생겼는지 뜨거운 음식을 먹은 것처럼 머리에서 땀 한 방울이 이마를 타고 내려왔다. 전등 스위치를 찾기 위해 벽을 더듬으며 앞으로 조심스럽게 한 걸음 내딛었다.

딱.

어둠 속에서 날카로운 구두 앞코가 날아와 정확히 강민호의 정강이를 강타했다. 예상치 못한 충격에 강민호는 양손으로 정강이를 부여잡고 펄쩍 뛰었다.

퍽.

여전한 어둠 속에서 이번에는 주먹 하나가 날아와 정확히 강민호의 턱을 강타했다. 주먹은 작았지만 매서웠다. 다시 알 수 없는 물체가 머리를 때렸다. 천지가 진동하는 게 이런 걸까. 온몸이 흔들렸다. 강민호는 그대로 앞으로 고꾸라졌다. 바닥에 대기하고 있던 뾰족한 물건들도 주먹과 한패가 되어 기다렸다는 듯이 강민호에게 달려들었다. 강민호는 정신을 차리려 했지만 자꾸 눈이 감겼다. 실눈 사이로 현관문이 열리는 것이 보였다. 자그마한 체구의 사내가 희미한 빛을 통과하여 사라졌다. 문은 닫혔고 다시 암흑이 찾아왔다.

누군가 송호성을 주먹으로 때리고 있었다. 송호성은 바닥에 쓰러졌다. 강민호는 골목 끝에서 머뭇거리고 있었다. 송호성의 눈길이 강민호를 향했다. 송호성을 때린 사람은 주머니에서 칼을 꺼내 들었다. 칼날은 어둠속에서도 반짝거렸다. 꿈인데도 칼이 너무 선명했다.

어, 저거 우리 집에서 쓰던 칼인데. 강민호는 뛰어가 송호성을 구하고 싶었지만 한편으로 칼을 든 사내가 두려웠다. 사내는 칼을 높이 쳐들었다가 송호성을 향해 내리찍었다. 강민호는 눈을 감았다. 사지가 오그라들었다. 사내는 강민호를 쳐다보았다. 사내가 일어서서 강민호를 향해 다가왔다. 손에 들린 칼에서는 피가 뚝뚝 떨어지고 있었다.

강민호는 도망치기 시작했다. 사내가 칼을 든 채 쫓아왔다. 강민호는 숨이 턱밑으로 파고들 때까지 쉬지 않고 뛰었다. 사내가 갑자기 발길을 멈추더니 뭐라고 소리쳤다. 저쪽이다, 라고 외치는 듯했다. 쫓아가는 사내가 둘로 늘어났다.

강민호는 막다른 골목에 있었는데도 다른 골목으로 달려가는 그들이 보였다. 젊은 여자가 도망치고 있었다. 여자는 가슴에 노트북을 품고 있었다. 송호성의 서재에서 사라졌던 흰 노트북이었다. 두 사내는 여자를 붙잡아 긴 머리카락을 확 잡아당겼다. 달빛에 여자의 얼굴이 드러났다. 송호성이 5년 만에 뽑았다는 선우혜민 변리사였다. 한 사내가 선우혜민에게서 노트북을 거칠게 빼앗았다. 선우혜민은 소리치며 노트북을 놓지 않으려 했다. 송호성을 찌르고 강민호를 쫓아왔던 사내가 칼을 꺼내 들었다.

"안 돼!"

강민호는 소리치며 눈을 번쩍 떴다. 온몸이 땀에 흠뻑 젖어 있었다. 또 악몽을 꾼 것이군. 그런데 조금 바뀌었어. 선우혜민 변리사가 등장하다니. 이건 또 무슨 조화인지. 늘 악몽을 꾸고 나면 옆에서 안심을 시켜 주던 아내가 없었다. 허전했다. 공기도 달랐다.

"악몽을 꾸셨군요. 물 한 잔 드릴까요?"

최인호 형사가 옆에 서 있었다.

"여기는 어디죠?"

강민호는 미간을 좁히며 주위를 둘러보았다.

"여긴 병원입니다. 제가 조금만 더 일찍 갔더라면 이런 일을 안 당했을 텐데 말입니다."

최인호는 걱정스러운 표정을 지으며 강민호와 눈을 맞추었다.

　강민호는 그제야 최은주를 시골집으로 데려다주고 다시 서울로 올라왔던 기억이 났다. 은주네 집으로 다시 들어갔고 어둠 속에서 맞은 채 쓰러졌던 기억이 떠올랐다. 희미한 빛 속으로 사라진 사내의 뒷모습이 또렷하게 떠올랐다.

　"다행히 큰 상처는 아니네요. 너무 걱정하지 않으셔도 되겠습니다. 정강이와 턱 그리고 두부에 충격이 있었는데 엑스레이 촬영 결과 골절은 없었습니다. 활동에도 큰 지장이 없을 거라고 하니 정말 다행입니다."

　최인호는 커피를 한 잔 타서 침대 앞으로 가져왔다. 커피 향이 식욕을 자극했다. 강민호는 침을 꿀꺽 삼키며 물었다.

　"근데 어떻게 제가 병원에 있게 된 거죠?"

　사실 최인호는 동생에게 강민호의 동선을 계속 파악해서 알려 달라고 했었다. 최인성은 강민호가 송호성의 집으로 가서 송호성의 아내를 차에 태우고 서울을 빠져나갔다고 보고했고, 세 시간 뒤 다시 서울로 돌아왔다고 알렸다. 이를 수상하게 여긴 최인호는 얼른 차를 몰고 송호성 집으로 달려왔던 것이다.

　"우연히 제가 근처를 지나고 있었습니다. 강 변리사님이 아파트로 들어가는 걸 봤는데 시간이 지나도 안 나오길래 혹시나 하고 들어가 봤죠. 문이 열려 있어 들어가 봤는데 선생님이 쓰러져 있었습니다. 그래서 얼른 병원으로 옮겼습니다.

집은 출입 금지를 시키고 과학 수사팀에서 지문을 채취하는 작업을 하고 있습니다. 엉망이 되어 있기는 하지만 어딘가에 지문이 남아 있을 가능성이 있습니다.”

“아, 고맙습니다. 정말 고맙습니다.”

“아닙니다. 제가 해야 할 일을 했을 뿐입니다.”

“아, 그런데 혹시 아파트에서 누군가 나가는 걸 보지 못했습니까?”

“구두 소리가 들려 급하게 올라갔는데 사람은 보이지 않았습니다. 그리고 선생님이 다친 상태라 일단 병원이 급할 것 같아 추적은 하지 못했습니다.”

“아, 그러셨군요. 근데 그 아파트 4층에서 내려갔으면 형사님과 반드시 마주쳤을 텐데 이상하네요.”

“그렇군요. 제가 달려오는 걸 보고 위층으로 갔을 수도 있겠네요. 어쨌든 현재 상황은 그렇게 됐습니다. 여기서 잠깐만 기다리고 계십시오. 의사 선생님이 깨어나면 꼭 알려 달라고 했거든요.”

최인호는 커피 잔을 테이블에 올려놓은 채 병실 밖으로 나갔다.

강민호는 조심스럽게 팔등에 꽂힌 링거 바늘을 빼냈다. 빨간 피가 거꾸로 올라갔다. 손등을 잠시 주무른 뒤 옆에 놓인 원래 옷으로 갈아입었다.

최인호 형사에게는 미안하지만 여기에 마냥 붙잡혀 있을
수는 없었다. 최대한 자연스럽게 행동해야 했다. 강민호는
최인호 형사가 마셨던 커피 잔을 들고 살며시 밖으로 나갔
다. 병문안 왔던 사람처럼 행동해야 했다. 아무도 잡는 사람
이 없었다. 강민호는 주머니에 휴대폰과 카드가 그대로 들어
있는 걸 확인하고 안심했다.

병원 정문을 나서자 뜨거운 햇살에 무방비로 노출되어 있
는 택시들이 줄지어 대기하고 있었다. 강민호는 맨 앞에 있
는 택시에 얼른 올라탔다. 택시 기사는 흘낏 승객을 훔쳐보
고는 가속페달을 밟았다. 택시는 에어컨과 음악을 커다랗게
틀어 놓은 채 시원하게 달리기 시작했다.

뒷문을 조심하라.

점점 무더워지고 있었다. 가만히 있어도 땀이 줄줄 흘렀다. 서장실로 불려간 김태근은 밑도 끝도 없이 일주일 안에 모든 사건을 마무리하라는 말을 들었다. 평소에는 인자한 서장이었지만 오늘은 표정이 딱딱하게 굳어 있었다. 김태근은 죄인처럼 고개를 숙였다. 평소처럼 항의하거나 목소리를 높일 수 없었다. 몇 마디 듣지도 않았는데 땀은 중력을 이기지 못하고 바닥으로 뚝뚝 떨어졌다.

선풍기는 멀찍이 혼자 서서 엉뚱한 곳으로 바람을 보내고 있었다. 일주일이 지나면 이번 사건은 국정원에서 지휘한다고 했다. 윗선에서 결정된 사안이라 깊이 있는 내막은 알 수 없지만 사안의 중대성이 생각보다 크다고 했다. 서장의 메시지는 단순했다. 이 친구야, 네 능력을 보여 줘! 시간이 얼마 없어.

김태근은 분노와 모멸감으로 부들부들 떨었지만 정해진 결과를 바꿀 능력이 없었다. 그나마 일주일이라는 시간이 주어졌다는 것에 위안을 삼아야 했다. 일주일 안에 끝내라는 것은 그냥 사건을 접으라는 말과도 같았다. 사실 일주일은 사건을 정리하고 파일 작업을 해서 국정원에게 넘기는 인수인계의 시간이었다.

서장은 일주일 동안 모든 가용 인원을 동원해서 사건의 실마리를 풀어 명예를 회복하라고 했다. 가장 좋은 방법은 일주일 안에 범인을 잡는 것이지만 사실상 거의 불가능한 목표였다. 그렇더라도 이대로 물러설 수는 없지 않은가. 김태근은 이를 악물고 팀원들을 긴급 호출했다.

팩트라고 불리는 정보들은 우리가 하나의 이름을 붙여주기 전에는 그저 종이쪼가리에 불과한 것이다. 소나무 특허사무소의 기업 명단은 그저 단순한 데이터에 불과했다. 그러나 그 기업 명단 중 하나가 사건과 연결점을 가질 때 그 데이터는 정보로 치환된다. 즉, 팩트를 핀셋으로 집어내어 퍼즐 조각에 맞춰 넣을 때 그 데이터는 소중하고 가치 있는 정보가 되는 것이다. 하나의 몸짓에 지나지 않는 것들에게 이름을 붙여줄 때 한 송이의 꽃이 되는 것과 같은 이치였다.

"시간이 없어. 박 형사. 소나무 특허사무소의 고객 기업은 다 점검했나?"

김태근은 팔짱을 낀 채 초조하게 화이트보드 앞을 왔다 갔다 하며 물었다.

"반장님. 일단 자리에 앉으시죠. 차근차근 실타래를 풀어 봅시다."

박형택은 준비한 자료를 펼쳐 보였다.

"소나무 특허사무소의 고객 가운데 최근에 특별히 연락이 잦았던 회사는 세 곳이었습니다. 그런데 그들 기업의 대표들은 사건과의 특별한 연관점을 찾을 수 없었습니다. 문제가 생긴 것도 없었고 클레임을 제기한 것도 없었습니다. 그들은 사건 당일 알리바이도 분명했고 개인적으로 송호성에게 악의를 품을 만한 치명적인 관계도 없었습니다. 다만……."

박형택이 잠시 뜸을 들였다.

"고객 기업과는 무관한 특이한 전화번호가 하나 발견되었는데 버릴까 하다 가져왔습니다. 무슨 광고 전화 같기는 한데 정체를 모르겠습니다."

박형택 형사가 마지막에 회생시켜 가져온 데이터는 070-0700-0700이라는 이상한 전화번호였다. 올해 처음으로 송호성 휴대폰에 나타났는데 한 달에 두 번꼴로 통화가 이루어졌으며 송호성은 죽기 이틀 전에도 이 번호와 통화한 것으로 밝혀졌다.

박형택은 이 전화번호가 고객 명단에 공식적으로 등록된

것은 아니지만 뭔가 중요한 열쇠를 쥐고 있는 것이 틀림없다고 했다. 광고 전화로 보기 힘들었던 게 각 통화마다 통화한 시간이 매우 길었다는 것이다.

"새롭게 밝혀진 사실은 선우혜민도 이 전화번호와 통화한 사실이 있다는 것입니다. 선우혜민은 최근에 이 번호와 꽤 자주 통화를 한 것으로 나타납니다."

"선우혜민이 드디어 수면 위로 떠오르는군. 특허사무소에 수습 변리사로 뽑힌 과정부터 의심 가는 구석이 한둘이 아니야. 회의를 마치고 바로 만나 봐야겠군."

박형택의 보고에 이어서 최인호가 앞으로 걸어 나갔다. 빔 프로젝터는 강남역 주변과 사건 발생 지점에 대한 약도를 스크린에 띄우고 있었다.

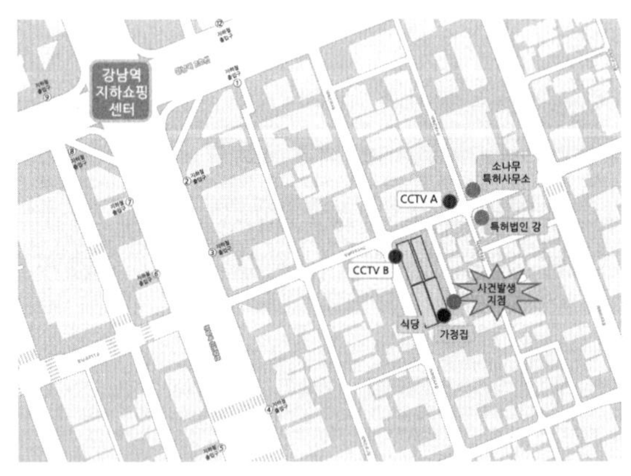

"제가 간략하게 현장 인근 약도를 만들어 보았습니다. 허접하지만 먼저 여기를 보시기 바랍니다."

최인호는 레이저 포인터로 화면을 비추며 자신 있게 설명을 이어 나갔다.

"사건이 발생한 곳은 빨간색으로 표시한 막다른 골목 끝입니다. 아시는 것처럼 피해자와 가장 가까운 곳에 위치한 건물은 평범한 가정집이었습니다. 그리고 인접한 뒤쪽 건물은 길 건너편 외부 도로에 연하고 있으며 식당이어서 큰 관심을 갖지 않았었습니다. 편의상 저 식당을 X, 가정집을 Y라고 부르겠습니다. Y 부인의 말로는 뒷문을 이용해 음식물 쓰레기를 내놓지만 쪽문을 살짝 열고 내놓기 때문에 바깥을 잘 보지 않는다고 했습니다. 사건이 발생한 날에도 하루 일과를 마치고 어두울 때 쓰레기를 비닐봉지에 담아서 내놓았다고 했습니다. 일부러 밖을 보지 않는 이상 골목에 무엇이 있는지 알지 못한다고 합니다. 그날도 아무런 의심도 없이 얼른 봉투만 내놓고 문을 닫아 밖에 누가 쓰러져 있었는지 알지 못했다고 했습니다. 우리는 X와 Y 모두를 기본 수사선상에서 제외하였습니다. 그런데 저는 아무래도 저 Y가 수상했습니다. 일단, 피해자가 왜 저곳에 갔을까 하는 것이 큰 의문이었습니다. 대화를 한다고 해도 굳이 음침하고 가로등도 없는 저곳까지 갈 리가 없지 않습니까?"

모두들 동의한다는 뜻으로 고개를 끄덕였다. 최인호가 이번에는 레이저 포인터로 화면의 CCTV B 부분을 가리켰다.

"지난번 회의 때 사실 B지점의 CCTV도 모두 검토를 한 상태였습니다. 그런데 그때는 강민호를 찾기 위해 거기에만 몰두를 했었습니다. 그래서 이번에 다시 정밀하게 분석해 보았습니다. 저 X는 식당이어서 아침마다 직원들이 출근을 합니다. 음식물 차량도 오전에 식재료를 배달하곤 하는 평범한 식당입니다. 그런데 말입니다."

의도하지 않았지만 모 텔레비전 심층 분석 프로그램의 진행자 같은 발음이 나왔다. 모두 숨을 죽인 채 화면을 뚫어져라 쳐다보았다. 최인호가 침을 꿀꺽 삼켰다. 이제 모두 최인호의 입을 주시했다.

최인호는 다소 흥분되고 떨리는 목소리로 말을 이었다.

"저는 X에 드나드는 사람들의 인상착의를 비교하며 일일이 그들의 출입을 비교해 보았습니다. 저곳이 일반 식당이라면 손님으로 들어간 사람은 한 시간 정도 식사가 끝나면 반드시 밖으로 다시 나와야 하지 않겠습니까? 맞습니다. 손님들은 대부분 밤늦은 시간에 그곳에서 다시 나왔고 어떨 땐 새벽에 나오기도 했습니다. 그들은 그냥 식당 손님이었습니다. 그런데 들어가고 나오는 손님들을 비교하다가 이상한 점을 하나 발견했습니다. 들어가는 손님 중에 간혹 어떤 사람들은 주변

을 매우 경계하며 조심스럽게 들어가곤 한다는 것이었습니
다.”

　말을 끊고 최인호는 좌중을 둘러보았다. 모두들 긴장한 빛
이 역력했다. 김태근은 어서 다음 이야기를 하라고 눈빛을
보냈다. 아직 밝혀진 것은 아무것도 없었다.

　“그런데 놀랍게도, 주위를 의식하며 조심스럽게 들어간 사
람들은 들어가기만 하고 나오지 않는다는 것을 알아차렸습니
다. 들어가는 사람을 일일이 확인하고 찾아낸 것이기 때문에
저는 혼란에 빠졌습니다. 너무 술에 취해서 식당에서 잠을
자는 것일까? 그런데 그 사람들은 다음 날도, 그 다음 날도
밖으로 나오지 않았습니다. 어떻게 된 일일까. 그래서 혹시
나 하고 이번에는 Y 뒷문 쪽, 그러니까 사건 현장 부근에서
잠복을 했습니다. 다른 화면을 하나 보시죠.”

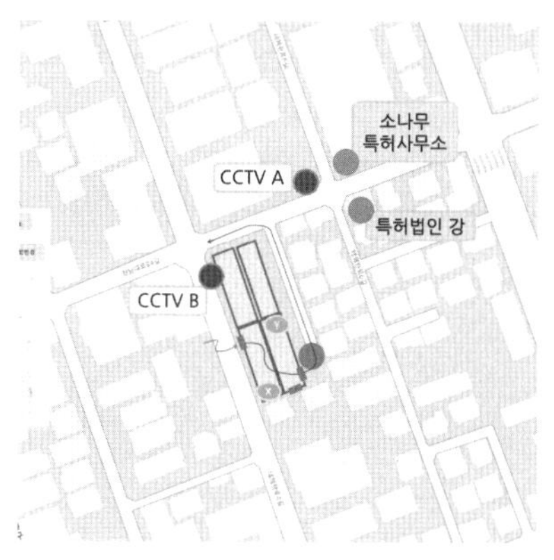

레이저 포인터를 누르자 화면이 다음 장면으로 넘어갔다. 화면이 바뀌자 갑자기 술렁거리기 시작했다.

"X로 들어갔다가 나오지 않은 사람들은 Y 뒷문으로 나갔습니다. 그들은 얼굴을 드러내면 곤란한 사람들이었습니다. 건물 X와 Y는 연결되어 있는 것이 분명합니다. 수색 영장을 발부받아 저 부분을 확인해야 합니다."

사람들은 충격에 휩싸였다. 최인호의 말이 사실이라면 엄청나고도 놀라운 일임에 틀림없었다. 그렇지만 확인된 사실은 아니었고 추리에 불과했다. 그러나 X 건물로 들어가 Y 건물 뒷문으로 나왔다면 이제 확인하는 일만 남은 셈이었다. 팀원들은 최인호의 끈기와 인내에 박수를 보냈다.

"최 경위, 정말 대단해. 이렇게 복잡한 트릭을 찾아내다니."

김태근은 최인호에게 엄지손가락을 들어 보였다. 긴장이 풀리면서 옆 사람과 수런거리는 소리가 기분 좋게 좁은 공간에서 퍼져나갔다.

"너무 중요한 포인트를 찾아 줘서 좋긴 한데, 언제부터 알고 있었어? 나한테 바로 보고했어야 하는 거 아냐? 이렇게 중요한 사안을 왜 이제야 보고하는 거야?"

김태근이 한껏 상기된 표정으로 웃으며 말했.

“그 부분은 죄송하게 생각합니다. 사실 어제까지 잠복을 하며 사실 확인을 하느라 미리 말씀드리지 못했습니다. 보다 정확한 사실을 말씀드리는 것이 나을 것 같아 그랬습니다.”

“그래. 그럼 최 경위는 수색 영장 발부 받아 저 식당과 가정집을 조사해 봐. 시간이 없으니까 이번에는 새로운 사실이 밝혀지는 대로 보고하도록.”

“네. 알겠습니다.”

최인호는 싱긋 웃으며 자리로 돌아갔다. 천천히 자리에 앉을 때는 한껏 여유가 묻어났다.

“지난번 피해자 아파트에서는 지문이 안 나왔나? 누가 맡았지?”

발칵 뒤집힌 최은주의 집은 과학 수사대가 투입되어 현장에 남겨졌을지도 모를 모든 지문을 샅샅이 조사했다. 새롭게 투입된 박혁기 형사가 발 빠르게 움직였는데 결과가 시원찮았다.

“장갑을 끼고 일을 벌였는지 지문이 하나도 발견되지 않았습니다. 그런데 서재 책장에서 지문이 발견되어 조사를 의뢰했습니다. 책장의 허리춤 위치에 왼손 지문 다섯 개가 찍혀 있었습니다.”

“오, 그거 다행이군. 왼손 지문 다섯 개가 의미하는 건 뭐지?”

"제가 비슷하게 그 지문 위치에 손가락을 대봤습니다. 손으로 책장의 그 위치를 잡으려면 허리를 좀 구부려야 하는데 지문의 방향으로 봤을 때 오른손으로 뭔가를 줍기 위해 왼손으로 책장을 잡은 것으로 보입니다."

"그래. 잘 분석했군. 근데 왜 거기서만 장갑을 벗었을까?"

"글쎄요. 아마 중요한 무언가가 떨어져 있어서 주우려 했던 것 같습니다만 현장에서 중요한 건 발견하지 못했습니다. 뭔지는 모르겠지만 아마 주워서 가져갔다고 판단됩니다."

"좋아. 검사 결과 누구 지문으로 나왔지?"

"그게……."

박혁기는 말끝을 흐렸다.

"정치인? 밝히기 곤란한 사람인가?"

김태근이 걱정스런 표정으로 물었다.

"그게 아닙니다. 지문은 발견됐지만 우리 청 데이터베이스에 등록되지 않은 것이었습니다. 그래서 누구의 지문인지 파악하지 못했습니다."

박혁기는 지문이 등록되지 않은 사실이 자기 잘못인 양 쩔쩔매며 대답했다.

"등록되지 않은 지문이라는 거지?"

김태근은 혼잣말을 입안에서 중얼거렸다.

공포는 두려움을 먹고 자란다.

사건 이첩 6일 전

최인호는 CCTV에서 흐릿한 영상이지만 송호성으로 의심되는 사람을 발견할 수 있었다. 그가 늘 메고 다닌다는 백팩이 등에 걸쳐져 있었다. 물론 백팩이 있다고 해서 그가 송호성이라고 단정할 순 없다. 하지만 그럴 가능성이 매우 높았다.

무작정 수색 영장을 들고 갔다가 원하는 비밀 장소를 발견하지 못하게 되면 그야말로 낭패가 아닐 수 없었다. 어떻게든 사전에 정보를 확보하고 찾아가야 했다. 최인호는 동생 최인성과 함께 CCTV 분석 작업을 먼저 진행했다. 사건 당일 식당을 출입한 모든 사람의 사진을 컴퓨터 수사팀 복원과에 의뢰하고 점심 시간에 맞춰 식당을 찾아가 보기로 했다. 컴퓨터 수사팀에 영상 인물 복원 프로그램이 있어 웬만한 사진은 노이즈를 제거하고 왜곡 장면을 보정하여 누군지 알아볼 수 있다고 했다.

사진 복원 작업이 끝나면 백팩을 메고 식당으로 들어간 사람이 송호성인지 보다 명확하게 알 수 있을 것이다. 그는 밤 10시경 주변을 두리번거리며 무척 조심스럽게 식당으로 들어갔다. 사건 당일 총 53명의 손님이 식당 안으로 들어갔는데, 송호성은 가장 늦은 밤 10시에 마지막 손님으로 들어갔다. 들어오고 나간 사람을 모두 세어 본 결과 들어간 사람은 모두 53명인데 식사를 마치고 다시 나온 사람은 49명이었다. 정문으로 나오지 않은 네 명은 최인호의 추리대로라면 식당과 연결된 가정집 뒷문으로 나갔을 것이다.

도대체 어떤 식당일까. 최인호는 점심시간에 맞춰 동생과 함께 손님으로 찾아갔다. 경찰 월급으로 이런 식당에서 음식을 먹는다는 것은 생각해 볼 수도 없는 사치였다. 이번에는 반드시 업무 비용으로 처리하리라 마음을 먹었다. 겉으로 보기에는 여느 식당과 다를 바 없어 보였다.

식당은 한정식을 메뉴로 1인분에 최소 3만원씩 하는 고급 식당이었다. 깔끔한 실내 분위기에 은은한 음악이 흐르고 있었다. 종업원은 단정했고 음식들도 정갈하게 나왔다. 홀에 배치된 테이블 외에 안쪽으로 대여섯 개의 방이 있었다. 매화, 국화, 산수유의 이름을 붙이고 있는 방에는 예약한 손님들이 삼삼오오 모여 식사를 하고 있었다.

화장실을 가는 척하며 방 안쪽 복도로 걸어가 봤지만 특이한 점은 보이지 않았다. 저녁 시간에 방 예약을 할 수 있는지 물어보자 맨 마지막 두 개의 방은 안 되고 나머지 네 개 방은 예약이 가능하다고 했다. 마지막 후식에 커피까지 마시고 동생과 이런저런 얘기를 나누며 어떤 사람들이 찾아오는지 살펴보았다.

식당을 찾아오는 사람들은 주변 직장인들로 보였으나 대부분 나이가 좀 있는 임원급 사람들이었다. 한 끼 점심으로 3만 원 이상을 쓸 수 있는 사람들, 그러니까 점심을 대접한다는 핑계로 비즈니스를 하는 사람들이었다.

가끔 어린아이를 데리고 오는 젊은 가족도 있었다. 저 나이에 이런 식당에 올 수 있는 그들이 부러웠지만 최인호는 그런 감정을 애써 눌렀다. 좋은 옷 하나 못 사 입는다고 늘 입에 불평을 달고 사는 아내가 떠올랐다. 이제는 포기할 법도 하건만 그녀는 끊임없이 친구들과 비교하며 자신을 초라하게 만들었다. 자식에게 과외 하나 제대로 시켜 주지 못하는 자신의 처지가 초라한 건 맞지만, 그보다 청렴한 경찰로서 사회의 정의를 구현하는 것에 더 큰 가치를 두기로 했다.

식사를 마치고 사무실로 들어온 뒤 꼬박 세 시간 동안 복원된 사진을 분석하는 일에 매달렸다. 김태근 반장에게서는 삼십 분 간격으로 전화가 걸려 왔다. 일주일 뒤에는 국정원에 넘겨주고 사건에서 손을 떼야 한다. 강력팀 일원으로 수사해 왔는데 이렇다 할 성과도 없이 사건을 넘겨준다는 건 자존심이 상하는 일이었다. 국정원과 관련된 범죄로 사건을 이첩하는 모양새지만 언론에서도 가만히 있지 않을 것이고 경찰서장의 체면도 크게 구겨질 것이 뻔했다. 물론 그렇게 되면 그 책임은 수사에 참여했던 형사들에게 고스란히 떠넘겨질 터였다.

반장이 되기 위해 고군분투하고 있는 최인호로서는 달갑지 않은 상황이었다. 게다가 경찰서장은 자신을 따로 불러 마지막 기회라고 엄포를 놓지 않았던가. 서장은 가끔씩 김태근 반장이 미덥지 못하다고 불평을 했다. 올해 들어 특별히 실시한 전국 조직폭력배 소탕 작전에서 강남구가 꼴찌에 가까운 실적을 보여 신경이 매우 날카로워진 상태였다. 세 사람의 경위를 한 팀에 넣은 것도 어쩌면 세 사람의 경쟁 심리를 자극해 단물을 빼먹어 보려는 매우 저급한 전략인지도 몰랐다.

"형, 이 사람, 국회의원 아냐?"

최인성이 소리쳤다. 얼마 전 모 기업으로부터 뇌물을 받은 것으로 의심된다고 언론에서 한바탕 떠들어 댔던 홍노희 국회의원이었다. 그도 밤늦은 시간에 식당에 들어간 뒤 나오지 않았다.

"앗, 잠깐. 이 친구 알 것 같은데."

이번에는 최인호가 소리쳤다. 그는 어지럽게 흩어진 수백 장의 사진 가운데서 눈빛이 강렬한 한 사내의 사진을 집어 들었다. 김철호가 분명했다.

4년 전 조직폭력배 소탕 작전 때 최인호가 검거한 강남파 행동 대장이었다. 직업을 속이고 결혼까지 했던 김철호는 아내의 끈질긴 애원에도 불구하고 조직을 떠나지 못했다. 그는 어쩌면 붙잡히기 위해 도망치지 않았는지도 모른다. 그는 모든 것을 포기한 듯했다. 너무 쉽게 검거하는 바람에 함정이 있는 건 아닌지 이상한 생각이 들 정도였다. 그 일로 최인호는 포상까지 받았기에 그를 잊을 수 없었다. 게다가 그는 난생 처음으로 범인에게 인정을 느꼈다. 그것은 어쩌면 상호작용이었는지도 모른다. 김철호는 자신을 따뜻한 인간으로 인정해 준 최인호가 고마웠고, 최인호는 가족을 위해 조직을 포기한 김철호가 위대해 보였다. 그는 아내를 정말 사랑하는 사람이었다.

부정한 돈이었지만 김철호가 보내 주는 돈은 가족의 생활비였고 아이들의 교육비로 알뜰하게 사용되었다. 그러나 강남파가 대거 붙잡히면서 조직은 와해되었고 아무도 김철호의 가족을 챙겨 주지 못했다. 최인호는 김철호의 사정을 알고 그냥 눈감을 수 없었다. 자신도 박봉이었지만 자신이 붙잡은 김철호의 가족을 모르는 체할 수 없어 1년가량 가족들에게 쌀이며 부식거리를 갖다주었다.

아내로부터 최인호 형사가 보살펴 준다는 말을 들은 김철호는 자신을 검거한 최인호를 형으로 부르며 깍듯하게 대했다. 그의 아내는 자신이 다니는 교회 목사님에게 교도소 면회를 부탁했고, 김철호는 교도소에서 세례를 받고 기독교인이 되었다. 그 뒤 교도소 내 직업 훈련원에서 요리 기술을 익혀 자격증을 땄고 성실히 수감 생활을 해 모범수로 일찍 출소했다. 그의 아내는 고마워하면서도 경찰에게 도움을 받는 게 부담스러웠는지 어느 날 소식도 없이 이사를 가고 말았다. 그 뒤 소식이 끊겼었는데 CCTV 화면으로 그를 만난 것이다. 사람은 자신이 하는 일에 따라 얼굴이 바뀌는 것일까. 김철호는 얼굴이 너무 순하게 바뀌어 그의 형형한 눈빛이 아니었다면 못 알아볼 뻔했다.

최인호는 식당 뒤에서 김철호를 만났다. 더운데도 긴 소매의 흰 주방장 가운을 입고 있었다.

"형, 여기를 어떻게 알고 왔어요?"

"어떻게 오긴. 내가 명색이 강남 지역구 담당인데 그걸 모르겠냐."

최인호는 허세를 부리며 김철호의 어깨를 껴안았다. 담배를 피우던 그는 얼른 그것을 비벼 끄고 최인호를 반겼다.

"교회를 다닌 지 벌써 2년이 다 되어 가는데 아직 담배를 못 끊었어요. 이거 참 끊기 어렵데요. 집사람이 니코틴 냄새가 징글징글하대요."

김철호는 괜히 멋쩍은지 물어보지도 않은 말을 꺼내며 웃었다.

"안 덥니? 땀이 줄줄 흐를 텐데. 주방은 찜통일 테고."

"주방에서는 신체 노출을 최대한 피해야 땀이며 털이 음식물에 들어가지 않는다고 사장님이 반소매 옷을 절대 못 입게 해요. 그렇지만 사실 그보다는 반소매 옷을 입으면 팔에 새긴 용문신이 보인다며 싫어해요. 사장님이 그걸 보면 밥맛 떨어진대요. 흐흐. 어쩝니까. 다 제가 지은 죄가 많아서 그렇죠."

김철호는 모처럼 아는 사람을 만나자 생기가 도는 듯했다.

"몇 시에 마치냐? 내가 술 살게. 아참, 너 신자니까 술도 안 마시겠네."

"하하. 대접이라면 제가 해야죠. 그동안 신세 진 거 갚지도 못했는데. 술 끊는 것도 쉽지는 않았는데 그래도 이제 조금씩 적응이 되고 있어요. 물론 교회 다닌다고 다 술, 담배 못 하는 건 아니지만, 스스로 약속한 것도 있어서 지켜 보려고요."

“녀석, 진짜 신자가 다 됐나 보네. 그럼 차라도 마시지 뭐.”

“이제 저녁 준비하러 들어가 봐야겠어요. 다 정리하고 나오면 밤 10시나 될 텐데 괜찮겠어요?”

“좋아, 얼른 들어가 봐.”

김철호는 90도로 인사를 꾸벅하고 주방으로 들어갔다.

김철호는 최인호 형사를 만난 순간부터 갈등하기 시작했다. 이 식당은 자신을 받아 준 유일한 곳이었다. 김철호는 출소 이후 일자리를 얻기 위해 수없이 많은 곳을 돌아다녔지만 전과자라는 꼬리표 앞에서 끝내 절망하고 말았다. 보스는 기독교 신자가 된 행동 대장을 위해 마지막 선물이라며 이 식당을 소개시켜 줬다. 표 사장은 보스에게 빚진 게 많다며 김철호를 떠맡았다. 요리사 자격증을 가진 김철호는 바닥부터 차근차근 실무를 익혀 2년 만에 주방장이 되었다. 사장도 그를 신뢰했고 많은 것을 그에게 맡겼다. 그렇지만 단 하나, 밤 10시 이후 주방은 결코 맡기지 않았다.

그가 이 식당에 뭔가 비밀스런 기운이 감도는 것을 눈치챈 것은 1년 전이었다. 식당은 밤 8시가 되면 더 이상 저녁 식사 손님을 받지 않았다. 식사는 밤 9시 반에 마치고 설거지 등 뒷정리를 하면 10시가 되었다. 그는 간단히 씻고 옷을 갈아입은 뒤 퇴근을 했다. 그런데 가끔씩 고위층 사람들이 낮에 찾아오곤 했다. 그들은 수고한다며 주방장에게도 팁을 주곤 했는데 한 번은 밤에도 낮에 먹은 음식을 해 줄 수 없냐고 그에게 물어본 적이 있었다. 무슨 말인지 못 알아듣자 손님은 당황하며 더 이상 말을 하지 않고 자리로 돌아갔다. 그리고 사장과 함께 작은 소리로 쑥덕거렸다.

그는 밤 10시 이후에도 예약된 손님들에 한해 비밀리에 식당이 운영된다는 것을 알았다. 그는 밤에 주방을 사용하는 요리사가 누군지 몰랐다. 아침에 출근해 보면 자신이 정렬해 놓은 칼이나 식기 위치가 바뀌어 있곤 했다. 그리고 얼마 전 무시무시한 살인 사건이 일어났다.

김철호는 최인호를 만나 이 모든 것을 말해야 한다는 것을 알았다. 그것은 양심에 관한 문제였다. 자신의 일터가 사라질 수 있고 자기가 알던 사람이 감옥에 갈 수도 있었다. 의리냐 정의냐 하는 질문 앞에 그는 수없이 갈등했지만, 이제는 의리보다 더 중요한 것이 진실이라는 것을 알았다. 그는 자신을 속일 수 없었고 신 앞에 맹세한 약속을 저버릴 수 없었다.

* * *

선우혜민은 불안감을 감추지 못하고 있었다. 불안하기는

강민호도 마찬가지였지만 겉으로 내색할 순 없었다. 어제 얻어맞은 정강이가 계속 화끈거려 자신도 모르게 손이 다리 밑으로 갔다.

"변리사님. 말씀드릴 게 있어요."

선우혜민이 파리해진 입술로 입을 열었다. 기존 직원들을 다 받아들이고 나무 특허사무소로 개업한다고 인사를 했던, 얼마 전까지의 당당하던 모습은 온 데 간 데 없었다.

"나도 묻고 싶은 게 있었다."

"먼저 말씀하세요."

"아니다. 네가 먼저 말해라."

선우혜민은 침을 꿀꺽 삼켰다. 주위에 누가 없는지 불안하게 둘러보고는 입을 열었다.

"김태근 반장이라는 형사가 찾아왔었어요. 그런데 대뜸 070 번호를 보여 주며 무슨 내용으로 통화했느냐고 물어봤어요."

"나는 모르는 번호구나."

"네. 아뇨."

선우혜민은 갈팡질팡했다. 고개를 흔들다 끝내 울먹거렸다.

"변리사님. 너무 힘들어요. 제가 감당할 수 있을까요? 기업의 비밀도 지켜야 하는데 제가 알고 있는 걸 어디까지 말해야 할까요?"

강민호가 사건이 일어나기 전 송호성과 심하게 다툰 건 직원 월급 문제 때문이기도 했지만 속내를 들여다보면 실상은 A기업 때문이었다. 일반적으로 특허사무소는 특허청에 서류를 제출하고 나서 고객으로부터 돈을 받는다. 선우혜민의 도움으로 기술적 완성도를 높인 A기업은 곧 돈을 주겠다고 하면서 차일피일 미루고 있었다.

송호성은 어쩔 수 없이 강민호에게 마지막이라며 돈을 빌려 달라고 부탁했고, 강민호는 자기가 A기업 대표를 만나 따지겠다고 했다. 그렇지만 송호성은 절대 안 된다며 반대했고 강민호는 그렇다면 돈을 빌려줄 수 없노라고 했다. A기업이 돈을 제때 줬더라면 송호성과 싸우지도 않았을 것이고, 자신이 용의자로 의심받지도 않았을 것이다.

송호성이 A기업 특허를 완성하여 특허청에 제출하고 얼마 있지 않아 명성기업 한수산 대표가 A기업 특허 등록을 막아 달라고 강민호에게 찾아왔다. 어떻게 A기업의 특허 사실을 알았느냐고 물어보았지만 그는 다 아는 수가 있다고만 대답했다. 정보 제공이란 경쟁 기업의 특허 출원 기술에 대하여 이미 공개된 기술이니 특허를 받지 못하게 해달라고 특허청에 요청하는 행위다. 이때 증거 자료를 보내게 되는데 보통 특허청에 서류를 제출하는 날짜 이전에 공개된 유사한 기술 자료를 제출한다. 하지만 특허가 일반에 공개되기 전에는 정보 제공을 신청할 수가 없다.

고객 기업이 비밀리에 경쟁 기업의 특허청 출원 사실을 알았다고 해도, 아직 공개가 되지 않은 특허라면 정보 제공을 할 수가 없는 것이다. 강민호가 아무리 설명을 해줘도 한수산은 막무가내였다. 자기가 높은 양반을 알고 있어서 전화 한 통화면 되지만 그래도 특허사무소에서 먼저 움직여 주면 모양새가 날 거라고 했다. 강민호는 화가 나서 한수산 앞에서 특허청 심사관에게 전화를 걸어 그 사실을 확인시켜 주었다. 사내는 그제야 잠잠해졌다.

다행히 해당 특허는 긴급한 특허 출원으로 인정되어 등록 결정이 났고 등록 번호가 발급되기만을 기다리는 중이었다. 송호성은 조금만 더 기다리면 A기업에게 돈을 받을 수 있다고 했다. 하지만 결국 친구는 돈을 손에 쥐어 보지도 못한 채 하늘나라로 가고 말았다.

"그 번호는 A기업 전화번호였어요. 어디냐고 물어보길래 홈쇼핑 광고 전화라고 둘러댔는데 거짓말인 거 금방 들통나겠죠? 저는 죄를 지은 것도 없는데 왜 이리 불안해야 하는지 모르겠어요. 위증죄로 잡혀가는 건 아니겠죠?"

선우혜민의 동공이 무심히 흔들렸다. 강민호는 그녀에게 송호성 서재에 있던 노트북을 알고 있느냐고 물어보았다. 송호성 변리사 자택에 괴한이 침입했던 일, 자신이 괴한에게 얻어맞은 일 등을 전하자 선우혜민은 켁 하며 마시던 커피를 내뱉고 말았다.

부들부들 손을 떨며 벌어진 입을 다물지 못했다. 놀랍게도 그 노트북은 선우혜민이 가지고 있다고 했다. 송호성이 선우혜민에게 직접 노트북을 주었다고 했다. 그럴 일은 없겠지만 혹시라도 자신에게 무슨 일이 생기면 이 노트북을 꼭 챙기라고 했다는 것이다.

"노트북을 가지고 있는 걸 알면 너도 위험해질지 몰라. 내가 그 노트북을 가지고 있을게. 무슨 내용이 들어 있는지도 확인해 볼 필요가 있고. 노트북을 나에게 줄 수 있어?"

강민호는 진심이었다. 괴한들이 집요하게 노트북을 찾아다니는 것을 보면 언제 선우혜민에게 접근할지 몰랐다. 게다가 그녀는 A기업에게 기술적으로 가장 큰 도움을 준 사람이 아니던가.

선우혜민은 잠시 고민하는 듯하더니 알았다고 했다. 사실 송호성 변리사는 자기에게 무슨 일이 생기면 꼭 강민호 변리사와 의논하라고 했었다. 지구상에서 유일하게 믿을 수 있는 사람은 강민호뿐이라고 했다. 처음에는 강민호의 알리바이가 수상하다는 김태근 형사의 말을 듣고 그를 의심할 수밖에 없었다. 하지만 이제는 강민호를 믿어야 했다. 그가 썩은 동아

줄일지라도 이제는 그 줄을 붙잡을 수밖에 없었다. 갑자기 커피 잔이 심하게 흔들렸다. 탁자 위에 놓인 선우혜민의 전화기가 푸른 불빛을 내뿜으며 떨고 있었다. 선우혜민은 조심스레 전화기를 들어 올리며 중얼거렸다. 모르는 전화번호인데.

"선우혜민 변리사입니다."

선우혜민은 누가 들으면 안 되는 것처럼 조그만 목소리로 말했다.

전화기 저편에서 굵직한 저음이 흘러나왔다.

"안녕하세요. 선우혜민 변리사님. 국정원 장문수입니다."

선우혜민은 너무 놀라 전화기를 바닥으로 떨어뜨렸다. 전화기를 주워 올렸으나 떨어지면서 충격을 받았는지 이미 끊어진 상태였다. 그녀는 얼굴이 하얗게 질린 채 강민호에게 안기듯 쓰러졌다.

사라질 순 있어도
결코 소멸되진 않는다.

강민호가 선우혜민에게 들은 이야기는 충격적이었다. 그래서 몇 번이나 사실이냐고 되물었다.

"저희 회사 직원들이 토요일마다 두뇌 재능 기부에 참여하는 것은 알고 계시죠?"

강민호는 고개를 끄덕였다. 호성이가 토요일마다 직원들과 봉사 활동을 가는 것은 알고 있는 사실이었다. 그래서 토요일에는 송호성과 약속을 쉽게 잡을 수가 없었다. 그래도 참 열심히 사는구나 생각했었다. 사람이 살아도 저렇게 타인을 위해 살아야 할 텐데 하며 반성하는 마음을 가지기도 했었다.

"그런데 그 봉사 활동이라는 게 일반 사람들이 알고 있는 그런 봉사 활동이 아니었어요. 그건 국가 정보원이 비밀리에 운영하는 임상 실험이었어요."

영국의 옥스퍼드 대학교 루이 교수는 2010년 11월 티디씨에스(tDCS)라는 경두개 직류 전기 자극 실험 연구 결과를 과학 학술지에 발표했다. 사람의 머리는 이마 쪽을 전두엽, 정수리 부분을 두정엽, 뒷머리 쪽을 후두엽, 귀가 있는 옆머리 쪽을 측두엽으로 부른다. 루이 교수는 뇌 과학 교수로 뇌의 수리 부분을 담당하고 있는 두정엽에 약한 전류를 흘려주는 실험을 했다. 실험에 참가한 사람들은 전기 자극을 받고 나서 월등하게 수학 문제를 잘 푸는 경험을 했다. 두정엽 실험에 자극받은 연구팀은 실험 범위를 넓히기 시작했는데 측두엽에 전류를 흘려 보내 기억력을 10% 이상 증가시키는 결과까지 얻어 냈다.

우리나라는 내부적으로 청년 실업이 끊임없이 증가하는 문제로 골머리를 앓고 있었고 외부적으로는 중국, 인도 등에 밀려 기술 경쟁력이 낮아져 수출이 점점 힘들어지는 상황에 처해 있었다. 게다가 국가 정보원은 날로 교묘해지는 북한의 사이버 공격으로 인해 진땀을 흘리고 있었다.

북한의 핵실험이 점점 성공에 가까워지면서 핵과 정보 통신 기술이 어떻게 결합될지 몰라 전전긍긍했다. 국가 정보원은 비밀 부서를 새로 만들고 이곳에서 북한을 능가하는 천재 집단을 양성키로 했다. 이 일이 가능했던 이유는 한계에 부

딫친 국가경쟁력은 특단의 방법으로 인재를 양성하여 끌어올
릴 수밖에 없다는 국가 정보원의 압박이 먹혀 들어갔기 때문
이었다.

실험실은 이름도 없는 건물에 세워졌고 영국의 루이 교수
가 몇 차례 방문하여 기술 이전을 실시했다. 이때 실험 책임
자로 뽑힌 사람이 송호성이었다. 국가 정보원은 송호성에게
비밀 서약을 받고 직원들이 피실험자로 참가하도록 종용했
다.

겉으로는 두뇌 재능 기부라는 거창한 이름이 붙었고, 실험
에 참가하는 사람들은 머리에 전류가 흐르는 관 같은 모자를
쓰고 루이 교수가 제공해 준 다양한 문제를 풀었다. 선우혜
민은 왜 그가 책임자로 뽑혔냐는 강민호의 질문에 제대로 대
답하지 못했다.

선우혜민은 입사한 뒤 1개월이 지난 즈음부터 봉사 활동
에 참여했다. 여전히 추운 겨울이었다. 회사에서 하는 일에
비해 지나치게 많은 보수를 받는 것 같아 미안한 마음도 있
었다. 참여는 자유라고 했지만, 임상 2상까지 마친 실험이라
안전하다는 것과, 소나무 특허사무소 전 직원이 참여하고 있
다는 것, 그리고 실험 이후 자신의 개인적인 지능이 높아졌
다는 다른 직원의 증언이 그녀를 유혹했다. 송호성도 이 실
험에 참여하고 난 뒤 특허 명세서 작성의 완성도가 높아졌

고, 특허 분쟁 소송에서 승소하는 확률이 더욱 높아졌다고
했다.

송호성을 비롯한 다른 직원들이 참가한 실험은 두정엽과
측두엽 부분에 약한 전류를 흘려 보내고 다양한 문제를 풀어
보는 것이었다. 그리고 조제된 약을 먹고 변화를 관찰하고
기록했다. 플라시보 효과를 주는 위약도 포함되어 있었지만
누구에게 위약이 지급되는지는 아무도 몰랐다.

두정엽과 측두엽 연구는 유럽에서 이미 어느 정도 검증을
마친 상태였다. 한국에서는 소수를 대상으로 한국인의 특성
에 맞는 용법과 내약성을 확인하는 수준이었다. 비밀 서약을
하고 소나무 특허사무소 직원만 참가하는 것이라 비밀이 새
어 나갈 일도 없었다.

그런데 선우혜민이 새롭게 참가하자 선우혜민만 전두엽 실
험을 시작하라고 지시가 내려왔다. 송호성은 실험을 진행할
수 없다고 거부했다. 전두엽 실험은 동물을 대상으로 실시하
는 전임상 단계도 거치지 않아 매우 위험하다고 판단했기 때
문이었다. 하지만 국정원은 두정엽 실험의 임상 3상 단계가
성공리에 끝나 가고 있기 때문에 전두엽도 임상 3상 단계로
볼 수 있다고 했다.

송호성은 전두엽이 감정을 관장하는 부분이기 때문에 함부
로 진행할 수 없다고 했다. 하지만 그들은 하루빨리 결과를

보고 싶어 했다. 국정원은 계약서를 들이대며 송호성을 협박했다.

송호성은 결국 무릎을 꿇었다. 국가 기관의 폭력 같은 갑질 앞에 무릎을 꿇지 않을 수 없었다. 송호성은 선우혜민을 따로 불러, 실험에 참여하다 만에 하나라도 이상이 생기면 하나도 빠트리지 말고 자신에게 얘기를 해달라고 했다. 해외에서 부작용이 있었는지 확인해 보고 만약 부작용 사례가 발견되면 즉각 실험을 중지하도록 요청할 것이라고 했다.

선우혜민은 그렇게 남들과 다르게 전두엽 실험에 참가하게 되었다. 그런데 놀랍게도 전두엽 실험의 반응은 매우 빨랐고 격렬했다. 기존의 실험 참가자에 비해 최소 3배 이상의 경이로운 증가가 나타났다. 선우혜민은 기분이 상승되는 것을 느꼈으며 그 상승감에 따라 문제를 풀어내는 속도가 빨라졌다. 국정원에서는 매주 선우혜민의 실험 결과를 기다렸고, 실험 결과가 나오면 즉시 어디론가 보고되었다.

문제는 실험에 참가한 지 2개월이 지난 시점부터 나타나기 시작했다.

"그런데 제가 갑자기 이상해졌어요. 정말 이상했어요. 태어나서 그런 기분은 처음이었어요. 처음에는 생리가 시작됐나 생각했죠. 하지만 날짜도 안 맞고 생리 시작할 때 느껴지는 묵직한 불편함, 그런 것도 없었거든요."

선우혜민은 그때를 회상하는 듯 잠시 눈을 감았다. 그 당시 감정의 기복이 얼마나 심했는지 하루에도 몇 번이나 천국과 지옥을 경험했다. 경험해 보지 못한 사람은 아무도 그 고통을 이해할 수 없는, 놀랍고 끔찍한 고통이었다. 차라리 물리적인 고통이라면 참을 수 있을 것 같았다. 하지만 선우혜민을 덮친 고통은 조울증이라는 단어로도 설명을 할 수 없는 심리적, 신체적 증상을 모두 보여 주었다.

여러 명의 서로 다른 사람이 몸속에 존재하는 것 같았다. 때로는 자신이 낯설게 느껴지는 이인증까지 나타났다. 높이 10미터의 파도가 한꺼번에 뇌를 덮치는 그런 느낌이었다. 아무리 허우적거려도 파도 속에 파묻혀 결코 헤쳐 나올 수 없었다.

"정말 히스테리가 너무 심해져서 그저 죽고만 싶었어요. 우울감이 극도로 올라갈 땐 죽고 싶어 바로 옥상으로 올라가기도 했어요. 저 자신이 그렇게 불쌍할 수가 없었어요. 그렇게 미웠고, 그렇게 초라했고, 그렇게 작게 느껴졌어요. 어떻게 통제가 안 되더라고요. 옥상으로 올라갈 때마다 송 변리사님이 번개같이 달려와 저를 끌어내렸어요. 저 때문에 많이 힘들었을 거예요. 그러던 어느 날 제가 좀 잠잠해지길 기다리더니 송 변리사님이 절 불렀어요. 방으로 들어갔더니 다짜고짜 토요일 자원 봉사 활동을 그만두라고 말하더군요. 저는 계속 가고 싶다고 말했어요. 일의 효율도 좋아지고 특허를 작성할 때도 어렵게 느껴졌던 기술들이 너무 쉽게 이해되는 걸 느꼈거든요. 전류 실험을 조금이라도 받아 본다면 누구든지 중독되고 말 거예요. 처음에는 겁이 나고 그랬는데 어느 날부턴가 그 실험을 기다리는 저 자신을 발견했어요. 저는 결코 그만둘 수 없다고 했죠. 그랬더니 그렇게 화도 안 내고 순둥이 같은 변리사님이 화를 버럭 내는 거예요. 무조건 자기 말을 들으라고. 안 그러면 무슨 일이 생길지 모른다고 하면서요."

"그러니까 호성이는 혜민이의 조울증 같은 감정 기복이 임상 실험 때문에 생긴 거라고 판단한 거로군."

강민호가 나름대로 추리를 덧붙여 말을 이었다.

"맞아요. 그러면서 과학 잡지에 실린 논문 하나를 보여 주었어요. 아, 저는 그 논문을 생각하면……."

선우혜민은 얼굴을 찡그린 채 기억을 지우려는 듯 고개를 흔들었다.

"그 논문은 두뇌 전기 실험에 참여한 영국 학생의 부작용에 관한 것이었어요. 영국에서도 전두엽 실험을 한 적이 있더라고요. 물론 실패한 실험으로 끝나긴 했지만."

"결과가 좋지 않았나 보네. 실패 사례가 발표된 논문인가?"

"맞아요. 우리나라 같으면 그런 사례는 발표하지 않았을지도 모르죠. 그 여자도 심각한 조울증 증세를 보였어요. 저처럼 해리성 장애는 물론 이인증으로 지킬박사와 하이드 같은 상태가 되었대요. 저랑 거의 똑같았어요. 그런데 그 여자, 그 30대 여자는……. 아…….”

선우혜민은 말을 잇지 못했다. 어느새 눈에 눈물이 그렁그렁 맺혔다.

“결국 죽었군.”

강민호가 대신 말을 받았다. 선우혜민은 고개를 끄덕이고는 손수건을 꺼내 눈두덩을 꾹꾹 눌렀다.

“송 변리사님은 그 원인을 찾고 싶지만 그건 나중 일이고 일단은 당장 실험 참가를 그만둬야 한다고 했어요. 근데…….”

선우혜민이 다시 부들부들 떨며 말을 잇지 못했다. 아무래도 그때의 후유증으로 조울증이 재현되는 게 아닌가 의심이 들 정도였다.

“왜, 무슨 일이 있었어?”

“갑자기 국정원 장문수라는 사람이 송 변리사님과 저를 협박하기 시작했어요. 정말 끈질긴 스토커였어요. 날마다 집에 가는 게 두려워 미칠 지경이었죠. 송 변리사님이 어느 날 저를 부르더니 까만 파우치 하나를 주더라고요. 꺼내 보니 하얀 노트북이었어요. 아무래도 불안하다고. 이걸 대신 맡아 달라고. 아무도 모르게 무조건 안전한 곳에 숨기라고 했어요. 그리고 혹시 자기에게 무슨 일이 생기면, 강 변리사님에게 노트북을 전달해 달라고 했어요. 다른 사람 누구에게도 줘선 안 된다고.”

믿지 못할 얘기였다. 그런 사실을 나한테 눈곱만큼이라도 알려 주었더라면 이렇게 힘든 일은 없었을 텐데. 그리고 그런 사실을 지금까지 숨기고 있던 선우혜민에게도 화가 났다. 아니 호성이가 그렇게 부탁을 하고 죽었다면 당연히 자기에게 제일 먼저 그 얘기를 했어야 하는 게 아닌가.

“처음에는 정신이 하나도 없었어요. 그 노트북도 생각조차 못 하고 있었고요. 진작에 숨겨 놓아 그 사실을 까맣게 잊고 있었거든요. 게다가 처음에는 경찰에서 강 변리사님이 의심스럽다고 해서 저는 누구도 믿을 수가 없는 상태였어요. 죄송해요.”

선우혜민이 갑자기 어깨를 들썩였다.

“변리사님. 죄송해요. 정말 죄송해요. 일이 이렇게 무서워질 줄 꿈에도 몰랐어요.”

선우혜민은 손수건으로 입을 꾹 틀어막았다. 갑자기 긴장이 풀리면서 온갖 감정이 소리 없이 뇌를 공격해 들어왔다. 아직 그때의 후유증이 남아 있는 건지도 몰랐다.

강민호는 화를 꾹 눌러 참았다. 지금 그런 걸 따져 봐야 소용이 없었다. 다른 사람 손에 들어가기 전에 빨리 노트북을 찾는 게 중요했다. 내용물을 확인하고 경찰에 넘기든지 대책을 강구해야 했다.

"어디에 숨겨 놓았는지 모르지만 나한테 가져다줄 수 있지? 문기화도 보낼 테니까 같이 가서 가져와. 혼자는 위험할지도 몰라."

강민호는 이제 막 수습 변리사 딱지를 뗀 문기화에게 전화를 걸기 위해 벗어 놓은 상의 주머니를 뒤적거렸다. 휴대폰을 꺼내 보니 부재중 전화가 열두 통이나 와 있고 문자도 다섯 통이나 와 있었다.

'변리사님, 빨리 전화 주세요. 도대체 어디 계신 거예요.'

애가 탄 문기화의 문자가 휴대폰에 차곡차곡 쌓여 있었다. 재빨리 통화 버튼을 눌렀다. 선우혜민을 따라 어디 좀 다녀오라는 말을 꺼내기도 전에 문기화는 먼저 말을 쏟아 냈다.

"선배님. 급해요. 명성기업 한수산 대표님이 오후 3시 전에 꼭 전화를 달라고 했어요. 안 그러면 신변에 안 좋은 일이 생길 거라고 얼마나 무섭게 얘기하던지……."

문기화는 벌벌 떨고 있었다. 평생에 그렇게 무서운 전화는 처음 받아 본다고 했다. 저렇게 겁이 많은 녀석에게 선우혜민과 같이 가라고 하는 게 도움이 될지 의심스러웠다. 그렇다고 선우혜민 혼자만 갔다 오라고 할 수는 없었다.

문기화는 선우혜민과 변리사 동기여서 서로 잘 아는 사이였다. 백짓장도 맞들면 낫다고 문기화가 심약해 보여도 강단이 있는 녀석이니 믿어 보기로 했다.

강민호는 선우혜민을 보내고 시계를 보았다. 3시 5분 전이었다. 무슨 일이기에 시간을 정해 놓고 전화를 달라고 할까. 지난번 한수산 대표와의 약속은 최은주의 집에서 괴한에게 맞아 병원에 입원하면서 까먹어 버렸다. 그것 때문에 화가 난 걸까. 한 대표는 두 번째 신호가 가자마자 전화를 받았다.

"운이 좋군. 몇 분만 늦게 전화했더라면 자네도 친구 호성이처럼 됐을 텐데 말이야."

"무슨 말씀이신지⋯⋯."

"지난번 약속도 펑크 내고. 고객을 응대하는 자세가 영 엉망이야."

"아, 그땐 죄송하게 됐습니다. 갑자기 사고를 당하는 바람에."

"물론 갑자기 일이 생길 수 있지, 사람 일이란 하루 앞을 알 수 없으니까 말이야. 하지만 얘기는 해줘야 할 거 아냐. 무작정 기다리게 하는 건 교양 있는 사람이 할 일이 아니지 않나."

강민호는 상대의 말투가 조금씩 이상해진다는 느낌을 받았다. 평소의 특허 상담과는 질이 달랐다.

"지난번에 요청하신 특허 문제는……."

"우리 사이 문제는 전화로 할 얘기가 아니야. 만나서 얘기해야지."

"아, 예. 그렇기는 합니다. 그럼 저희 사무실로 와 주시겠습니까? 오늘은 꼭 시간을 내겠습니다."

"아무렴. 시간을 꼭 내야지. 그런데 지금은 내가 멀리 있어 사무실에 찾아가기가 힘들단 말이야. 그러니까 자네가 와. 자네는 내게 빚이 있지 않나?"

참 까다로운 고객에게 걸렸군. 강민호는 전화기의 마이크 부분을 손바닥으로 막고 한숨을 푹 내쉬고 감정을 정리했다.

"상담은 저희 사무소에서 하면 안 될까요?"

"결정은 내가 한다. 지금부터 세 시간 안에 문자로 찍어 주는 주소로 와."

"대표님, 바쁘신 줄은 알지만 제가 아직 완전히 회복이 안 되어서……."

"어딘지 아직 장소도 알려 주지 않았는데 변명부터 하는군. 자넨 그게 틀려먹었어. 늘 자기만 생각하지. 상대가 어떻게 되든 상관하지 않는단 말이야. 자네 친구도 자네의 그런 모습을 보면 무척 슬퍼할 거야. 친구가 왜 죽었는지 죽음의 진실을 알고 싶지 않나, 뽀식이? 그래, 뽀식이지. 그게 더 친근할 거야. 뽀식이. 범인을 알고 싶다면 묻지도 따지지도 말고, 경찰도 부르지 말고, 혼자서, 혼자서 몰래 오라고. 내 말을 명심해. 허튼 수작을 부리면 은주에게 무슨 일이 생길지 아무도 몰라. 암 그건 나도 모르지.”

전화는 끊겨 버렸다. 강민호는 머리가 하얘졌다. 갑자기 이게 무슨 폭탄 전화란 말인가. 한수산 대표가 송호성의 죽음과 무슨 관계가 있는지. 은주 이름은 어떻게 알고 있는지. 뒤죽박죽 뒤엉킨 생각을 정리하기도 전에 문자가 도착했다.

전주시 완산구 흥신로 369. 오후 6시까지 도착할 것.

급하게 스마트폰으로 지도 앱을 열었다. 떨리는 손으로 주소를 입력하자 초성 중성이 마구 섞이면서 뒤죽박죽이 되었다. 몇 번에 걸쳐 겨우 주소를 입력했다. 강민호는 지도를 보고 두 눈을 의심했다. 여긴 흥신 고등학교, 내 모교가 아니던가. 이 사람이 어떻게 내 모교를 알고 있지? 그런데 지도에는 폐교라고 적혀 있었다. 얼마나 일에 빠져 있었으면 자신의 모교가 폐교된 것도 몰랐을까. 인터넷 홈페이지는 없어졌고 화면을 밑으로 내려 보니 백과사전에서 검색이 되었다. 얼른 내용을 확인해 보았다. 백과사전은 흥신 고등학교가 2013년에 폐교되었다고 친절하게 알려 주었다.

　아, 학교가 사라졌구나. 갑자기 허무해졌다. 소중한 기억 하나를 잃어버린 느낌이었다. 친구도 죽었는데 학교마저 사라지고 없다니. 그러나 언제까지 감상에 젖어 있을 수만도 없었다. 째깍째깍 시간는 흘러갔다. 벌써 5분이 지나갔다. 내비게이션을 작동시켜 검색하자 지금 즉시 출발해도 6시 반에 도착한다고 안내했다. 시간이 없다. 강민호는 자리를 박차고 뛰어 나갔다. 아무 생각도 할 수 없었다.

과도한 부작용은
죽음에 이르는 지름길이다.

사건 이첩 5일 전

최인성은 갈색 봉투를 들고 형제만의 아지트가 된 작은 카페에 들어섰다. 오전이어서 그런지 손님들은 거의 없었고 주인은 휴대폰을 들여다보느라 두 사람 이야기에는 신경도 쓰지 않는 듯했다.

"아메리카노 한 잔에는 카페인이 100밀리그램 정도 들어 있어. 하루 세 잔까지는 몸에 좋대. 몽롱한 아침에 뇌를 각성시키기에는 딱이지."

"하루 세 잔이면 아침, 점심, 저녁 식사하고 한 잔씩 마시면 되겠네. 형, 미국 드라마나 영화를 보면 외국 주인공들이 침대에서 일어나자마자 커피를 마시잖아. 왜 그러는지 이제 알겠네. 정신이 번쩍 들게 하려는 거지. 나야 찬물로 세수하

는 게 제일 빠르기는 하지만, 왠지 아침에 커피를 마시면 우
아하게 하루를 시작하는 것 같긴 해. 우리 건배나 할까.”

둘은 커피 잔을 살짝 부딪치며 건배를 했다. 비밀 업무를
시작하자는 둘만의 신호였다.

“사진 분석 결과가 나왔어.”

최인성은 봉투에서 사진들을 꺼냈다. 어제 확인하지 못했
던 나머지 사람들의 사진이었다. 흐릿했던 CCTV 속 인물들
이 선명하게 복원되어 있었다.

“여기가 맨 마지막에 들어간 사람”

최인성이 사진 한 장을 가리켰다.

“송호성이 확실하네.

“사무실 사람들에게 물어보니까 이 백팩이 부인이 사준 거
라고 날마다 그걸 메고 출퇴근을 했대. 출장 갈 때도 백팩을
메고 가고. 좀 젊어 보인다나 어쩐다나 하여튼 그랬대. 그러
니 식당에 손님을 만나러 갈 때도 메고 가잖아.”

“젊어 보이는 건 맞아. 나도 백팩 메고 다녀 볼까.”

“잠복근무 할 땐 좋겠다. 백팩 멘 사람을 누가 형사라고
생각하겠어?”

“오, 그거 좋은 생각인데.”

최인성은 눈을 반짝 굴렸다. 최인성이 다른 사진 두 장을
꺼내 들었다.

"여기 두 사람은 송호성보다 30분가량 먼저 들어갔어. 근데 두 사람은 서로 아는 사이야."

"아는 정도가 아니라 매우 친한 사이인 걸? 이 사람은 어제 네가 홍노희라고 말했던 국회의원이구나. 근데 옆에 같이 있는 사람은 누구지?"

"이 사람 알아내느라 시간이 좀 걸렸어. 국회의원이랑 어울리는 사람이라면 그래도 인지도가 있을 거 같아 내부 인맥을 좀 동원했거든. 근데 엉뚱한 곳에서 걸려들었어. 국정원에 있는 동기 녀석에게 혹시 아는 사람이냐고 물었더니……."

최인성이 말을 뚝 끊고 주위를 살폈다.

"뭐 간첩이라도 되냐?"

"간첩이 아니라, 자기 쪽 사람이래."

"자기 쪽? 그게 무슨 말이야?"

최인호가 되물었다.

"자기 쪽이 어디긴 어디야. 국정원이지. 녀석이 어디서 구한 사진이냐고, 무슨 사건 조사하느냐고 계속 캐물어서 힘들었어. 녀석도 코가 예민한 놈이라 함부로 말해 줄 수도 없고."

"그래서, 누군지 알아내기는 한 거야?"

"알아내긴 했는데 서로 정보를 교환하기로 했어. 절대 공짜로는 안 된대."

최인성은 사진 속 인물에 대한 정보를 알아내기 위해 국가정보원 소속 동기에게 사건에 대한 약간의 정보를 주고 이름과 소속을 알아냈다. 동기 말에 따르면 그는 장문수라는 사람인데 국방부를 담당하고 있다고 했다. 서로 부서가 달라 자주 보지는 못하고 가끔 지나가다 마주치면 알은체를 하는 정도이며, 최근에는 다른 부서로 옮겼는지 통 마주친 기억이 없다고도 했다.

"가만, 홍노희 국회의원도 국방위 소속 아냐?"

최인호가 얼굴을 숙이며 소곤거렸다.

"맞네. 맞아. 왜 그 생각을 못 했지? 근데 두 사람이 무슨 작당을 하는 거야? 이 사람들이 이번 사건과 관련이 있을까?"

최인호가 휴대폰으로 홍노희 관련 기사를 검색했다.

"홍노희 의원, 주식회사 라다 기업으로부터 억대 뇌물 수수 의혹. 방산 비리 또 불거져. 홍노희 의원, 모르는 일이라고 일절 부인. 뭐 시꺼면 기사가 수두룩하네."

"그 의심스러운 식당이 이런 구린 사람들이 몰래 드나드는 곳이구나. 근데 왜 송호성이 여길 들어갔을까? 그건 그렇고 여기 나머지 한 명은 누구야?"

"글쎄, 송호성보다 한 시간가량 먼저 들어간 사람인데 이리저리 알아봐도 통 모르겠어. 우리 데이터베이스에는 없는 사람이야."

"수사의 법칙 하나. 가까운 곳부터 수사하라. 이번 사건에서 가까운 곳이 어딜까? 바로 특허사무소지. 강 특허법인과 소나무 특허사무소 직원들에게 물어보면 뭔가가 좀 나오지 않을까?"

"하하, 형 그 정도는 나도 알지. 이미 특허사무소에다가는 연락을 해 놨어. 거긴 곧 답이 올 거야."

"짜식, 많이 컸네. 이젠 내가 발을 빼도 되겠군."

형은 동생 머리를 장난스레 쓰다듬었다.

동생은 머리를 빼내며 웃었다.

"형, 왜 이래, 징그럽게. 언제 도와줬다고, 참. 그리고 이메일 결과가 나왔어."

"이메일? 무슨?"

최인호는 무슨 뚱딴지같은 소리냐며 멍한 표정으로 물었다.

"에이, 기억 안 나? 그때 송호성 변리사 컴퓨터에서 HRL 연구소에 보낸 메일이 있다고 했잖아."

"아, 맞아. 영어로 보낸 편지라 번역한다고 그랬지. 그래 무슨 내용이야?"

"새롭기도 하고 흥미롭기도 하고, 하여튼 좀 이상한 메일이야."

"뜸들이지 말고 빨리 말해 봐."

"자세하게는 잘 모르겠어. 송 변리사가 자기 특허사무소 직원들이랑 무슨 실험에 계속 참여를 했나 봐. 근데 실험에서 무슨 문제가 생겼는지, tDCS 이머전시, 응급 상황이 발생했다고 그쪽에서 도움을 줄 수 있느냐고 물었고, HRL 연구소 닥터 췬가 하는 교수가 답장을 보냈어. 송호성은 자기 직원 중에 S라는 여자가 부작용으로 의심되는 증상이 나타났다며 인적 사항을 적어 보냈는데, 선우혜민 수습 변리사가 틀림없어."

"티디 뭐라고? 하여튼 실험이라니, 응급 상황은 뭐고, 선우혜민은 또 왜 나오는 거야? "

"나도 잘 몰라서 검색해 봤지. tDCS는 두뇌에 전류를 흘려 보내 자극을 주어서 두뇌 기능을 높이는 건데 최근에는 우울증을 치료하는 의료용으로도 사용한대. 하여튼 그 tDCS 실험을 했나 봐."

"누가?"

"누구긴 누구야. 송 변리사 특허사무소 직원들이지. 근데 송 변리사가 S에게 나타난 부작용이라고 설명한 증상은 급격한 감정 변화, 조울 증세, 이인증, 해리성 장애 같은 거래. 근데 그게 하루에도 수십 번 종류를 바꿔 가며 나타나 사람을 완전히 딴 사람으로 만들어 놨다는 거지."

“흠, 그러니까 메일에서 S라고 말한 사람이 선우혜민이라는 거고, 결국 선우혜민에게 그런 증상이 나타났었단 말이잖아. 그랬더니 거기서 뭐래?”

“그 연구소에서 답장이 왔는데 그 실험 당장 중지하라고, 사람 죽이는 실험이라고 그랬어. 어떻게 한국에서 그 실험을 하고 있냐고. 더 놀라운 건 당장 가서 도움을 줄 수 있다며 아무 연고도 없는 한국에 오겠대. 그 실험 부작용이 너무 심각하다고 자기들도 사태를 좀 알아보고 싶다고 답장이 왔어. 그랬는데, 송 변리사가 답변 고맙다고, 안 와도 된다고, 알아서 하겠다고 답장을 보냈어. 그러고는 그만 죽어 버린 거지.”

“새로운 사실이긴 한데, 그걸로 뭘 연결할 수 있을까?”

“그 연구소에서 답장을 보내면서 첨부 파일을 하나 보냈더라고. 열어 보니 S랑 비슷한 증세를 보인 실험 부작용에 대한 내용이었어. 결국 그 사람은 죽었고.”

“오, 부작용으로 사망까지 한다는 거잖아. 정말 무시무시하네. 근데 선우혜민은 멀쩡한 걸 보니 선우혜민이 그 S가 아닌가 본데?”

“실험을 중단했을 수도 있지. 근데 그보다 더 중요한 사실을 알아냈어.”

최인성이 남은 커피를 홀짝거리며 마셨다. 카페에는 사람들이 좀 더 많이 들어왔고 바로 옆 자리에도 손님이 앉았다.

최인성은 조금 부담스럽긴 했지만 아직 할 얘기가 더 있어 바로 나갈 수가 없었다. 눈치를 읽은 최인호가 눈을 찡긋했다.

"괜찮을 거야. 뭔데?"

"인터넷을 검색하면 검색 이력이 다 남아. 특별히 청소하지 않으면 다 알아낼 수 있지. 로그 파일이라는 게 있는데 그걸 분석하면, 그 컴퓨터를 사용한 사람이 어느 사이트를 들어갔고, 거기서 뭘 검색해 봤는지 다 알아낼 수 있어."

"컴퓨터로 못 찾는 게 없구나. 그것도 무시무시하다. 네가 그런 일을 하는 거구나. 에휴, 무서운 녀석. 그래서 뭘 좀 찾아낸 게 있어?"

"송 변리사가 메일을 주고받은 뒤 뭘 했나 봤더니 부작용으로 죽었다는 그 여자에 대해 조사했더라고. 근데 그건 중요한 게 아니고, 부작용으로 죽은 그 여인이……."

최인성이 다시 말을 끊고 주변을 살폈다. 그러더니 메모지를 꺼내 펜으로 뭔가를 적었다.

"사. 람. 을. 죽. 였. 어."

"뭐?"

최인호가 너무 큰 소리로 놀라는 바람에 주변 사람들이 쳐다봤다. 최인성은 얼른 메모지를 구기고는 자리에서 일어섰다. 이젠 사람들이 너무 많아졌다. 곧 점심시간이었다.

그들은 밖으로 나왔다.

"형, 만약 선우혜민이 똑같은 증상을 겪었다고 가정하면……."

최인성이 작은 목소리로 중얼거리듯 말했다.

"가정하면, 뭘? 너 설마 선우혜민을 의심하는 거야?"

"아냐, 형. 충분히 가능한 추리 아냐? 논문에서 소개된 그 여자도 정신 이상 증세로 사람을 죽였잖아."

"그건 너무 소설 같은 추리야. 선우혜민은 알리바이도 분명하고 지금 정신 상태로 봤을 땐 전혀 가능성이 없어."

최인호는 말도 안 된다는 듯이 펄쩍 뛰었다.

"그럴까? 나는 괜히 의심스러운데. 두 사람 사이에 우리가 모르는 무슨 관계가 있지 않을까? 수습 변리사를 안 받는다는 규칙을 깬 것도 그렇고. 혹시……?"

최인성은 머리를 긁적였다.

"혹시 뭐? 둘이 연인 사이 아니었을까 의심하는 거야?"

"사람 일은 모르는 거잖아. 만약 그런 관계였다면 충분히 살해 동기가 생길 수 있지."

"그건 네 말이 맞아. 사람 사이는 아무도 모르는 거야. 그리고 충분히 가능한 일이기도 하고, 하지만 지금은 그쪽까지 챙겨볼 여유가 없어. 일단 그건 나중에 생각하고, 사진 인물 분석 상황은 반장님께 보고해."

"알았어."

"나는 수색 영장을 가져왔으니 식당으로 가볼게."

최인호는 팀원들을 호출하여 식당으로 향했다.

* * *

이경주 변리사는 변리사회 소속의 내부 조사단을 맡아 내부의 윤리 문제만 검토하고 있었다. 조사단은 변리사회 소속의 민간 임시 조직이었고 경찰이 아니기 때문에 수사권도 없어 조사는 처음부터 한계가 있었다. 이경주는 뇌물을 주거나 받는 등 심각한 부정행위가 있어 변리사회의 명예를 떨어뜨리는 행동이 있었는지에만 조사의 초점을 맞추었다. 대상자로는 피해자인 송호성 변리사는 물론이고 지인이라는 강민호 변리사, 수습 변리사였던 선우혜민과 문기화까지 모두 포함되었다. 서류 검토에 이어 주변 사람들을 통한 탐문 조사까지는 경찰과 거의 비슷했다. 하지만 모두 특별한 문제는 없어 보였다.

서로가 바빠 최근에서야 겨우 개인별로 인터뷰를 진행했다. 조사라기보다 오히려 경찰과의 대응에서 힘든 일이 있었는지, 협박이나 인권 유린 상황이 있었는지를 주로 파악했다. 그리고 협회 차원에서 도울 수 있는 일이 있으면 언제든지 돕겠다는 말과 함께 조사단인지 지원단인지 모를 약식 조사를 끝내고 말았다.

이경주는 다만 선우혜민 변리사를 조금 더 조사해 보기로 했다. 선우혜민은 이제 막 수습 딱지를 떼 낸 애송이 변리사인데 어떻게 사무실 운영 경험도 쌓지 않고 겁도 없이 개인 사무소를 열 수 있단 말인가. 일반적으로 변리사 사무소 개소는 수습 이후 1, 2년 큰 사무실에서 선배 변리사들의 도움을 받으며 철저한 수업을 받고, 자기를 신뢰하는 고객을 확보한 뒤에 하는 것이 일반적이다. 물론 사무실을 열 수 있는 충분한 자금은 필수적이다.

그런데 선우혜민은 이 모든 조건을 벗어난 상태였다. 송호성 변리사의 고객이 모두 선우혜민의 고객이 된다는 보장도 없을 뿐더러, 그녀는 사무실 운영 경험 또한 전무한 상태가 아니던가. 그녀의 사무실 개원은 경제적으로나 경험적으로나 망하기 딱 좋은 도전이었다. 게다가 지독히 가난한 그녀가 무슨 돈으로 그 비싼 강남 노른자 땅에 사무실을 열 수 있었을까. 모든 사실과 정보들이 그녀의 사무소 개소에 대하여 의문 부호를 붙이기에 충분했다. 모든 것이 부정한 자금이 흘러 들어가지 않는 이상 불가능해 보였다.

이경주는 선우혜민이 송호성 변리사의 비밀 자금을 몰래 운용하고 있는 것이 아닌가 하는 의심을 지울 수가 없었다.

게다가 소나무 특허사무소 직원들을 그대로 고용 승계했다니, 그렇게 젊은 사장을 모시는 직원들의 정신 상태도 수상했다. 여러모로 돈이 관련되어 있지 않고는 해석이 불가능한 상황이었다. 이경주는 선우혜민을 인터뷰하면서 자존심이 상하지 않게 조심하며 자금의 출처를 물어봤지만 그녀는 우물쭈물하다 다른 얘기로 급하게 넘어가 버렸다.

이경주는 1차 조사 결과를 고유승 변리사회 회장에게 보고하고 선우혜민의 의문점을 상세히 설명했다. 고유승 회장은 자기 라인을 통해서 선우혜민의 사무실 설립 과정을 좀 더 알아보겠다고 했다. 여차하면 세무 조사도 실시할 수 있도록 연결할 테니 수상한 증거물이 나오면 즉각 알려 달라고 했다.

"어, 정수야. 그래, 무슨 일이야? 혜민이에게 무슨 일이 생긴 거야?"

박정수는 이경주가 선우혜민을 미행하라고 붙여 놓은 수습 변리사였다.

"네, 선배님. 선우혜민은 강 변리사와 헤어진 뒤 문기화를 만나서 자동차로 같이 이동하고 있습니다."

"그래? 문변이랑 이동한다? 그건 또 무슨 시나리온지 모르겠네. 그래, 어디로 가고 있는데?"

"두 사람이 자유로를 타고 파주 쪽으로 가고 있습니다. 어디로 가는지 통 모르겠습니다. 일단 뒤쫓아 가는 중입니다."

"뭔가 새로운 일을 벌이는 모양이군. 알았어. 도착하면 즉시 알려 줘."

이경주는 지도를 펼쳐 놓고 생각에 잠겼다.

* * *

깨어진 창을 통해 말간 햇살이 들어왔다. 멀리서 새소리가 들렸다. 아침인가? 강민호는 습관처럼 눈을 비비려 했으나 손이 움직여지지 않았다. 힘겹게 눈꺼풀을 들어 올렸다. 깨진 햇빛은 홍채가 시신경을 조절할 틈도 주지 않고 곧바로 눈을 압박했다. 실눈을 뜬 채 급하게 바닥으로 시선을 떨어뜨려 햇빛의 공격을 막아 냈다. 바닥이 물로 흥건했다. 물인지 땀인지 알 수 없었다.

천천히 고개를 돌려 보니 자신이 낯선 곳에 있다는 것을 알아차렸다. 집이 아니었다. 침대가 아니었다. 정신을 잃었었나? 손발이 의자에 묶여 있다. 몸을 돌릴 수도 뜀박질을 할 수도 없는 상태였다. 그제야 온몸의 긴장된 근육이 아우성을 치기 시작했다. 100킬로그램에 육박하는 거대한 체구가 고등학생들이 사용했던 나무 의자에 묶여 있었다.

드르륵. 교실문이 열리고 사내가 들어왔다. 홍채는 사내의 외관을 인식하고 뇌는 사내의 정보를 결합시켰다. 그리고 기억은 어젯밤으로 돌아갔다. 사내는 특허 상담을 하자고 폐교가 된 홍신 고등학교로 강민호를 불러낸 한수산 대표였다. 그가 주변 편의점에서 사 왔는지 샌드위치와 음료수를 봉지에서 꺼내 놓았다.

"선우혜민이 올 때까지는 살아 있어야 하니까 아침은 먹어야겠지."

한수산은 강민호가 묶여 있는 의자 앞 책상 위에 샌드위치와 음료수를 올려놓고는 한쪽 손만 풀어 주었다.

"네놈은 덩치가 커서 두 손을 다 풀어 주면 무슨 짓을 할지 몰라. 한 손으로 얌전하게 아침 식사나 하라고."

"당신이 살인범이지, 당신이 죽였지!"

강민호가 소리쳤다.

"오, 아직 힘이 넘쳐나시는구만. 살인범이 누군지 궁금하겠지. 하지만 그건 마지막 카드야. 벌써부터 그걸 쓸 수 있나. 일단 아침이나 먹어 두라고. 뽀식이가 제일 잘했던 게 암산하고 먹기 아니었나? 그 특기를 죽일 순 없지. 머리를 잘 굴려 봐. 지금 먹는 게 나을지 안 먹는 게 나을지."

그때였다. 한수산의 휴대폰이 울렸다. 한수산은 휴대폰에 뜬 이름을 보고 인상을 찌푸렸다.

"네. 형님."

"이 자식아. 지금 어디 있는 거야!"

휴대폰에서 성난 목소리가 터져 나왔다. 한수산은 황급히 스피커 부분을 손으로 막고 일어섰다. 눈짓으로 강민호에게 아침을 먹으라는 신호를 보내고는 뒷문으로 나갔다.

강민호는 한수산이 시야에서 사라지자 얼른 자유로워진 한 손으로 휴대폰을 꺼내 위치를 찾아주는 GPS를 가동시키고 앱을 실행시켰다. 구글 지도를 이용해 위치를 알려 주는 앱이었다. 손가락이 굵다 보니 자꾸 옆에 있는 다른 앱이 눌러졌다. 강민호는 조마조마한 마음으로 자신의 위치를 지도에 찍었다. 누구에게 보낼까 생각하다 최인호 형사를 클릭했다. 발걸음 소리가 다시 가까워지고 있었다.

'전송이 완료되었습니다.'

메시지가 떴다. 급하게 주머니에 휴대폰을 집어넣었다.

드르륵. 교실 문이 열렸다. 강민호는 잽싸게 탁자 위에 놓인 샌드위치를 집어 들고 우걱우걱 입에 쑤셔 넣었다.

"네네. 잘 알겠습니다. 형님. 제가 오늘 특허 소송 변론일이라 거기 갔다 와야 됩니다. 네. 그 뒤에 만나시죠. 알겠습니다. 네네. 연락드리겠습니다."

한수산이 전화를 끊으며 자리에 앉았다.

"망할 놈의 자식. 내가 뭐 지 종놈인가? 이래라저래라 하고."

한수산은 얼굴을 찌푸리다 강민호가 샌드위치를 먹는 것을 보고 빙그레 웃었다.

"짜식. 죽기는 싫은 모양이군."

최인호 형사가 지도의 뜻을 알아차릴 수 있을까? 강민호는 생수를 천천히 들이켜며 생각에 잠겼다. 선우혜민은 언제 도착할까. 노트북을 뺏기면 안 되는데. 늦게 와라, 늦게 와라.

기도하듯 물을 한 모금 한 모금 목구멍으로 넘겼다. 근데 저 사람은 어떻게 내가 다니던 고등학교를 알고 여기로 오라고 했고, 뽀식이라는 고등학생 때 별명을 알고 있을까? 도대체 저 사람은 누굴까? 강민호는 생수통을 탁자 위에 놓으며 한 손으로 입을 훔쳤다.

진실은 늘
뒤에 밝혀진다.

이제 국정원으로 사건을 넘기기 전까지 5일밖에 시간이
없었다. 김태근은 팔을 걷어붙였지만 이내 마음을 고쳐먹었
다. 손을 가슴에 얹고 하나 둘 셋 숫자를 세며 깊은 숨을 내
쉬었다. 급할수록 천천히 돌아가라 했다. 사건은 송호성의
피살로부터 시작되었다. 이 땅의 정의를 바로 세우기 위해서
는 범법자라면 희생자의 신분과 지위고하에 연연하지 않고
죄의 값을 받도록 해야 한다. 그가 국가 산업 발전에 이바지
하는 변리사라는 전문 직종 종사자라도 마찬가지였다.

처음에는 알리바이가 명확하지 않았던 강민호가 의심스러
웠지만 자신의 촉이 너무 앞서 나갔음을 시인해야 했다. 여
전히 그의 알리바이는 의문이었고, 집에서 사건에 사용된 것
과 동일한 브랜드의 칼을 사용하고 있다는 점, 그리고 세트

중에서 사라진 하나의 칼이 범행에 사용된 칼과 동일한 것이라는 것 등 정황상 증거는 그가 범인일지도 모른다는 가설을 뒷받침해 주고 있었다.

하지만 그를 용의자로 체포하기에는 결정적인 증거가 없었다. 칼에는 지문도 묻어 있지 않았고 그는 범행을 부인하고 있었다. 그리고 처음부터 그를 의심케 했던 사건 발생 시간의 당일 행적에 있어서도 정신적 충격으로 인해 사건 당일 밤 시간을 기억하지 못한다는 그의 진술은 진실성이 있어 보였다. 병원에 문의해 본 결과 실제로 그런 일은 자주 일어난다고 했다. 사건 이후 피해자인 송호성의 집에 누군가 침입했고 강민호는 거기서 얻어맞기도 했다. 그는 잠적하지도 도주하지도 않았고 송호성의 친구로서 범인을 찾고 싶어 안달이었다. 범인이 우발적으로 살인을 저질렀을 수도 있지만 일련의 정황들은 그럴 가능성을 축소하고 있었다.

경찰 데이터베이스에 등록되지 않은 지문이 송호성의 어질러진 집에서 발견되었다. 침입자는 장갑을 끼고 들어와 다른 곳에는 전혀 지문을 남기지 않았는데 왜 책장 한쪽에만 지문을 남겼을까. 박혁기 형사의 말대로 몸을 굽혀 뭔가를 줍기 위해 책장을 잡은 것이라면 바닥에 장갑을 벗고 주워야만 하는 무언가가 떨어져 있었다는 것이다.

그게 뭘까? 단순 실수일까 아니면 의도한 계획일까. 단순한 살인 사건이 아니라 뭔가 큰 것들이 얽혀 있는 것 같다는 예감을 지울 수가 없었다. 그렇지 않다면 국정원에서 굳이 이 사건을 가져가려는 이유가 없을 터였다.

송호성을 죽인 범인은 원하는 것을 얻었을까. 강민호의 말에 따르면 송호성의 서재에서 흰 노트북이 사라졌다고 했다. 하지만 부인 최은주 얘기로는 노트북이 안 보인 지는 꽤 되었다고 했다. 그녀는 남편이 일 때문에 회사로 가져간 것이라고 생각해 일부러 물어보지 않았다고 했다. 노트북을 찾기 위해 이 소동을 벌이고 있는 거라면, 노트북에는 무엇이 담겨 있는 걸까. 송호성의 고객 기업을 찾아봤지만 뚜렷한 소득은 없었다. 고객 기업과 무관하게 070 번호를 쓰는 전화 번호로 최근 통화한 사실을 알아냈고 선우혜민이 동일한 번호로 통화한 사실도 있었다. 이 고리도 찾아 연결해야 했다.

김태근은 최인성으로부터 사진 분석 결과를 듣고 충격을 받았다. 그리고 동시에 깊은 고민에 빠졌다. 비밀 식당 출입자 중에 국정원 직원이 포함되어 있다니. 이것은 무엇을 말해 주는 것일까. 송호성이 어떤 국가적인 사건에 연관되어 있었고 국정원에서 이를 조사하고 있었던 것일까. 그래서 사건을 내놓으라고 하는 것일까. 그렇다고 하더라도 사건을 그냥 넘겨줄 수는 없었다. 자존심이 걸린 문제였다. 이대로 국정원에 넘긴다면 지금까지 자신을 지탱해 온 강력계 형사의 경력이 그대로 쭈그렁 망태기가 되는 것이었다.

김태근은 뻑뻑해진 눈을 두 손으로 꾹꾹 눌렀다. 선물로 받은 액상 커피를 머그잔에 탔다. 차가운 물을 붓고 마셔 보니 시중에서 파는 콜드브룬지 뭔지 하는 커피보다 맛이 더 좋았다. 커피는 목을 타고 부드럽게 식도를 통과했다. 위장까지 무사히 도착한 커피는 그곳에서 한껏 호사를 누리며 식도로 커피 향을 물씬 되돌려 보냈다. 그 경로가 고스란히 뇌에 각인되었다. 기분이 좋아졌다.

김태근은 1년 후배인 최인호 경위가 자기를 이기려고 무진장 애를 쓰고 있다는 사실도 알고 있었다. 이번 살인 사건을 제대로 수사하지 못한다면, 아니 만약 최인호가 남다른 실적을 올린다면 당장 내년 인사고과에서 반장 자리를 빼앗길 수도 있었다. 최인호가 얼마나 많은 정보를 감추고 있는지 김태근은 정확히 몰랐다. 그는 수집한 모든 내용을 보고하는 것 같지가 않았다. 그렇다고 계속 물어볼 수도 없었다. 그가 식당 비밀도 풀어내고 식당 주방장으로부터 비밀 장소가 있다는 증언도 확보했으니 곧 식당 주인을 체포해 올 것이다.

그가 똑똑하다는 사실은 인정해야 했다. 하지만 수사 반장이라는 것은 똑똑함만으로 차지할 수 있는 자리가 아니다. 무엇보다 사회 정의라는 거시적 가치관이 뼈에 새겨져 있어야 했다. 그는 머리를 잘 쓰는 유형이지만 사회 정의가 아니라 개인의 영달을 위해 움직일 뿐이었다. 그런 녀석에게 반장 자리를 넘겨준다는 건 한국 사회의 정의를 후퇴시키는 일이었다.

그냥 고분고분 반장 자리를 넘겨줄 수는 없었다. 이번 사건을 통해 김태근이 아직은 건재하다는 사실을 알려야 했다. 김태근은 박형택에게 국정원 소속 장문수가 어떤 사람인지, 무슨 일을 하고 있는지, 가정사에 문제는 없는지 작은 거 하나라도 놓치지 말고 알아 오라고 지시를 내렸다.

최인호는 문제의 비밀 식당을 찾아갔다. 사전에 주방장 김철호로부터 내부 정보를 전달 받았기 때문에 쉽게 찾을 수 있을 거라 생각했지만 비밀 통로는 꽁꽁 숨겨져 있었다. 같이 간 형사에게 수색하라고 한 뒤 바깥으로 나와 피살 현장인 뒷골목으로 갔다. 폴리스 라인은 치워졌지만 바닥에는 송호성이 피살당한 모습을 보여 주는 스프레이가 짙은 색으로 그려져 있었다. 가정집으로 위장된 뒷문은 자물쇠로 굳게 잠겨 있었다. 길거리에는 내용물이 가득 찬 음식물 쓰레기봉투가 놓여 있었다.

어제도 비밀 영업을 한 것이 틀림없었다. 어제는 누가 다녀갔을까, 씁쓰레한 웃음이 비어져 나왔다. 앞에서 뚫을 수 없다면 뒤에서 들어가야지.

"안녕하세요. 잠시 집을 좀 둘러보려고 왔습니다."

최인호는 집주인에게 인사를 하고 들어갔다. 그녀는 불편한 표정이 역력했다. 말이 따발총처럼 쏟아져 나왔다. 짧게 커트한 머리 아래로 커다란 귀걸이가 귀에 걸려 대롱거렸다.

기다란 한 건물인 줄 알았는데 안으로 들어서자 왼쪽은 막혀 있었다. 손으로 쳐 보니 통통 소리가 났다. 집을 두 군데로 나누어 한쪽은 실제 주거지로 사용하고 다른 한쪽은 비밀 식당으로 사용하는 것이리라. 오른쪽으로 들어서자 너른 정원이 나타났다.

"아니 사건은 밖에서 일어났는데 왜 저희 집을 보려고 그러는 거예요? 여긴 개인 사생활이 있는 곳이에요."

최인호는 정원을 훑어보며 뒤따라온 주인에게 질문을 던졌다.

"아주머니, 여기서 사건이 일어난 날 무슨 소리 못 들으셨어요?"

정원 한가운데는 작은 호수가 있었고 붉고 흰 잉어들이 물속을 유유히 돌아다니고 있었다. 고택 분위기의 집은 고요와 잘 어울렸다. 정원은 모든 소음을 흡수하는 듯했다.

"아니 왜 자꾸 같은 걸 반복해서 물어보고 그러세요. 저는 정말 아무 소리도 못 들었다니까요. 저는 야행성이 아니에요. 초저녁에 잠을 자요. 그리고 한 번 잠들어 버리면 누가 업어가도 모른다고요."

여자의 목소리는 묘한 고음으로 쨍쨍거렸는데 거의 소음 수준이었다. 고택 분위기에는 어울리지 않았다. 물속에서 견뎌 내는 잉어들이 경이롭다고 느껴질 정도였다.

신발을 신은 채 문을 열고 안으로 들어섰다. 주인이 인상을 찡그리며 앞을 막아섰다. 개인 사생활을 함부로 보여줄 수 없다고 했다. 최인호는 할 수 없이 수색 영장을 내밀었다. 여자의 얼굴이 하얗게 질렸다.

고목으로 만들어진 식탁이 중앙에 놓여 있었다. 일반 가정집 분위기는 아니었다.

"여기서 잠을 자나요? 잠을 잘 수 있는 구조는 아닌데? 이불장도 없고."

여자는 대답을 하지 않았다. 건너편에 안쪽으로 통하는 문이 보였다. 문을 열고 나서자 마루가 나왔다. 마루라니. 사극 드라마에서나 볼 수 있던 한옥 구조가 아니던가. 마루에 발을 내딛었지만 삐걱거리는 소리가 나지 않았다. 오래된 마루가 아니었다. 마루 반대편에 또 하나의 정원이 있었다. 마루와 비밀 방을 중앙에 두고 양쪽으로 정원이 있었다. 그런데 그 정원이 끝이었다. 더 이상 연결되는 문이 없었다.

어떻게 된 걸까. 담장까지 간 그는 담벼락을 따라 오른쪽으로 길고 좁은 통로가 이어진 것을 발견했다. 한 사람이 겨우 들어갈 수 있을 정도로 좁았고 앞쪽에는 수풀이 있어 통로인지 알기가 어려웠다. 통로를 따라가자 끝에 문이 하나 있었다. 문손잡이를 잡아당기자 삐익 소리를 내며 문이 열렸다. 깨끗한 남자 화장실이었다. 반대편에 또 하나의 문이 있었다. 문을 열고 바깥으로 나가자 음식 냄새가 확 몰려왔다. 건너편 식당이었다.

최인호는 식당 주인 표은기를 송호성 살인 용의자로 긴급 체포했다. 식당은 송호성이 그날 마지막으로 들어간 장소였고 피살 장소는 비밀스럽게 이어진 뒷문 바로 앞이었다. 식당이 문을 닫게 되면 김철호를 비롯한 종업원들의 생계가 위협받겠지만 어쩔 수 없었다.

표은기는 체포되면서도 자기는 손님을 받은 것밖에 없는데 무고한 시민을 잡아간다고 소리쳤다. 조용히 갈 수 있는 것을 큰소리를 치는 바람에 사람들이 몰려나왔다. 김철호는 주방에서 나와 묵묵히 이 장면을 지켜보았다. 김철호는 주방장으로서 당일 영업 종료를 선언했다.

최인호는 반장이 직접 신문하도록 용의자를 넘겨주었다. 그가 비밀 식당을 실제로 운영했다면 누가 송호성을 만났는지 알 수 있을 것이다. 이번 사건과 관련해 처음으로 텔레비전에 긴급 속보 자막이 나갔다. 김태근 반장의 어깨가 조금 올라갈 것이다. 어쩌면 기자 회견을 해야 할지도 모른다. 식당을 몰래 드나든 사람들이 공개되면 큰 파장이 일 것이다. 윗선에서 명단 공개에 대한 정치적인 판단을 할 수도 있다.

형제는 저녁에 다시 만났다. 반찬이 식탁에 깔리고 주문한 부대찌개가 준비되는 동안 동생이 물었다.

"형, 표은기라는 저 사람, 사실 살인범은 아니잖아. 근데 왜 용의자로 체포한 거야?"

"일단 그는 식당을 비밀리에 운영했어. 그리고 피해자는 사건 당일 그 비밀 식당에 출입했어. 그리고 식당 뒷문에서 살인 사건이 벌어졌어. 그렇다면 피해자와 같은 테이블에 앉아 있던 사람이 살인범일 가능성이 매우 높지. 그런데 CCTV에서 송호성이 가장 마지막에 들어갔고, 그 이전에 들어간 사람은 홍노희, 장문수, 그리고 아직 신원 확인이 안 된 엑스. 이 엑스라는 사람이 피해자가 들어가기 바로 전에 들어갔으니까 가장 유력하지만, 그 전에 출입한 사람도 용의자가 될 수 있어. 그리고 식당 주인은 이를 알고 은폐하거나 동조했을 가능성이 있지."

"그렇다면 네 명을 다 체포해야 하는 거 아냐? 왜 식당 대표만 체포한 거야?"

최인성은 불판 위에서 끓고 있는 부대찌개에서 라면 사리를 건져 내며 물었다.

"고도의 전술이지. 게다가 다 만만한 사람들이 아냐. 홍노희는 국회의원이고. 장문수는 알아낸 것처럼 국정원 소속이지. 그리고 엑스는 아직 누군지도 모르고. 식당 주인은 일단 법을 어겼으니까 어떤 죄로든 잡아넣을 수가 있어. 그래서 그를 체포하는 건 법을 어기는 것도 아니고 무리한 수사도 아니지. 다만 살인 용의자로 체포한 것은 고도의 심리전을 펼치는 거야. 범인들에게 '너희들은 곧 잡힐 거야' 하는 무언의 암시와 심리적 부담을 주는 것이기도 하고. 식당 주인에게도 압박을 줘서 그가 알고 있는 정보를 쉽게 빼내려는 거지. 제대로 말하지 않을 경우 살인범으로 구속될 수도 있다고 하면 함부로 거짓말을 하기는 힘들 거야."

"아, 그런 거구나. 이제 조금 이해가 되네. 형, 일단 먹자."

형제는 더운 날씨에도 땀을 흘리며 부대찌개를 시원하게 먹어 치웠다.

최인성은 형이 부탁한 특허 분쟁 정보를 알기 위해 동분서주했다. AER, US-IL 쪽지는 버리기 아까운 정보였다. 송호성 주머니에 왜 이 쪽지가 남겨져 있었을까. 그날 식당에서 얘기를 나누며 적었을 가능성이 높았다. AER에 대해 공부를 해봤지만 특허를 하나도 모르는 입장에서는 이해하기가 불가능했다. 게다가 특허 영어는 또 하나의 완전히 새로운 언어, 즉 외계 언어와 같았다.

그래서 일단 미국과 이스라엘에만 집중하기로 했다. 특허청에 미국과 이스라엘 기업의 특허 분쟁이 있는지 알아봤지만 그런 일은 없다고 했다. 외국 기업이 한국에 와서 자기들끼리 싸울 이유가 없다고 했다. 생각해 보니 그랬다. 그렇다면 어떤 가능성이 있을까. 일단 현재 소송이 끝나지 않고 진행 중인 모든 분쟁 사건 목록을 받아 보기로 했다. 목록을 훑어가던 중에 코리아라는 이름을 달고 있는 기업명에 눈길이 머물렀다. 외국 기업이 한국에 들어와서 사업을 한다면 지사를 설립하여 운영하고 있을 가능성이 높았다. 외국 기업은 대부분 회사 이름 뒤에 코리아를 붙이고 있어 그나마 찾아내기가 쉬웠다.

특허 분쟁을 벌이고 있는 기업은 너무 많았다. 얼마나 많은 기업들이 특허에 목숨을 걸고 있는지 알 수 있었다. 그렇지만 대부분 한국 기업과 한국 기업 아니면 외국 기업과 한국 기업의 분쟁이었기에 이스라엘 자회사와 미국 자회사의 분쟁은 바로 드러났다. 딱 한 사건밖에 없었다. 이스라엘 자회사 제이콥 코리아는 한국 시장을 두고 미국의 한국 자회사 터널 코리아와 특허 소송을 벌이고 있었다.

최인성은 얼른 제이콥 코리아와 터널 코리아의 기업 정보와 사장의 인적 사항을 확인했다. 제이콥 코리아 대표는 한수산이었고, 터널 코리아 대표는 김은효였다. 한수산은 국내에 명성기업이라는 회사를 별도로 운영하고 있었다.

최인성은 기업 정보와 회사 개인 정보를 조금 더 추적해 보기로 했다. 대한 변리사회 이경주 변리사에게 전화를 걸어 두 회사의 특허 대리인 사무소를 확인해 줄 것을 요청했다. 제이콥 코리아와 터널 코리아라는 회사 이름으로는 한국에 특허가 출원된 사실이 없었다.

다만 한수산은 명성기업 이름으로 여러 특허사무소와 관계를 맺고 있었는데 최근에는 강민호 변리사 사무소에 특허 업무를 위임하고 있었다. 터널 코리아의 대표 김은효는 개인 이름으로 특허를 출원한 사실이 있었으며 특허 업무 대리는 소나무 특허사무소가 진행하고 있었다.

우연의 일치치고는 놀라웠다. 강민호와 송호성 두 사람이 각자 고객 기업을 변론하기 위해 서로 적대 관계에 서서 소송에 참여하고 있었단 말인가. 최인성은 두 사람의 특허 대리가 사실인지, 특허 소송에도 참여하고 있는지 확인했다.

다행인지 두 특허사무소는 제이콥 코리아와 터널 코리아의 특허 소송에는 정식 대리인으로 참여하고 있지 않았다. 다만 송호성 변리사만 터널 코리아의 기술 자문 역할을 해주고 있었다. 그렇다면 우연의 일치로 한수산과 김은효가 각각 강민호와 송호성의 특허사무소를 대리인으로 두고 있었다고 봐야 한다. 아니면 뭔가 숨겨진 다른 내막이 있든지.

식사를 마치고 집으로 돌아와 씻고 있는 최인성에게 전화가 걸려 왔다.

"형사님. 특허법인 강의 문기화 변리삽니다. 밤늦게 죄송합니다."

"아니, 괜찮습니다. 무슨 일인가요?"

최인성은 급하게 수건으로 얼굴을 닦고 거실로 나왔다.

"형사님. 어제 사진 하나 보내 주셨잖아요. 혹시 아는 사람이냐고."

"아, 혹시나 해서 드린 사진이죠. 아는 사람인가요?"

"어제 보내 주신 사진은 한수산 대표의 얼굴이었습니다. 저희 사무실에 몇 번이나 찾아왔기 때문에 잘 기억하고 있습니다."

"한수산이라고요? 확실한가요?"

최인성은 몇 번이나 되물었다. 한수산이 송호성을 만났다니, 한수산은 강민호를 대리인으로 두고 있지 않은가. 이건 또 무엇을 의미하는 것일까? 급하게 통화를 마무리하고 최인성은 최인호에게 전화를 걸었다.

"형, 놀라운 사실이 밝혀졌어."

"뭔데 그래?"

"비밀 식당에 송호성보다 한 시간 먼저 들어간 사람이 한수산 대표래."

"잠깐, 한수산이라고 그랬나?"

"맞아. 국내에서는 명성기업을 별도로 운영하고 있고 왜,
이스라엘의 한국 지사인 무슨 회사지? 하여튼 무슨 코리아
대표로 지금 특허 소송 중이잖아. 아참, 그리고 좀 전에 문
기화 변리사가 좀 이상한 말을 했어. 어제 강민호 변리사가
한수산 대표를 만나러 어디 지방으로 내려간다고 했대. 근데
아직 안 올라왔다고 했어. 전화도 안 받고."

"뭐? 강민호가 한수산을 만나고 있다고?"

"아니, 지금은 모르겠고 어제 만난다고 내려갔대. 몇 시까
지 안 오면 위험한 일이 생길 거라고 협박도 해서 너무 무서
웠다고."

최인호의 두뇌가 재빨리 회전했다. 한수산이야, 한수산.
이 사람이 깊게 연관되어 있어. 그가 터널 코리아 대표와 소
송을 하고 있으니 상대 기업 대리를 맡고 있는 송호성을 만
나 뭔가 부탁을 하려고 했을 가능성이 있어. 최인호는 흥분
을 가라앉히지 못했다. 한수산이 송호성에게 비밀스러운 부
탁을 하고, 송호성은 못 들어주겠다고 하고, 한수산이 우발
적으로 또는 계획적으로 칼로 송호성을 살해했다. 충분히 가
능한 추리였다. 가만, 살해 용의자가 어제 강민호를 불러냈
고, 강민호가 아직 돌아오지 않았다고? 최인호는 머리끝이
쭈볏 서며 소름이 돋았다.

"이런, 젠장. 인성아, 지금 이러고 있을 때가 아니야. 내가

지도 하나 문자로 보낼 테니까 그쪽으로 출발해. 나도 반장에게 연락하고 바로 출발할게. 한수산이 유력한 살인 용의자야. 그가 강민호도 죽일지 몰라."

최인호는 동생과 전화를 끊고 곧바로 홍신 고등학교 부지로 출발했다.

* * *

"왜 안 오는 거야. 젠장. 시간 없는데."

한수산은 신경질을 내며 강민호를 윽박질렀다. 온몸이 묶인 채 의자에 앉아 있은 지 벌써 20시간이 넘어가고 있었다. 강민호는 팔다리가 굳지 않도록 계속 꼼지락거렸으나 이미 마비가 된 지 오래였다. 한수산은 어제 강민호를 묶은 뒤 그의 전화기로 선우혜민에게 노트북을 가져올 장소라며 이곳 주소를 문자로 보냈다. 잠시 뒤 선우혜민에게서 문제가 생겨 오늘은 힘들고 내일 가져갈 수 있다고 답장이 왔다. 그런데 오후 2시가 넘어가도록 선우혜민은 오지 않고 있었다. 전화 연결도 되지 않고 있었다.

"혜민이가 오면 노트북을 받아서 얌전하게 기다리고 있을 테니까 내 질문에 대답 좀 해 봐. 당신이 호성이를 죽인 거야?"

"한기수 선생님을 기억하나?"

갑자기 한수산이 강민호 앞으로 다가와 고개를 들이밀었다.

"기억하겠지. 어떻게 한기수 선생님을 모르겠어. 안 그래, 뽀식이?

"아, 한기수 과학 선생님. 알지. 내게 뽀식이란 별명을 붙여준 선생님이지. 내가 주먹 하나 믿고 막 나갈 때 나를 믿어 준 유일한 분이기도 하고."

강민호는 갑자기 고등학생 시절이 떠올라 아련해졌다. 공부도 안 하고 놀기만 좋아했던 학창시절 때 정신을 차리게 해 주고 자존감을 높여준 분이 바로 한기수 선생님이었다. 그가 아니었다면 변리사는 꿈도 꾸지 못했을 것이다.

"그래. 당신이 존경했던 그 선생님이 바로 내 아버지였어. 아버지는 날마다 뽀식이와 에디슨을 본받으라고 했지. 알겠지만 에디슨은 이제 이 세상 사람이 아닌 송호성의 별명이야. 하지만 똑똑해도 소용이 없더군. 하늘나라 가는 건 순서가 없으니까 말이야. 나는 당신들과 비교당하며 날마다 울며 지냈어. 내겐 그런 재능도 능력도 없는데, 아버지는 늘 뽀식이 반만 따라가 봐라, 에디슨 발뒤꿈치라도 따라가 봐라 그랬지. 그 기분 알아? 나는 정말 죽도록 최선을 다했지만 뽀식이의 암산 실력과 에디슨의 과학 실력을 따라갈 수가 없었어. 기억하지 못하겠지만 난 당신이 전국 암산대회에서 3등을 한 그때도 참가했었고, 1등을 한 그때도 참가했었어."

강민호는 한수산이 한기수 선생님의 아들이라는 사실에 한동안 말을 잇지 못했다.

"맞아. 그러고 보니 기억이 나네. 내가 3등으로 입상했을 때 어떻게 알고 왔는지 선생님이 축하한다며 내게 꽃다발을 줬었지. 그때가 내 인생의 전환점이었어. 나를 기억해 주는 선생님이 있다는 사실에 눈물이 났지."

"위대한 선생님이군. 우리 아버지가 자넬 사람으로 만들어 놨어. 난 벌레로 만들어 놨으면서 말이야. 그렇다면 내가 당신을 이렇게 대하고 있는 것에 대해 불평할 처지는 못 되겠네. 나름 마음이 아팠는데 이제 그 짐을 털어도 되겠군. 아버지가 당신에게 준 그 꽃다발은 사실 날 주려고 사 왔던 거야. 나는 그날 꽃다발도 뺏기고 아버지도 빼앗겼지."

한수산은 고개를 떨어뜨렸다

"나쁜 자식"

한수산이 다시 고개를 들었다. 눈에 증오의 핏발이 서 있었다.

"설마 그때 그것 때문에 죽인 거야?"

"설마라니. 그날 그 사건이 설마의 수준밖에 안 된다고 생각하나? 난 당신을 죽도록 죽이고 싶었어. 암산 대회를 마치고 혼자 집으로 돌아온 날. 아버지가 자식도 아니니 나가라고 소리쳐서 울면서 뛰쳐나온 날. 내 인생이 망가지기 시작한 날. 나는 당신을 증오하기 시작했어. 내 인생을 갈기갈기 찢어 놓은 이 악마 같은 놈.”

한수산의 얼굴은 이제 지옥의 불길처럼 활활 타올랐다. 강민호는 차마 그 얼굴을 마주할 수가 없었다. 그의 증오와 분노가 이해되었기 때문이었다. 하지만 살인이라니. 이해된다고 해서 살인을 용서할 순 없었다.

“그런데 왜 호성이야! 암산 대회에서 우승한 나를 먼저 죽였어야지!”

“맞아, 맞아. 자넬 먼저 죽여야 했지. 자넨 이미 몇 번이나 내 손에 죽었어. 난 상상 속에서 아버지도 죽이고 자네도 죽였지. 하지만 이성은 감성을 막았어. 그래서 나는 보란 듯이 성공하기로 작정했어. 그건 프로이트 심리학에서 말하는 방어 기제의 하나였어. 가장 완벽한 방어 기제. 성직자들에게 나타난다고 하는 승화라는 방어 기제가 내 안에서 발동됐지. 새사람이 되자. 굳게 결심했어. 아버지가 보지 못한 내 진짜 모습을 찾자. 그래서 그때까지 사용하던 한승원이라는 이름을 버리고 한수산으로 바꿨어. 아버지는 화학을 공부하고 이론에만 갇혀 버렸지만 나는 화학을 이용해 새로운 제품을 만들고 국가를 이롭게 하는 기업체를 만들었어. 국방부에도 물건을 납품하는 어엿한 사장이 되었지. 그리고 이제 자넨 날 돕는 특허사무소 대리인이 되었으니 내가 갑이고 당신은 을이잖아. 내가 자네한테 돈을 주는 셈이니 이제 피장파장이야. 그리고 지금은 이렇게 내 앞에 묶여서 꼼짝도 못하고 있으니 과거에 대한 보상으로는 괜찮은 편이라는 생각이 들어. 안 그래? 맨 처음 한수산이라는 이름으로 자네 사무실을 찾아갔을 때 자넨 날 알아보지 못하더군. 크게 실망했지. 옛날이긴 하지만 사진도 같이 찍었는데 날 몰라보다니. 난 한시도 당신을 잊은 적이 없는데 말이야. 그때 깨달았지. 암산천재도 별 수 없구나. 아버지가 헛것을 보고 아들에게 따라가라 했구나 하고 말이야. 진실은 항상 뒤에 밝혀지는 법이니까."

"본의 아니게 미안하게 됐군. 당신 아버지가 나와 당신 사이를 이렇게 만들어 놓았어. 난 암산 하나만 잘하는 사람이었는데, 사실은 그마저도 인정받지 못하던 아이였지. 암산대회 1등을 하고서야 겨우 지독한 악평에서 벗어났다고. 그런데, 내 유일한 자랑거리인 그 암산 때문에 당신이 상처를 받았다니 뭐라 할 말이 없어."

"자네와 더 긴 얘기를 나누지 못하는 게 아쉽군. 나는 잠깐 어딜 다녀와야 해. 여기서 대전까지 1시간이면 가니까 조금만 기다리라고. 밖에 보초들이 있으니까 선우혜민이 오면 편안하게 대해 줄 거야. 그래도 묶이긴 해야 하니까 그 점은 알아 두라고."

한수산이 어디론가 전화를 걸었다.

"차 준비해. 좀 늦었으니까 바로 출발한다. 어디긴 어디야. 특허청이지."

한수산이 짜증을 내며 나갔다.

갑자기 적막이 찾아들었다. 강민호는 탈진한 채 고개를 숙였다. 이대로 선우혜민이 온다면 밖에 서 있는 사람들에게 잡혀 똑같이 묶일 것이다. 강민호는 일어서 보려 했지만 오히려 바닥으로 넘어지고 말았다. 쿵 하는 소리가 났지만 밖에 서 있는 사람들에게는 들리지 않는지 아무도 달려오지 않았다.

강민호는 개구리가 헤엄을 치듯 바닥에서 두 발을 밀며 창문 쪽으로 몸을 움직였다.

끼익. 멀리서 차 소리가 들렸다.

혹시 최인호 형사가 온 건 아닐까. 아냐, 아직 도착할 시간이 안 됐어. 그렇다면 선우혜민이구나. 아, 강민호는 한탄을 했다. 아직 오면 안 되는데. 한수산이 호성이를 죽인 범인이라면 원하는 노트북을 얻고 나면 무슨 짓을 할지 몰랐다.

강민호는 바깥에서 들려오는 소리를 들으려고 온몸의 신경을 귀에 집중시켰다. 복도에 서 있던 사람들이 바깥으로 급하게 뛰어나가는 소리가 들렸다.

잠시 정적이 찾아왔다.

위험은 항상 뒤에서 덮친다.

박형택은 오랜만에 국가 정보원에서 일하는 후배를 만났다. 평소에 자주 만나지 못했던 터라 그냥 안부나 묻자는 마음으로 전화를 걸었다.

김기현은 고등학생 시절 학교에서 알아주는 팔방미인이었다. 남자에게 미인이라는 말을 붙이는 것이 좀 그렇지만, 공부면 공부, 운동이면 운동, 못하는 것이 없었다. 게다가 노래도 잘 불렀고, 유행하는 춤도 한 번 보면 금방 따라했다. 허리가 여자 못지않게 유연했다. 누군가에게는 정말 재수가 없었고, 누군가에게는 친해지고 싶은 엄친아 1순위였다. 그는 여자 친구들에게도 인기가 높았지만 남자 친구들에게도 인기가 많았다. 그와 같이 있으면 늘 없던 자신감도 생기곤 했다. 그는 만나는 사람들을 편안하게 해주고 자기편으로 만드는 놀라운 화술의 재주도 있었다. 학교 선생님들조차 김기현과 친해지려고 노력할 정도였다.

박형택이 그런 후배와 스스럼없는 사이가 된 건 김기현이 고등학교에 막 들어와 그의 존재감을 조금씩 알리기 시작했을 때였다. 자존감과 자신감이 충만하다 못해 밖으로 넘쳐났던 김기현은 덩치가 크건, 공부를 잘하건, 상대가 선배건 여자건 상관없이 평등하게, 그러니까 상대가 보기에는 조금 고깝거나 재수 없거나, 자존심 상하는 마음이 들 수 있는 정도로 대했고, 그들이 학교 일진이어도 마찬가지였다.

그러나 그 평등함은 일진에게는 용서할 수 없는 일로 받아들여졌다. 일진들은 김기현의 그러한 태도가 자신들을 하찮게 대한다고 여기게 했고, 곧 그는 손을 봐줘야 할 녀석으로 분류되었다. 그의 버릇을 고쳐 주어야겠다고 벼르던 어느 날, 일진들은 김기현의 동선을 확인하고 하굣길에 김기현을 둘러쌌다. 그러나 김기현은 위축되지 않았고 당당하게 그들을 마주했다. 일진 다섯 명은 작심한 상태였고 손에 무기로 막대기와 칼 그밖에 위협을 줄 만한 무시무시한 여러 도구까지 들고 있었다.

2학년이었던 박형택은 그날따라 배가 갑자기 아파 와 주변 건물을 찾았다. 눈에 보이는 건물에 들어가 볼일을 겨우 보고 나오던 중 마침 일진들에게 둘러싸여 있는 김기현을 발견했다. 김기현은 태권도를 했고 다져진 체격을 가져 맷집은 있었지만 태권도는 싸움이 아니었다. 싸움은 비열함과 기술이 중요했고 김기현은 그런 비열함에 익숙하지 못했다.

태권도는 무도의 하나로 김기현은 무도 정신이 있었다. 태권도 기술은 정의로운 일에만 사용해야 했으며 함부로 타인에게 신체적 타격을 입히는 것을 금하고 있었다. 그는 몇 번 발차기로 위협하며 그들을 물리치려 했지만 소용이 없었다.

박형택은 학교에서 손이 무서운 녀석으로 통했다. 일진에서 그를 모셔 가려고 했지만 박형택은 손을 저었다. 그는 종합 무술인이었고 오직 정의를 위해서만 몸을 사용했다. 일진들은 박형택의 유도, 태권도, 합기도 실력을 알고 있었고 자신들이 사실 조무래기 수준임도 알고 있었다. 쓰러진 김기현을 보자마자 박형택은 달려갔고, 야! 고함 한 마디에 일진들은 봄눈 녹듯 사라졌다.

그 일이 있은 뒤 김기현은 박형택을 깍듯이 형님으로 대했다. 호리호리한 김기현과 다부진 박형택은 어울리지 않으면서도 형제처럼 어울렸고, 진짜 친형제처럼 호형호제하며 거의 날마다 만나 함께 시간을 보내는 사이가 되었다.

박형택은 김기현을 만나자마자 와락 끌어안았다.

"반갑다. 반가워. 요즘 시절이 수상해서 네가 잘 살아 있었는지 걱정돼 죽는 줄 알았다."

“하하. 형, 숨 막혀요. 무소식이 희소식이라니까, 뭐. 너무 바빠 연락을 못 드렸어요. 죄송해요.”

김기현은 얇은 와이셔츠에 넥타이를 느슨하게 매고 있었다. 얼굴은 까칠했고 입술도 터져 있었다.

“많이 힘든가 보구나.”

“정권이 바뀌었잖아요. 사람들이 10년 가까이 해오던 걸 하루아침에 바꾸기가 쉽지 않은가 봐요. 정체성부터 흔들리고 있으니까요. 저도 물론 그렇고요.”

두 사람은 시끄러운 감자탕 집에서 뜨거운 국물을 후루룩거리며 마셨다. 감자탕은 두 사람이 만날 때마다 먹는 음식이었다. 형, 거기서 만나요, 그러면 더 말이 필요 없었다. 식당은 좁은 골목에 숨어 있었고, 사람들은 용케 알고 찾아와 뜨거운 여름을 더 뜨겁게 달구었다. 식당에서 48시간을 고아 내놓는 돼지고기에서는 향긋한 향기가 가득 배어 나왔다. 무섭도록 무심하고 조용한 그 식당은 유명한 맛집 프로그램에 한 번도 소개되지 않았지만 사람들은 여름에도 줄을 서서 기다리는 수고를 아끼지 않았다.

“형, 변리사 피살 사건 때문에 힘들죠? 우리가 넘겨받는다고 들었어요.”

“너도 알고 있구나. 그것 때문에 내가 지금 생고생 중이지. 반장이 그냥 넘겨주기 아까운가 봐. 자존심도 있고.”

“형, 혹시 우리 원에 있는 장문수란 사람 찾고 있지 않아
요?”

“어? 그걸 네가 어떻게 알아?”

“내 그럴 줄 알았어요. 하하. 우리도 팀장이 그러더라고요.
아마 장문수가 경찰에 꼬리를 잡혔을 거라고. 그러더니 그냥
보자고 하던데요. 우리도 찾고 있는 중인데 경찰이 찾으면
넘겨받자고. 사실 그건 농담이고 우리도 열심히 뒤쫓고 있어
요. 근데 사실 잠적한 상태라 찾기가 쉽지 않아요.”

“너희는 뭐 때문에 찾는 거야?”

“아, 말도 마세요. 그 인간은 망종 중에 망종이에요. 형,
이거 드세요.”

김기현은 국자로 살이 두툼하게 붙은 돼지 등뼈를 건져 올
려 박형택의 그릇에 담았다. 손가락에 묻은 양념을 손으로
쪽쪽 빨아 먹고는 다시 앞 접시에 놓인 국물을 숟가락으로
떠먹었다. 들깻가루를 듬뿍 풀어 걸쭉하게 고아 낸 전라도식
감자탕은 그 맛을 형용하기가 어려웠다. 어쩌다 다른 식당에
서 감자탕을 먹노라면 이 맛이 아닌데 하면서 더욱 이곳 감
자탕이 간절해지곤 했다. 김기현이 말을 이었다.

“그 사람, 상습적으로 아내를 때렸대요. 이웃집에서 신고가
들어와 가정 폭력범으로 경찰에 몇 번이나 잡혀갔는데, 거기
서도 국정원 비밀 요원이라고 얼마나 소리를 질렀던지 그쪽

파출소 경찰들은 장문수라고 하면 고개를 흔든대요. 근데 최근에는 도박에 빠져서 눈에 뵈는 게 없나 봐요. 게다가 사람들 협박해서 돈을 뜯고, 하여튼 그 사람 때문에 피해 입었다는 사람들 민원이 너무 많이 들어오고 있어요. 그런데 돈을 펑펑 쓰고 다니거든요. 국정원 월급이 뻔한데 차도 수시로 바꾸고 여자관계도 좀 복잡하고 그런가 봐요. 그래서 몇 달 전에 아무도 모르게 내사에 들어갔어요. 하긴 누가 보더라도 그 사람 돈 출처가 수상하죠. 어딘가에 불량한 돈이 고여 있는 거 같아요."

"아니, 아무도 모른다면서 그걸 네가 어떻게 알아?"

"뭐, 다 아는 수가 있죠. 그리고 저 무시하지 마세요. 저도 이제 그런 위치가 됐어요."

김기현은 배시시 입꼬리에 웃음을 머금었다.

"그보다 더 중요한 건요."

김기현은 다 발라 먹은 등뼈를 뼈 통에 툭 던져 넣었다.

"아마 내사팀에서 장문수 돈 문제를 캐다 뭔지 모르겠지만 수상한 냄새를 맡았나 봐요. 그게 송호성 피살 사건과 연결되는 거 같고, 그게 뭔가 우리 쪽에서 수사해야 하는 영역인가 봐요. 그래서 사건을 가져오려고 하는 거고."

"장문수를 조사했는데, 송호성 피살 사건을 넘겨라? 아귀가 안 맞긴 하지만, 결론적으로 보면 송호성과 장문수가 어딘가에서 엮여 있다는 건데, 그게 뭘까."

"글쎄요. 위쪽에서는 알고 있는 거 같은데 저는 아직 거기까지는……. 하하."

"근데 우리가 아무리 친한 사이라고 해도 이런 고급 정보를 나한테 막 줘도 돼?"

"하하, 형 쫄지 마요. 나눌 수 있는 수준이니까 나누는 거예요. 어차피 이삼 일 지나면 사건을 우리 쪽으로 넘겨야 하잖아요. 그리고 저도 형한테 도움 좀 받고요. 지금 장문수 쫓는 거 맞죠? 소재지 파악되면 저한테도 문자 하나 날려 주세요. 저도 실적이 좀 필요해요. 흐흐. 저는 형만 믿고 있을게요."

박형택은 고민할 것도 없이 알았다고 했다. 이런 경우에는 협업이 정말 중요하다. 어느 부서에서 사람을 찾느냐가 중요한 게 아니란 걸 잘 알기 때문이다. 그는 사심 없이 동생을 믿었다. 그리고 사심 없이 자기를 믿고 모든 걸 말해 준 김기현이 고마웠다. 월급은 김기현이 많이 받고 있지만 식사비는 박형택이 계산하고 나왔다. 형이니까.

김태근은 박형택의 보고를 받고 장문수의 통화 내역을 조사했다. 그런데 놀랍게도 선우혜민과 통화한 사실이 드러났다. 더 놀라운 건 장문수가 송호성과도 통화를 했었다는 사실이었다.

장문수와 송호성, 장문수와 선우혜민이라는 새로운 조합은 수사팀을 아연 긴장케 했다. 전혀 예상하지 못했던 조합이었다. 도대체 어디가 시작점이고 어디가 연결점인지 감을 잡을 수가 없었다. 모든 연결이 다 유효한 것인지 아닌지도 파악하기 어려웠다. 형사들은 저마다 자신의 추리를 내세워 보았지만 하나같이 신통치 않았다. 게다가 장문수는 잠적했고, 송호성은 죽었다. 그리고 선우혜민은 지금 연락이 되지 않았다.

장문수는 일주일 째 집에 들어오지 않고 있었다. 배우자 말로는 종종 그런 적이 있다고 했다. 대부분 원정 도박을 할 때 집을 오래 비웠고, 집에 돌아와서는 항상 돈을 내놓으라고 폭력을 행사했다고 한다. 배우자는 매우 불안해하고 있었다.

박형택은 팀원 두 명에게 장문수 집 앞에서 잠복근무를 하라고 시켰다. 장문수는 아직 경찰에서 자기를 쫓고 있는지 모를 가능성이 높았다. 그렇다면 돈이 떨어지고 나면 조만간 무심코 모습을 드러낼 가능성이 있었다. 김태근은 장문수가 타고 다니는 자동차 번호를 모든 교통경찰들에게 공개해 발견하는 즉시 추적하도록 했다.

* * *

뒤쪽에서 드르륵 문이 열렸다. 강민호는 반대편 쪽으로 넘어져 있어 누가 오는지 알지 못했다. 사내는 저벅저벅 걸어와 강민호 뒤쪽에 섰다.

"강민호. 세워 줄까?"

사내는 혼잣말처럼 내뱉고는 의자를 잡아 바로 세웠다. 목소리는 흥분한 듯 가벼웠고 무게감이 느껴지지 않았다.

"네가 왜 이렇게 고생하는지 알아? 바로 친구를 잘 뒀기 때문이야. 잘난 천재 변리사. 하지만 아직 전쟁은 끝나지 않았어. 난 여전히 원하는 걸 얻지 못했거든. 자네가 살아서 여길 나가려면 나하고 협상을 잘해야 할 거야. 나는 멍청하고 겁 많은 수산이하고는 질이 다르단 말이야. 암, 나는 겁이 없지. 녀석은 송호성 변리사에게 붙여 줬는데도 원하는 걸 가져오지 못했어. 게다가 그런 끔찍한 일까지 벌이고 말이야."

"넌, 넌 누구야? 그런 끔찍한 일이라니. 누가 호성이를 죽인 거야?"

강민호는 느닷없이 나타난 사내에게 시선을 고정했다. 눈에는 핏발이 서 있었고 입술은 하얗게 말라 있었다. 목소리는 쇳소리처럼 갈라져 무슨 말을 하는지 정확하게 알아들으려면 귀를 기울이고 신경을 집중해야 했다.

"목소리는 갔지만 아직 입이 살아 있군. 좋아. 내가 누군지 못 밝힐 것도 없지. 나는 자랑스러운 국가 정보원 비밀 요원 장문수야. 아직 네 녀석이 날 모르는 걸 보니, 호성이 그 친구가 생각보다 입이 무거웠군. 아깝게 이 세상을 떠났지만 말이야."

장문수는 잠깐 밖을 보고 다시 돌아왔다.

"송호성, 그 녀석은 좋은 친구가 될 수 있었지만 스스로 그 밥그릇을 차 버렸어. 나는 기회를 줬지. 하지만 그는 죽어 마땅한 짓을 했어. 그래서 그는 죽을 수밖에 없었지. 녀석은 벌을 받은 거야."

장문수는 생각에 잠긴 듯 천천히 강민호 주변을 돌았다.

"정보라는 건 말이야. 나누어야 하는 거야. 독점하는 게 아니거든. 그런데 그는 천재랍시고 오만하게 그걸 과시한 거야. 그래서 천벌을 받은 거지."

"네, 네가 죽였구나. 왜! 왜! 국정원이 뭐야, 뭐 하는 곳인데 선량한 시민을 죽이고 그래. 천벌을 받을 사람은 너야, 왜 죽였어!"

소중한 친구를 잃었다는 사실이 과거에서 현재로 급격하게 넘어왔다. 강민호는 슬픔이 복받쳤고 감정이 끓어올라 혈관이 터질 것만 같았다.

"오, 우정이 대단하군 그래. 물론 난 송호성을 죽이지 않았지. 나는 충분히 그럴 힘이 있었지만 결코 사람 생명을 함부로 대하진 않아. 하지만 왜 호성이냐고? 넌 죽마고우라면서 그것도 몰라? 호성이가 어떻게 학교를 졸업했지? 무슨 돈으로 공부했냐고. 너도 잘 알잖아. 호성이는 국가로부터 4년 동안 전액 장학금을 받았어. 거기다가 생활비까지 매달 100만원씩 얹어 받았지. 그렇게 받은 돈만 무려 4천만 원이 넘어. 그걸 그냥 꿀꺽 삼켜서야 안 되지. 배웠다는 양반들이 말이야.”

강민호는 오래 전 일이지만 그때 그날을 어제처럼 똑똑히 기억하고 있었다. 호성이는 대학에 합격하고도 학비를 마련하지 못해 며칠을 끙끙 앓았다. 등록금 마감 날짜가 다가오자 하루에도 몇 번씩 죽고 싶다는 말을 했었다. 그러던 어느 날 호성이가 장학금을 받게 되었다며 달려왔다. 이제 걱정 없이 학교를 다닐 수 있게 되었다고 얼마나 좋아하던지. 둘은 그날 밤이 새도록 함께 먹고 마시고 노래를 부르고 춤을 추고 돌아다녔다. 처음으로 맥주를 마신 호성이는 악마에게 영혼을 팔아도 좋을 거 같다고 소리쳤었다. 그만큼 장학금의 기쁨은 컸다.

“그건 그냥 장학금이었잖아. 순수한 장학금. 가난하지만 공부 잘하는 학생들에게 공부 더 열심히 하라고, 학교의 명예를 빛내 주라고, 그렇게 주는 장학금이잖아. 거기에 무슨 조건이 있었던 것도 아니고.”

강민호의 눈에는 마른 눈물이 가득했다. 눈물이 흘러 떨어지지는 않았지만 눈망울에는 눈물이 가득 고여 있었다. 더 이상 소리를 지를 힘도 없었다. 고개가 저절로 아래로 떨어졌다.

쯧쯧. 장문수가 혀를 찼다.

"뭘 잘못 알아도 한참 잘못 알고 있군 그래. 세상에는 공짜가 없어. 자본주의 사회에서 어떻게 한쪽이 일방적으로 주기만 하는 공짜가 있을 수 있겠나. 세상에는 공짜가 없는 법이야. 유명한 말도 있지 않나, 기브 앤 테이크라고. 쯧쯧. 변리사라 먹물이 좀 많이 들었나 했더니 경제학 개론을 다시 공부해야겠구먼. 주는 게 있으면 반드시 받는 게 있는 거야. 나만 해도 그래. 나도 외국 친구들에게 뭘 좀 받았거든. 그러니까 그 보답을 해야 하는 거야. 그래서 기를 쓰고 노트북을 찾아다니는 거고. 나는 사람들한테 빌린 돈을 떼먹지 않아. 정당하게 노동으로 번 돈으로 갚는 사람이지. 암, 나, 장문수는 그런 사람이야. 신뢰를 지키는 사람."

더 이상 말할 힘조차 사라진 강민호는 천천히 고개를 들어 그저 장문수를 쏘아보기만 했다.

"그래도 왜 송호성이냐고? 그렇지. 그건 중요한 질문이야. 국가 장학금을 전액 받은 친구들은 많았지. 아니, 많지는 않았고 그 학교에서만 다섯 명인가 그랬어. 처음으로 시도된 국가 장학금, 지금 대학생들에게 소득 분위에 따라 무차별로 주는 그런 장학금하고는 질이 다른 장학금이었어. 아주 은밀하고 고요한 장학금이었지. 우리 국정원, 미래부 뭐 이렇게 몇 군데에서만 학생을 선발했어. 대신 장학금을 주는 각 부서별로 조건을 자유롭게 정하도록 했고. 물론 미래부 같은 곳이야 아무런 조건도 달지 않고 장학금을 주긴 했지만 우린 달랐지. 국가 정보원은 그럴 수 없어. 언제 정권이 바뀔지 모르기 때문에 늘 사팔뜨기처럼 눈을 옆으로 굴리며 살아야 했거든. 안전장치가 필요했지. 송호성 같은 친구가 딱이었어. 공부도 제일 잘한 반면 집안은 가난해서 우리가 던지는 미끼를 딱 물 것 같은 친구 말이야. 그런 애들은 돈이 급해서 계약서 같은 걸 제대로 읽어 보지도 않거든. 우리는 돈이 필요한 학생에게 장학금을 주었고 때가 되어 그걸 되돌려 받은 것뿐이야. 우린 아무런 위법을 저지르지 않았어. 오히려 위법은 호성이가 저질렀지. 혜민이 실험을 방해하고 막았거든. 나쁜 녀석."

장문수는 두 주먹을 마주 잡고 우두둑 소리를 내더니 상의 주머니에서 담배를 꺼냈다. 천천히 한 개비를 꺼내 입에 물고는 딱딱 소리를 내며 불을 붙였다. 이제 전자 담배로 갈아타야 되는데, 이게 쉽지 않네. 혼잣말을 하고는 깊게 한 모금 빨아들였다. 다시 내뱉은 담배 연기는 강민호 얼굴로 정확하게 날아갔다.

"어쨌든 호성이 그 친구가 운이 좀 없었어. 혜민인가 하는 젊은 애를 왜 그렇게 보호하려고 했는지 모르겠지만 걔 때문에 이 사단이 벌어진 거야. 둘 사이에 무슨 일이 있었던 게 틀림없어. 그렇지 않고는 이 사태를 설명하기 힘들어. 녀석, 혼자 고고한 척 다 해놓고는 저렇게 뒤로 호박씨나 까고 있었으니 어쩌면 사필귀정일지도 몰라."

그만, 그만. 강민호는 더 이상 듣고 있기가 어려웠다.

갑자기 장문수가 다가와 강민호의 주머니를 뒤지기 시작했다. 명함 지갑, 휴대폰, 자동차 열쇠, 펜이 나왔다. 그리고 왼쪽 안주머니에서 송호성 서재에서 주운 이국적인 금속을 꺼냈다.

"드디어 찾았군, 이거야 이거."

장문수가 호들갑을 떨었다.

"이거 어디서 났어? 혹시 송호성 아파트에서 줍지 않았나?"

"그걸 당신이 어떻게 알지?"

"맞았군. 그럼 제대로 찾은 거네. 피터가 거기에 떨어뜨린 뒤 주우려는 순간에 누가 들어오는 소리가 나서 도망가는 바람에 두고 왔다고. 그리고 다시 찾으러 갔을 때는 또 네가 들어왔고. 그래서 찾지 못했다고 나보고 꼭 찾아 달라고 했는데, 네 녀석이 들고 있었군."

"그게 뭔데 그래?"

"공부 좀 했다는 녀석이 이걸 모른단 말이야? 이건 메주자라는 거야. 이름이 우리나라 메주랑 비슷하지만 그게 아니고 메주자는 히브리어야. 이스라엘 사람들이 집 출입문에 붙여두는 거라고 하더군. 뭐, 이스라엘에서 유월절을 기리기 위해 만든 거라고 하는데, 이 안에 성경 구절이 들어 있다고 해. 보이지는 않지만. 잃어버렸다고 얼마나 닦달을 하던지."

"그럼 호성이 아파트에 외국 사람이 들어갔다는 거야? 날 때린 사람은 당신이고?"

"그런 건 중요한 게 아냐. 쉿, 가만. 오호 호랑이도 제 말 하면 온다더니, 그 여주인공이 오나 보군."

장문수가 창 쪽으로 다가가 바깥을 내다보고 돌아왔다.

아, 오고 말았구나. 오지 말라고 그렇게 신호를 보냈건만. 아, 이제 어떡한담. 너무 많은 에너지를 쏟은 탓인지 갑자기 정신이 혼미해졌다. 안 돼. 정신을 차려야지. 강민호는 무너져 내리는 정신을 부여잡기 위해 이를 악물었다. 두 눈을 부릅뜨고 앞을 주시했다. 하지만 드르륵 문이 열리고 강 변리사님! 외치며 뛰어오는 소리가 들리더니, 악! 하는 비명 소리가 들렸다. 그리고 그는 결국 푹 고꾸라졌다.

"변리사님. 눈 좀 떠 보세요."

문기화는 강민호를 흔들었다. 최인호는 커터 칼을 가져와 강민호를 묶고 있는 로프를 잘랐다. 최인성 역시 선우혜민을 묶고 있는 로프를 끊어 내고 머리에 수건을 받친 뒤 조심스레 바닥에 뉘였다. 둘은 의식을 잃은 상태였다. 최인성이 얼른 차에 가서 작은 물병을 들고 와 두 사람의 얼굴에 부었다. 강민호가 신음을 하며 몸을 뒤척였다.

장문수는 뒷문으로 달아난 뒤였다. 차 소리를 내며 너무 요란하게 들어오는 바람에 장문수에게 기회를 주고 말았다. 최인호는 상황을 보고했다. 김태근은 두 사람의 안위보다도 장문수를 놓친 사실에 더 분개했다. 최인호가 두 사람을 병원에 데리고 가서 치료를 받게 한 후 다음 날 올라가겠다고 하자 당장 올라오라고 불호령이 떨어졌다. 병원은 서울이 더 좋다는 이유를 달긴 했지만 궁색했다. 최인호는 진절머리를 내며 두 사람을 차에 태웠다.

탈진한 두 사람은 거의 말을 하지 못했다. 최인호는 강민호를 뒷좌석에 태우고, 최인성은 선우혜민을 태웠다. 좌석에 가만히 앉아 있기가 힘들기 때문에 누워서 갈 수 있도록 한 배려였다. 선우혜민의 얼굴은 시퍼렇게 멍이 들어 있었다.

눈을 뜬 그녀가 더듬거리며 말했다.

"그 사람 장문수였어요. 목소리만 들어도 기절할 거 같아요. 너무 무서워요. 나를 때리고 노트북을 빼앗아 갔어요."

"자, 자. 얘기는 나중에 하고 일단 올라갑시다. 몸을 추스른 다음에 얘기해도 돼요."

최인성은 백미러를 보며 눈을 찡긋했다.

선우혜민은 눈을 감고 조심스럽게 차량 시트에 몸을 눕혔다. 온몸이 비명을 질렀다.

강민호는 강남 경찰서에서 늦은 식사를 했다. 밥맛이 없어 냉면을 시켰다. 선우혜민은 먹고 싶은 생각이 없다고 했다. 무조건 먹어야 힘이 난다며 강민호보다 최인성이 선우혜민을 더 채근했다. 선우혜민은 뺨을 문지르며 입을 벌리기도 힘들다고 했지만 소용이 없었다. 선우혜민은 억지로 설렁탕을 하나 시켜 국처럼 마셨다. 식사를 마치자 여자 경찰이 선우혜민을 데리고 나왔다.

"어디로 가는 거예요?"

선우혜민이 놀라 물었다.

"아, 너무 걱정하지 마세요. 김태근 반장님이 강민호 씨와 잠시 얘기할 게 있다고 해서 다른 곳으로 옮기는 겁니다."

여자 경찰이 생긋 웃으며 대답했다. 선우혜민은 휴게실로 보이는 장소로 이동했다.

“커피 한 잔 타 드릴까요?”

여경은 앞머리가 가지런했고 풀을 먹인 것처럼 제복이 빳빳했다. 얼굴은 앳되어 선우혜민과 비슷한 나이로 보였다. 늦은 시간까지 일하는데도 피곤한 모습이 없었다. 선우혜민이 커피를 다 마시자 여경은 얼굴에 생긴 멍을 보고 사진을 좀 찍어야겠다며 카메라를 들고 왔다. 얼굴이 찍히는 게 부담스러웠지만 선우혜민은 증거 자료라는 말에 거부할 수가 없었다.

상처를 찍는다는데 웃기도 뭐해서 우물쭈물하다 보니 어정쩡한 표정이 되어 버렸다. 사진을 찍고 나자 여경은 의료 상자를 들고 와 타박상을 입은 곳에 간단한 처치를 해 주었다. 푹신한 의자에 앉아 있으려니 다시 졸음이 밀려왔다.

강민호는 하품을 하며 김태근 반장을 기다렸다. 최인호가 김태근 반장과 함께 회의실로 들어왔다. 이미 자정을 넘긴 시긴이었지만 그의 눈빛은 강렬했다.

“오늘 힘든 일을 당하시고 많이 피곤하실 텐데 죄송합니다. 몇 가지만 확인하고 집까지 모셔다드리겠습니다.”

김태근은 맞은편 의자에 앉은 뒤 정중하게 입을 열었다. 강민호에게 가졌던 의심의 눈초리는 이제 거의 사라진 상태였다. 요하네스 기셀 브랜드의 칼 때문에 그를 강하게 의심했지만, 오히려 그것이 의도된 함정이었다는 사실이 확인된 이상 강민호도 피해자로 볼 수밖에 없었다. 그리고 지금 한수산과 장문수 두 사람이 모두 강민호를 노리고 있다는 사실만으로도 그는 더 이상 용의자가 될 수 없었다. 이제 강민호는 송호성 피살 사건의 범인을 잡기 위한 최대의 협조자여야 했다.

"텔레비전을 봐서 아시는지 모르겠지만 송호성 씨가 피살되기 직전에 들렀던 식당은 이중문을 만들어 놓고 비밀 장소를 제공하고 있었습니다. 사건 당일 일반 영업이 끝난 식당의 비밀 장소에서 별도로 만난 두 팀이 있었습니다. 홍노희 국회의원과 국정원 소속 장문수. 그리고 강 변리사님의 고객으로 알려진 한수산과 송호성입니다. 두 팀은 각각 서로 다른 시간에 식당에 들어갔지만 언제 뒷문으로 나갔는지는 알 수가 없습니다. 그래서 우리는 몇 가지 시나리오를 가정하여 추정을 해 보았습니다. 첫째는 한수산이 범인이라는 가정입니다. 살인 사건은 범행 동기가 가장 중요합니다. 우발적인 살인이거나 계획적인 살인이거나 모두 범행 동기는 필요합니다. 특히 한수산과 송호성처럼 서로 같은 산업 영역에서 활동하고 있는 경우에는 더욱 그러합니다."

"저희가 조사한 바에 따르면 한수산은 이스라엘 기업의 한국 지사인 제이콥 코리아 대표로 있으면서 한국 시장을 놓고 터널 코리아라는 미국 기업의 한국 지사와 특허 분쟁 중에 있었습니다. 그런데 터널 코리아는 송호성 변리사가 담당하고 있었죠. 변리사회에 문의해서 알아본 결과 송호성 변리사가 사건을 담당하면 거의 100퍼센트 승소한다고 들었습니다. 아마 한수산은 소송에 탁월한 송호성 변리사에게 뭔가 부탁을 하거나 협박을 했을 수 있습니다. 그러나 완고한 송호성은 그 부탁을 들어주지 않았고 한수산은 우발적이거나 계획적으로 송호성을 죽이고 달아났을 거라는 가정입니다."

강민호는 긍정의 의미로 조용히 고개를 끄덕였다. 한수산이 자신에게 얘기한 긴 증오의 역사는 굳이 꺼내지 않아도 되겠다고 생각했다. 한수산이 왜 집요하게 자신에게 특허 상담을 요청했는지 얼핏 이해되는 부분도 있었다.

모 기업과 특허 분쟁 중이었고 상대 기업의 특허 대리인이 송호성이었다면 송호성과 친구 사이인 것을 이용해 사적인 부탁을 요청하려고 했을 가능성도 높았다.

"두 번째는 장문수가 살인범이라는 가정입니다. 이 부분은 내부에서 이견이 많았습니다. 장문수는 홍노희와 함께 들어 갔을 뿐더러 비밀 식당에 들어간 시간도 차이가 많이 나서 개연성이 조금 떨어졌지요. 하지만 최근에 입수한 정보에서 약간 수상한 점이 발견되어 일단 가능성을 열어 두기로 했습니다. 비밀 식당의 공간은 두 개의 방이 서로 격리되어 있는데 장문수가 정말 홍노희만 만나려고 했는가, 아니면 송호성이 그날 거기 간다는 사실을 알고 미리 가서 기다렸는가 하는 것은 알 수 없습니다. 또, 다른 목적으로 갔지만 우연히 화장실을 간다든지 하면서 서로 마주쳤을 수도 있고 뒷문으로 나가면서 만났을 가능성도 있습니다. 다만 그런 우연을 사건의 흐름으로 연결시킨다면 왜 굳이 송호성을 죽여야 했을까 하는 것이 가장 큰 의문으로 남습니다. 즉 살인 동기죠. 장문수는 송호성을 죽일 이유가 없습니다. 없다기보다는 아직 밝혀진 게 없습니다."

"다만, 장문수를 주목하는 이유는 장문수의 통화 내역에서 송호성 변리사의 전화번호가 나왔기 때문입니다. 두 사람은 꽤 자주 통화를 했습니다. 하지만 현재로선 두 사람이 어떤 주제로 무슨 대화를 나누었는지 알 수가 없습니다. 그래서 저희는 늦은 시간, 험한 일을 당하고 와 피곤한 상태임에도 불구하고 강민호 씨의 도움을 구하고자 하는 것입니다. 혹시 장문수와 송호성, 두 사람의 관계에 대해 특별히 알고 있는 사실이 있습니까?"

강민호는 설명을 들을수록 놀라움을 금치 못했다. 한수산에 관한 이야기를 들으면 한수산이 살인범인 것 같았고, 장문수에 관한 이야기를 들으면 장문수가 범인인 것 같았다.

"저는 어제 처음 장문수를 봤습니다. 온몸이 밧줄에 묶인 채였습니다. 그리고 그가 송호성에게 얼마나 악랄한 짓을 저질렀는지 들었습니다. 학비가 없던 호성이에게 장학금을 대 준 대가로 국정원은 파렴치한 짓을 했습니다. 아마 통화 내역은 송호성을 협박하는 전화였을 겁니다.”

강민호는 장문수로부터 들은 얘기를 들려줬다. 송호성이 국가 정보원으로부터 장학금과 생활비를 받고 4년 동안 학교를 다녔으며, 장학금 계약서에 사인할 때 노예 계약 부분이 있었다고, 호성이는 미처 그걸 알아차리지 못했고, 결국 그 덫에서 빠져나올 수가 없었다고.

김태근은 강민호에게 잠시 쉬라고 말한 뒤 선우혜민에게 갔다. 선우혜민은 김태근에게 두 번째로 의심스러운 존재였다. 그녀는 송호성이 5년 만에 뽑은 수습 변리사였다. 모든 변리사가 의심의 눈초리를 보내는 가운데 김태근 역시 두 사람의 관계에 의심을 품지 않을 수 없었다. 지금은 강민호와 마찬가지로 한수산과 장문수 모두에게 표적이 되고 있다는 점에서 일단 그 의심을 풀 수밖에 없었다. 다만 여전히 이해하기 어려운 점은 있었다.

“선우혜민 씨. 많이 피곤하시죠.”

김태근은 소파에 눕듯이 기대어 있는 선우혜민을 보며 편안한 웃음을 지어 보였다. 선우혜민은 화들짝 놀라 일어나 앉았다.

“시간이 많이 늦었고 화도 당했는데 이렇게 묶어 두고 집으로 보내 드리지 못해 죄송합니다. 몇 가지만 확인하고 병원으로 가 치료를 받을 수 있도록 하겠습니다."

김태근은 그녀에게 언제부터 장문수를 알게 되었는지, 왜 장문수의 통화 내역에 선우혜민의 전화번호가 포함되어 있는지, 두 사람이 무슨 통화를 했는지 하나도 빠짐없이 말해 달라고 했다. 차분하게 말을 했지만 질문이 추가될수록 말의 속도도 빨라졌다.

선우혜민은 다시 이름을 꺼내기도 싫은 장문수였지만 강민호 변리사에게 털어놨던 무시무시한 실험에 대한 얘기를 다시 한 번 되풀이하지 않을 수 없었다. 이야기는 길었고 감정도 북받쳤다. 재능 기부로 시작된 임상 실험실, 전두엽 실험과 정신 이상을 일으키는 부작용, 송호성의 실험 참가 반대. 그리고 장문수의 스토킹에 가까웠던 협박 때문에 얼마나 힘들었는지. 전화기에 장문수 이름만 떠도 경기를 일으키는 수준이라고 말했다.

"실제로 일어난 일이라고 믿기 어려운 엄청난 일이 있었군요. 실험실은 저희가 직접 확인해 보겠습니다. 진작 말씀해 주셨으면 좋았을 텐데 왜 숨기고 있었나요?"

"숨기다니요. 저는 숨긴 적이 없습니다. 다만 송호성 변리사님 사건에 장문수가 연결되어 있는지도 몰랐고 그걸 물어보시지도 않았잖아요. 저는 강민호 변리사님이 내려오라고 했을 때 장문수가 저를 기다리고 있을 줄은 꿈에도 생각지 못했습니다. 한 마디로 비극 중의 비극이었습니다.”

　김태근은 강민호와 선우혜민에게 들은 장문수의 엄청난 이야기를 다시 정리해 보았다. 장문수는 송호성이 대학생일 때 국정원 장학금을 준 뒤 특허사무소 직원을 대상으로 재능 기부라는 명목 하에 임상 실험을 실시했다. 그리고 선우혜민이 들어오자 전두엽 실험을 시작했고, 부작용이 심해지자 송호성이 이를 반대하면서 장문수는 송호성을 협박하기 시작했다. 선우혜민은 감정 조절을 하기 힘들어지자 실험을 거부했고 역시 마찬가지로 장문수에게 협박을 받았다.

　장문수와 송호성, 장문수와 선우혜민의 관계. 그리고 통화 내역은 확인을 했지만, 이것만으로 장문수가 송호성을 살해할 동기를 가진다고 보기는 어려웠다. 막말로 이런 경우라면 송호성이나 선우혜민이 장문수를 죽이고 싶은 욕구가 더 강했을 것이다. 장문수는 송호성을 죽일 이유가 하등 없었다

　엄청난 정보를 입수했지만 사건 해결에는 큰 도움이 되지 못했다. 김태근은 소파에 몸을 기댄 채 10분만 눈을 붙이려다 잠에 곯아떨어지고 말았다.

선명해 보이면
더 의심하라.

사건 이첩 4일 전

국정원에서는 가능한 빨리 사건을 넘겨달라고 했다. 일주일 뒤에 달라고 한 게 아니냐고 하자 그건 사건을 정리하는데 그 정도 걸리지 않을까 생각해서 말한 것이지 일주일을 못 박은 것이 아니었고, 사태가 꼬일 조짐이 있으니 가능한 빨리 손을 떼고 넘기라는 것이었다.

김태근은 충분히 잡을 수 있었는데 덤벙대다 장문수를 놓친 것이 너무 안타까웠다. 게다가 조금 더 조용히 잠복해서 기다렸으면 한수산도 잡을 수 있었을 텐데 그냥 올라오라고 한 스스로에게 화가 났다. 생각이 왜 그렇게 짧은 건지, 최인호가 강민호에게 지도를 전송 받고 급하게 달려가 두 사람을 구한 건 잘했지만 유력한 용의자 두 사람을 놓쳐 버린 건

두고두고 아쉬웠다.

비밀 식당에서 사건이 벌어졌고, 장문수는 홍노희와, 한수산은 송호성과 만남을 가진 것으로 추정할 수 있었다. 그렇다면 가장 유력한 용의자는 한수산이었다. 식당 주인 표은기는 적어도 이 사실을 알고 묵인했거나 협조했을 가능성이 있었다. 식당에서 사용하는 요하네스 기셀 칼이 범죄에 사용된 칼이라는 사실은 주방장 김철호의 증언으로 확인되었다. 칼의 미세한 흠집 등을 김철호는 정확히 기억하고 있었고 칼에는 그가 말한 다양한 표식들이 모두 나타나 있었다.

장문수는 한수산보다 이른 시간에 식당에 들어갔고 홍노희 국회의원과 함께였다는 점에서 용의선상에서 조금 비켜서 있었다. 그러나 이번에 한수산과 동일한 목적으로 강민호와 선우혜민을 협박한 것을 볼 때 그도 완전히 배제할 수는 없는 용의자임이 분명했다.

문제는 노트북이었다. 결국 귀결되는 것은 한수산과 장문수가 똑같이 송호성으로부터 어떤 정보를 빼앗으려고 한다는 점이었다. 송호성의 아파트에 침입했던 사람이 한수산이거나 장문수일 가능성도 있었다. 그러나 발견된 지문들 중에 두 사람의 것은 없었다. 그렇다면 제 3의 인물일 텐데 한수산과 장문수 외에 또 다른 사람이 포함된다면 용의자의 폭은 매우 넓어지는 셈이었다. 아니면 한수산이나 장문수가 부하 직원이나 사람을 사서 그 일을 청탁했을 수도 있었다. 하지만 그 가능성은 낮았다. 경찰청 지문 데이터베이스에서도 검색되지 않는 사람이라면 그 지문은 오히려 미성년자의 것이거나 외국인의 것일 가능성이 높았다.

처음에는 노트북을 누군가 훔쳐간 것으로 판단했지만 노트북은 선우혜민이 가지고 있었다고 한다. 이 부분도 다시 확인해야 한다. 왜 선우혜민이 그 노트북을 가지고 있다는 말인가.

관점은 두 가지로 나뉘어졌다. 송호성의 죽음이 특허 분쟁으로 인해 발생한 것이냐, 아니면 노트북 속에 있는 정보로 인한 것이냐 하는 것이었다. 당사자인 송호성은 죽어 버려 말을 할 수가 없고, 노트북을 쫓아다녔던 두 사람은 신병을 확보하지 못했다.

이제 의문의 노트북은 장문수가 가져갔다. 한수산이 이를 모를 수가 없을 것이고, 그렇다면 다시 노트북을 뺏기 위해 두 사람 간의 치열한 싸움이 벌어질지도 모를 일이었다. 김태근은 그것이 오히려 잘된 일이라고 생각했다. 두 사람이 싸워야 전면에 나타날 것이고, 그래야 잡기가 더 쉬워질 것이기 때문이다.

큰 그림으로 보면 송호성이 죽어 버린 상태에서 장문수와 한수산이 강민호와 선우혜민으로부터 어떤 정보를 캐내려고 하고 있으니, 강민호와 선우혜민이 피해자고, 장문수와 한수산이 가해자 또는 범인 쪽에 가까울 수 있다. 일반론적인 관점에서 보면 그렇다는 얘기다.

그러나 김태근은 오랜 경험과 숙련된 시각으로 반드시 그렇지만은 않다는 것을 알고 있었다. 살인 사건은 가능한 일반론적인 관점에서 비켜나 다른 각도에서 접근해야 한다. 눈에 선명하게 보이는 것들은 오히려 수사에 방해가 될 가능성이 컸다. 커다란 음모와 실체가 숨어 있지만 살인은 그 사이에서 다른 모습을 하고 있을 것이다. 어떤 사건 속에서 감정의 격화로 우발적으로 발생할 수도 있고, 치밀한 계획 속에서 짜인 각본대로 움직여 발생할 수도 있다. 지금은 그 어느 것도 아니라고 단정할 수 없었다.

노트북에 어떤 내용이 담겨 있을까. 선우혜민이 가장 잘 알고 있으리라. 당장 선우혜민을 만나야 했다. 오늘은 그 부분을 집중적으로 파헤쳐야겠다고 생각했다.

* * *

선우혜민은 이불을 걷고 조용히 일어났다. 커피포트에 물을 올리고 식탁에 앉았다. 충격으로 튕겨 날아가 버린 정신이 그제야 집을 찾아 돌아왔다. 병원으로 데려다준다고 했지만 선우혜민은 괜찮다고 고집을 부려 집으로 왔다. 온몸이 쑤시고 아픈 게 괜히 그랬나 하는 생각이 들었다. 거울을 보니 다행히 멍은 많이 가라앉아 있었다.

커튼을 살짝 걷어 보았다. 고양이 한 마리가 좁은 골목을 어슬렁거리며 지나갔다. 이상하리만치 고요했다. 고양이 울음소리가 간헐적으로 들려왔다. 어제 일을 생각하면 아직도 심장이 벌렁거렸다. 사람에게는 누구나 심장이 감당할 수 있는 수준의 임계값이 있는 모양이었다. 새로운 사건들은 임계값을 시험했다. 그동안 다행히 잘 견뎌 왔는데 어제는 임계치를 넘어서고 말았다. 살면서 물리적인 폭행을 당하는 경우가 얼마나 될까. 정신을 잃을 정도의 폭력이라니. 영화에서나 보던 그런 일이 일어난 것이다. 뺨을 만지니 아직 얼얼한 기운이 느껴졌다. 푸른 멍은 옅어졌지만 그 부분을 만지면 통증이 수 초 만에 전신을 훑고 지나갔다. 저절로 비명 소리가 튀어나왔다. 학교에서도 선생님에게 그렇게 맞아 본 적이 없었고, 어린 시절 부모님에게도 그렇게 매를 맞은 적은 없었다. 물리적인 폭력이 이렇게 사람을 두려움에 떨게 한다는 사실을 처음 깨달았다.

하지만 이제는 더 강해져야 한다. 연약한 여자라는 이미지에서 벗어나야 했다. 나무 특허사무소 대표로서 직원들을 챙기고 일감을 따와야 한다. 먹고 사는 일이 급선무다. 그게 현실 속에서, 자본주의 시대를 살아가는 회사 대표의 참된 모습일 터였다. A기업 대표가 3년 치의 일감을 준다고 했지만 지금 상황에서 그것만을 믿고 태평하게 있을 수만은 없었다.

특허사무소는 누군가에게 도움이 되는 일을 한다. 그것이 곧 사명이고 비전이었다. 기업의 가치를 높여 주는 일. 기업의 생존을 도와주는 일. 그것이 바로 나무 특허사무소의 비전이었다. 타인을 위해 일하는 기업. 참 가슴 뿌듯하고 가치 있는 일이 아닌가. 교회는 다니지 않지만 언젠가 '네 이웃을 네 몸과 같이 사랑하라'는 속담 같은 경구를 들어 본 기억이 났다. 나무 특허사무소는 더 많이 배워서 기업을 돕는 기업이 되고 싶었다.

정신을 차리려면 진한 커피가 필요했다. 카페인 함량으로 친다면 녹차나 커피나 매일반이지만 커피가 주는 심리적 효과는 말로 설명할 수 없었다. 한국이 어쩌다 커피 왕국이 되었는가. 그녀는 머그잔에 커피를 따르고 주방 가득 퍼져 나가는 커피 향을 음미했다.

문제는 장문수였다. 장문수와 재능 실험 문제로만 엮여 있었다면 이렇게 불안할 이유는 없을 것이다. 이미 실험실은 폐쇄되었다. 다른 국정원 직원이 와서 전두엽 실험 전말을 상부에 보고했으며, 장문수는 더 이상 관계자가 아니라고 했었다. 장문수는 뇌 전류 실험을 통해 국정원에서 실추된 존재감을 드러내고 싶어 했지만 결국 실패로 끝나고 말았다. 하지만 장문수는 실패를 인정하려 하지 않았고, 다른 어떤 것으로 그 실패를 보상하려고 했다. 그것이 마지막 기회라 생각했기 때문에 그랬을까, 그는 더 이상 물러설 곳이 없어 보였다.

갑자기 들이닥친 경찰 때문에 도망을 갔지만 그는 곧 모습을 드러낼 것이다. 그는 원하는 것을 성취하기 위해 수단과 방법을 가리지 않을 것이다. 만약 아직 그가 원하는 것을 얻지 못했다면 말이다. 선우혜민에게서 노트북을 빼앗아 갔지만 정보를 찾지는 못할 것이다. 선우혜민은 전날 요양원에 머물면서 내용물을 전부 다른 곳으로 옮긴 다음 컴퓨터 전체를 포맷해 깨끗하게 청소해 버렸다. 그리고 중요한 문서가 있는 것처럼 폴더만 만들어 두었다. 한 마디로 소라게가 소라 껍데기를 버리고 간 것과 같았다.

장문수가 속았다는 사실을 깨닫는다면 단번에 이곳으로 올지도 몰랐다. 그는 선우혜민의 집을 알고 있으니 이곳을 찾아오는 것은 시간문제였다. 그녀는 더 이상 이 집에 머물 수 없었다.

선우혜민은 강민호를 만나러 홍신 고등학교를 찾아갈 때 장문수가 자신을 기다리고 있을 것이라고는 생각지도 못했다. 그녀는 송호성 변리사가 자신에게 혹시 모를 위험에 대비하여 미리 건네준 노트북을 어떻게 처리할까 고민하다 아버지가 있는 요양원에 숨기기로 했다.

아버지는 일을 그만둔 뒤 시골에 내려가서 텃밭을 일구며 생활하고 있었다. 그러던 중 1년 전부터 갑자기 치매 증상을 보이기 시작했다. 시간이 지날수록 단순한 기억력 저하 수준에서 밖으로 나가 길을 잃어버리는 일이 많아졌고 가끔씩 가족을 몰라보는 일이 생겼다. 대소변을 혼자 보지 못하는 등 아버지의 증세는 갈수록 심해졌고 더 이상 어머니 혼자서 간병하기 힘든 상황에 이르렀다.

그것은 사랑이나 헌신의 문제가 아니었다. 치매는 집을 나가 길을 잃어버리는 자기 상실만 있는 게 아니었다. 치매가 얼마나 손이 많이 가는지 선우혜민은 어머니의 전화를 받고 시골에 내려갈 때마다 실감했다. 한 번은 엄마가 외출한 사이 가스불로 집을 몽땅 태울 뻔하기도 했고, 심지어는 칼을 들고 엄마를 죽인다고 협박하기도 했다.

아버지와 어머니를 하루라도 빨리 떼어 놓아야 두 사람이 다 살 수 있다는 결론에 도달한 선우혜민은 지인을 통해 치매 환자를 정성껏 돌봐 주는 요양원을 알아보기 시작했다. 사회복지사 친구로부터 환자를 정말 가족처럼 대해 준다는 요양원을 몇 군데 소개 받았는데 최종적으로 파주에 있는 요양원으로 결정하게 되었다.

　그곳은 서울에서 두 시간 가량 걸리는 곳에 있어서 물리적인 거리와 심리적인 거리가 비슷한 지점에 위치해 있었다. 번잡한 서울이 아니어서 좋았다. 도시 한복판 빌딩에 있어 바깥나들이도 힘든 요양원이 아니어서 좋았다. 너무 멀지도 않았고 너무 가깝지도 않았다. 마음만 먹으면 언제든지 달려갈 수 있는 거리였다.

　파주에 있는 요양원은 공기가 매우 맑았고 또 너른 정원이 있어 요양보호사 선생님들이 날마다 손을 붙잡고 산책을 시켜 주었으며 말벗이 되어 주었다. 몇 군데 요양원을 둘러보았지만 그런 곳은 없었다. 대부분은 정해진 일정표만 따라 움직이는 로봇 같았다. 일손이 모자라다 보니 개인의 세부적인 요청은 늘 묵살당했고 모든 행동은 집단으로만 움직였다. 머리 손질도 무료 봉사자가 오는 날 집단으로 했고, 식사도 집단으로 정해진 시간에 했다. 소량으로 자주 먹어야 하는 사람도 하루 세 번 정해진 시간에만 먹어야 했고, 아침 식사는 밥도 넘어가지 않는 일곱 시에 무조건 먹어야 했다.

　그런 분위기 속에서는 따로 화장실에 가고 싶다고 말하는 것조차 부담스러울 수밖에 없었다. 게다가 꽃과 나무를 좋아하는 아버지에게는 맑은 공기와 자연 친화적인 환경이 무엇보다 중요했다. 그런 면에서 파주 요양원은 최상의 조건을 갖추고 있었고 아버지도 시골집처럼 무척 좋아했다.

선우혜민은 토요일마다 두뇌 재능 기부 실험을 마치면 파주로 가서 아버지를 만나고 돌아오곤 했다. 아버지의 치매 증세는 점점 심해졌지만 그곳에서의 생활은 안정적이었다. 그리고 가끔 정신이 돌아올 때면 짧은 시간이지만 부녀지간으로서 대화를 할 때도 있었다.

선우혜민은 노트북을 찾으러 파주 요양원으로 가면서 문기화 변리사와 이런저런 얘기를 주고받았다. 멀뚱멀뚱 앞만 보고 갈 수는 없었고 이야기는 자연스레 가족 이야기, 회사 이야기로 옮겨 갔다. 사실 아버지가 치매에 걸렸다는 사실은 아무에게도 말하지 않고 있었는데, 이젠 어쩔 수가 없었다. 부끄러운 사실은 아니었지만 사람들이 모르길 바랐다. 이제 문기화가 알게 됐으니 가십거리로 퍼지는 건 시간문제일 터였다. 흉은 아니지만 누군가의 안줏거리로, 반찬거리로 얘기되는 게 싫었디.

"애, 들었니? 선우혜민 아버지가 치매래.", "그래? 안 됐다. 치매는 정말 끔찍해." 그냥 이런 수준으로 대화가 오고가겠지만 선우혜민은 그것마저도 싫었다. 아버지는 그녀에게 각별했다. 이 세상에서 가장 존경하는 사람, 그 누구와도 바꿀 수 없는 사람이었다. 그런 분이 이제 딸도 못 알아보는 상태로 침대에 누워 있기만 하니 아버지 생각만 하면 눈물이 흘렀다.

그러고 보니 이상한 일이 있었다. 한 달 전인가, 재능 기부를 마치고 돌아갈 때였다. 아버지를 보러 갈 생각에 기분이 좋아져 무슨 노랜지 모를 노래를 콧소리로 흥얼거리고 있었는데 주변 정리를 하던 송호성 변리사가 그런 선우혜민을 보고 뜬금없이 물었다.

"아버님은 잘 계시니?"

지금까지 누구에게도 아버지를 보러 간다고 말한 적이 없었기 때문에 그 질문이 일상적인 안부를 묻는 질문인지, 지금 아버지를 보러 가는 사실을 알고 물어보는 것인지 알 수가 없었다. 게다가 송호성 변리사가 어떻게 선우혜민의 아버지를 알고 안부를 묻는단 말인가. 그렇다면 이력서에서나 보았을 가족 관계를 기억해 내고 그저 안부차 지나가는 말로 물었다고 해석할 수 있었다. 그땐 경황이 없어서, "아, 네. 네. 잘 지내고 있습니다." 하며 얼버무리고 나왔지만, 가만 생각해 보니 지나가는 투로 물어보는 안부치고는 지나치게 다정한 목소리였다.

그래서 그날 그녀는 아버지를 만나 두 손을 꼭 잡고 말했다. "저희 회사 사장님이 아버지 잘 계시냐고 물어봤어요. 저 이만하면 회사에서 성공한 거죠? 대표님이 직접 물어봤다니까요." 그러자 아버지는 그 말을 알아들었는지 선우혜민의 손을 꼭 잡은 채 고개를 끄덕거렸다. 좀 전까지 딸인지 아내인지 알아보지도 못하던 사람이었는데 그 말은 꼭 알아듣는 것만 같았다.

요양원에 도착해 간호사 선생님과 대화를 나눴다. 치매 증세는 갈수록 심해지는데 최근에는 딸이 언제 오냐며 계속 채근한다고 했다. 방으로 들어서자 아버지는 딸의 손을 잡고 어디 갔다 이제 왔느냐며 눈물이 그렁그렁했다. 진짜로 딸을 알아보고 그런 말을 하는 건지 알 수가 없었다. 선우혜민은 그런 아버지를 두고 바로 돌아갈 수가 없었다.

강민호 변리사는 흥신 고등학교에서 한수산이라는 사람과 특허 상담 중이라고 했으니 노트북을 바로 갖다주지 않아도 될 것 같았다. 문기화 변리사에게 사정을 말하자 자동차가 고장 나 수리가 필요하다고 말하면 될 거라고 했다. 파주 요양원에 아버지가 있고, 아버지와 하룻밤을 보내기 위해 오늘 내려가기가 힘들다는 말은 히기기 좀 그랬다.

문기화가 전화를 걸었다. 강민호는 상담 중에 말을 많이 했는지 목소리가 갈라져 나왔다. 꼭 쉿소리 같았다. 고객이 옆에서 뭐라고 중얼거리는 듯해 통화를 길게 할 수 없었고, 강민호 변리사도 평소답지 않게 긴장한 목소리였다. 밤이 늦었고 차 수리를 맡겨 놓은 상태라 오늘 내려가기가 힘들다고 하자, 잠시 당황하는 분위기가 느껴졌다. 바로 답하지 못하고 앞에 있는 사람과 뭐라고 주고받더니, 상담이 길어져 내일도 여기에 있을 거라며 내일 아침 일찍 출발해서 학교로 가져오라고 했다.

선우혜민은 문기화와 함께 늦은 저녁을 먹고 다음 날 아침에 만나기로 하고 헤어졌다. 문기화는 근처에 있는 숙박업소에 가서 자면 된다고 선우혜민에게 얼른 아버지에게 가보라고 했다.

선우혜민은 요양원의 배려로 독방에 침대를 하나 더 놓고 아버지와 한방에서 잠을 잤다. 그녀는 아버지 사물함 뒤쪽에 숨겨 놓은 노트북을 꺼내고 전원을 켰다. 노트북을 숨겨 놓은 사실은 간호사와 요양보호사 선생님들에게만 살짝 말해 놓은 상태였다. 침대에 누워 있던 아버지가 갑자기 주머니에서 꼬깃꼬깃한 종이쪽지를 하나 내밀었다. 거기엔 비뚤비뚤한 필체로 영문자가 적혀 있었다.

ID : SONAMU, PASSWORD : SANHOSAE

이게 뭐지? 소, 나, 무? 산호세? 산호새? 당황하며 아버지를 쳐다보자 고개를 끄덕이며 손가락을 들어 노트북을 가리켰다. "내가 적어뒀어. 송, 송"이라고만 말했다. 선우혜민은 뭔가에 홀린 것처럼 첫 화면에 나타난 사이트에 종이에 적힌 아이디와 비밀번호를 입력했다. 놀랍게도 아이디는 송호성 변리사의 개인 메일로 바로 이어졌다. 개인 메일은 오직 한 사람하고만 소통이 이루어졌는데 그는 바로 그녀의 아버지였다. 그녀는 두 사람이 주고받은 메일을 읽느라 밤을 하얗게 새웠다.

그녀는 송호성 변리사가 자신을 왜 5년 만에 수습 변리사로 뽑았는지, 자신이 송호성 변리사에게 어떤 의미였는지 깨닫고는 눈물을 펑펑 쏟았다. 왜 진작 말해 주지 않았느냐고 아버지를 원망스럽게 쳐다보았지만 아버지는 어느새 깊은 잠에 빠져 있었다. 이제 모든 것을 알려 주었으니 다 이루었다는 듯이 평온한 모습으로 눈을 감고 있었다. 그녀는 너무 늦었지만 송호성의 숨겨진 이야기를 알게 되어서 기뻤고, 자랑스러운 아버지와 함께 밤을 보낼 수 있어서 기뻤다. 또 한편으로 이제는 송호성 변리사가 이 땅에 없다는 사실이 너무 슬펐고, 오늘이 아버지에게 딸로 인지되는 마지막 날이 될 것 같아 너무 슬펐디.

퍼뜩 눈을 떴다. 어느새 새벽이 밝아 오고 있었다. 심신은 밤새 울어 방전이 되었고 휴대폰도 아무 생각 없이 충전을 하지 못해 방전이 되어 있었다.

선우혜민은 갑자기 노트북을 들고 급하게 택시를 불러 시내로 나갔다. 문기화는 아침 식사를 어떻게 할지 그녀에게 전화를 걸었으나 연결이 되지 않았다. 요양원으로 전화를 하자 직원들도 그녀가 사라진 사실을 모르고 있었다. 그는 깜짝 놀라 요양원으로 차를 몰고 달려왔고 요양원에 도착하자 그녀도 뒤이어 택시에서 내렸다. 어느새 오전이 다 지나가고 있었다.

선우혜민은 흥신 고등학교에 도착하면 강민호 변리사가 한수산인가 하는 사람과 상담을 하고 있을 것으로 생각했다. 큰 가방에 노트북을 담고 정문 앞에서 내렸다. 학교 건물 안으로 들어서자 영화에서나 보던 짧은 머리를 한 사람들이 무섭게 맞이했다. 그들은 여자만 들어갈 수 있다며 문기화를 막았다. 문기화는 영문도 모른 채 자동차로 되돌아갔고, 선우혜민은 끌려가다시피 교실 안으로 들어갔다. 교실 안에서 강민호는 밧줄에 묶인 채 쓰러져 있었고, 그녀를 맞이한 사람은 한수산이 아니라 끔찍한 장문수였다.

왜 장문수일까. 이제 두뇌 재능 기부는 다 끝났는데 아직 그것 때문에 이렇게 보복을 하려는 것일까. 그렇다면 강민호 변리사는 아무 상관이 없는데 왜 잡혀 있는 것일까. 선우혜민은 순간적으로 온갖 생각이 머리를 스치고 지나갔지만 어느 것 하나 연결되는 것이 없었다. 장문수는 그녀에게 노트북을 내놓으라고 했다. 엉겁결에 가방을 건넨 그녀는 장문수가 노트북을 열고 비밀번호를 말하라고 하자 그가 노리는 것이 무엇인지 알아차렸다. 선우혜민이 입을 열지 않자 그는 그녀의 얼굴을 때렸다.

그때 밖에서 시끄러운 소리가 들려왔다. 경찰이 문기화와 함께 들어오고 있었다. 장문수는 무차별적으로 얼굴을 때렸고 선우혜민은 바닥으로 쓰러졌다. 장문수는 노트북을 들고 뒷문으로 달아났다. 경찰은 강민호와 선우혜민의 신병을 확보하느라 장문수를 추격하지 못했고 뒤늦게 수색을 시작했을 때 이미 흔적을 감춘 뒤였다.

장문수가 노트북을 가져갔다는 것은 노트북 속에 있는 A기업의 핵심 기술을 빼가려는 것임에 틀림없었다. 선우혜민은 이해가 되지 않았다. 장문수가 왜 A기업 기술, 그러니까 하프늄을 이용한 폭발 기술에 관심을 가지는 걸까. 만약 노트북에서 원하는 내용을 찾지 못한다면 마지막 표적은 선우혜민이 될 것이다.

선우혜민은 송호성의 메일을 읽고 아침 일찍 시내로 나가 노트북의 모든 데이터를 이동용 저장 장치에 담아 보관하고 노트북은 포맷을 해 버린 상태였다. 대신 뭔가 데이터가 있는 것처럼 보이려고 가짜 폴더를 생성해 놓았다. 강민호가 노트북을 가져오라고 했지만 송호성의 메일을 읽고 나자 뭔가 불안한 마음이 들었다. 이제 송호성은 죽었고, 가져간 노트북은 비어 있다. 게다가 소나무 특허사무소에서 함께 일한 변리사는 자기 한 사람만 남았다. 여기까지 생각이 미치자 선우혜민은 갑자기 손이 부들부들 떨렸다. 게다가 장문수는 이 집도 알고 있지 않은가.

선우혜민은 정신없이 옷가지를 챙겨 들었다. 어제 새벽에 노트북을 바꿔치기한 것은 정말 잘한 일이라고 생각했다. 모든 기술이 담긴 노트북이 고스란히 장문수에게 넘어갔더라면 어떤 일이 벌어질지 생각만 해도 끔찍했다. 물론 앞으로 자신에게 닥칠 미지의 일들도 무섭기는 마찬가지였다. 어제는 장문수도 도망치느라고 정신이 없어서 노트북을 제대로 보지 못했을 것이다. 하지만 노트북 속에 아무 내용도 없다는 것을 알아차린다면 즉시 이리로 달려올 것이다.

어둠을 뚫고 집 전화가 울렸다. 지금이 몇 신데 전화가 온단 말인가. 휴대폰도 아니고 집 전화라니. 머리끝이 쭈뼛 섰다. 새벽에 울리는 전화 소리는 간을 철렁철렁 바닥으로 떨어뜨렸다. 선우혜민은 겁이 나서 전화를 받을 수가 없었다. 도망가야 한다. 이곳을 벗어나야 한다. 머리에는 한 가지 생각밖에 떠오르지 않았다. 밖에 아무도 없는 걸 확인하고 무작정 밖으로 나왔다.

* * *

김태근은 지금 단계에서 가장 유력한 용의자가 한수산이라고 판단했다. 다른 형사들의 의견도 대체로 일치했다. 그는 변리사회 회장에게 전화를 해 한수산의 과거 특허 내용을 알아봐 달라고 부탁했다. 잠시 뒤 이경주 변리사가 한수산은 지르코늄을 이용한 터널 폭발 방법 및 시스템에 관한 특허 1건과 자연과 일반 합금에서 지르코늄을 분리해 내는 방법에 관한 특허 1건을 보유하고 있다고 알려 왔다. 한수산이 운영하는 명성기업은 국방 벤처 기업으로 인정받아 사격 훈련에 사용되는 탄환을 단독으로 보급하고 있었다. 보유한 특허를 백 퍼센트 이용한 것으로 지르코늄을 장약으로 사용하는 탄환이었다. 명성기업은 국방부로부터 우수 기업으로 인정받아 표창도 받았다고 했다.

국방부, 국방부······.

김태근은 손가락을 퉁기며 중얼거렸다. 뭔가 연결고리가 있는데 그게 뭐지? 맞아! 갑자기 큰 소리를 지르며 일어난 김태근은 한수산과 홍노희의 계좌 흐름을 추적하도록 했다. 본인 계좌는 물론 친인척과 주변 친구들을 포함한 차명 계좌에 대한 흐름까지 모두.

한수산은 특허청에 다녀온 뒤 잠적했다. 어디서도 한수산에 관한 흔적을 발견하지 못했다. 박형택은 한수산의 통장에서 거액의 돈이 몇 차례에 걸쳐 홍노희 쪽으로 빠져나간 사실을 발견했다. 그리고 돈이 빠져나간 뒤 얼마 지나지 않아 명성기업이 경쟁 기업을 따돌리고 국방부 벤처 기업에 선정되었으며 전량 납품 계약을 체결했다는 기사를 찾아냈다. 김태근은 경찰서장에게 이 사실을 보고하고 즉시 의원 사무실과 자택에 대한 압수 수색을 허락받았다. 권력의 정점에 있는 국회의원이지만 그대로 봐줄 수는 없었다. 지금까지 장문수와 홍노희의 관계만 생각했던 게 실수라면 실수였다. 홍노희는 한수산과도 밀접하게 연결되어 있었다.

* * *

"언니. 이렇게 불쑥 찾아와 폐를 끼쳐 죄송해요."

"아니야, 동생. 내 집이다, 생각하고 편안하게 있어. 아, 참. 이제는 대표 변리사님인데 동생으로 부르는 게 습관이 돼서……."

송희는 어정쩡하게 말을 얼버무렸다.

"언니. 난 언니가 편해. 나이 차이도 많이 나는걸. 예전처럼 그냥 동생으로 대해 줘."

"그래도 될까?"

잠시 고민하던 송희는 헤벌쭉 웃으며 선우혜민의 등을 두드렸다.

“나도 갑자기 존칭을 쓰려니 답답해서 미치겠네. 하여튼 여기는 안심해도 돼. 아무도 모를 거야.”

송희는 선우혜민을 다독거렸다.

“내가 사무실에 가서 우리 대표님 상황을 비밀리에 잘 전달할게. 회사 일들도 차질 없이 잘 처리하고. 그리고 혹시 무슨 급한 일이 생기면 여기 집 전화로 연락할게.”

선우혜민은 고개를 끄덕거렸다. 새벽에 무작정 찾아왔지만 큰언니처럼 따뜻하게 맞아 준 송희 차장이 너무 고마웠다. 송희가 사무실에 간 뒤 10시경 전화가 한 번 걸려 왔다. 김태근 반장이 선우혜민을 찾았는데 사무실에는 출근하지 않았고, 어디에 있는지도 모른다고 대답했다고 한다. 그리고 12시에 다시 전화가 걸려 왔다.

“사무실로 택배가 왔는데 좀 이상해. 〈긴급〉이라는 글이 상자 겉면에 적혀 있는데 운송장 번호도 없고 일반 택배와 다르네. 지금 생각하니까 전달해 준 사람도 여느 택배 기사와는 좀 달랐어. 뜯어보기가 좀 그래서 그냥 가지고 있는데, 긴급이라고 적힌 게 좀 께름칙해서 어떻게 해야 할지 고민되네. 참, 일단 여기 손문 대리 편으로 보낼게.”

선우혜민은 초조한 마음으로 상자를 기다렸다. 손문에게서 곧 도착한다는 문자가 왔다. 한 시간 만에 도착한 손문은 땀에 흠뻑 젖어 있었다.

"송희 차장이 자세히 알려 주긴 했는데 초행인 데다 골목 길이라 좀 헤맸어요."

선우혜민은 택배 상자를 받아 요리조리 뜯어보았다. 일반 적인 택배 상자라면 적혀 있어야 할 운송장이 없었다. 하얀 종이에 '수신자 선우혜민'이라고만 적혀 있었다. 조심조심 상 자를 뜯어 내용물을 살폈다. 상자 안에는 작은 쪽지 한 장과 전화기 하나가 들어 있었다.

앞으로 연락은 여기로 한다. 휴대폰 전원을 즉시 켤 것.
경찰에게 연락하는 즉시 사망 선고. Jang.

장이라니. 장문수가 틀림없었다.

새벽에 전화한 사람도 장문수가 틀림없을 거라는 생각이 들었다. 이 무슨 엽기적인 상황인가. 선우혜민은 어떻게 해 야 할지 몰라 그저 떨고만 있었다.

"켜 보세요. 일단 어떤 상황인지, 제가 도울 부분이 있는지 확인하고 갈게요."

손문은 문가에 서서 걱정스러운 표정으로 휴대폰을 건넸 다. 선우혜민은 떨리는 손으로 휴대폰을 받아 전원 버튼을 눌렀다. 화면이 다 켜지자 문자가 도착했음을 알리는 이모티 콘 옆에 빨간 숫자가 표시되어 있었다. 이모티콘을 누르자 또 다른 명령이 기다리고 있었다.

문자 발신 시간으로부터 한 시간 이내에 노트북 데이터를
하나도 빠짐없이 준비할 것.
연락 기다릴 것. Jang

문자 수신 시간이 기준이 아니라 발신 시간이 기준이었다.
문자는 12시 30분에 발송되어 있었다. 지금이 1시 10분이
니 남은 시간은 20분밖에 되지 않았다. 선우혜민은 마음이
급해졌다. 괜히 데이터를 옮겨 놓아 이 난리를 피우는가 싶
어 자신에게 화가 치밀었다. 그저 명령에 따라야 하는 건지,
도망을 쳐야 하는 건지 판단을 할 수가 없었다.
“제가 뭐 도와드릴 일이 있나요?”
손문이 짐짓 아무 걱정도 없다는 듯이 두 손을 탁탁 마주
치며 물었다.
선우혜민은 하얗게 질렸지만 정신을 차리기 위해 이를 악
물었다. 여기서 포기하면 송호성을 두 번 죽이는 일이라는
생각이 들었다. 그분의 죽음을 욕되게 할 순 없었다. 선우혜
민이 대답했다.
“네. 절 좀 도와주세요.”

두려움을 위장하기 위해
총을 든다.

선우혜민은 손톱을 잘근잘근 물어뜯었다. 아직 새파란 청춘이지만 지금처럼 극도의 공포를 느낀 적은 없었다. 거대한 쓰나미가 동네를 통째로 집어삼키는 동영상을 본 적이 있었다. 지금이 그와 같았다. 거대한 공포가 선우혜민을 집어삼키고 있었다. 심장이 너무 심하게 뛰었다. 손으로 심장을 쓰다듬어 진정시켜야 했다.

"혹시 강민호 변리사님 아세요?"

"아, 저희 사무실 맞은편에 있는 특허사무소요?"

"네. 거기 계시는 분인데 전화번호는 제가 드릴게요. 찾아오라는 데이터가 그분에게 있어요. 그걸 좀 찾아다 주세요. 시간이 너무 촉박한데 20분이면 일단 받아 놓는 것까지는 할 수 있을 거예요."

“네. 알겠습니다. 번개처럼 달려가겠습니다.”

손문은 정말 발이 보이지 않도록 뛰어나갔다. 큰길가로 내려가 곧바로 택시를 잡는 모습이 보였다.

선우혜민은 강민호에게 전화를 걸었다. 상황을 설명하자 그는 당장 달려오겠다고 했다. 하지만 강민호가 이곳으로 오는 데만 20분이 걸릴 터였다. 일단 손문에게 데이터 전달만 잘 해달라고 부탁을 했다. 곧 이어 손문에게서 데이터를 받았다는 연락이 왔다. 동시에 장문수가 준 휴대폰으로 문자가 도착했다.

두 시간. 실험실 FL.
택시 타고 혼자 올 것. 경찰 흔적 보이는 즉시 사망.

두 시간이라니 시간이 너무 빠듯했다. 연락하고 작전을 짜고 할 것도 없었다. 그런 생각을 하는 시간조차 아까웠다. 아무에게도 말할 수 없었다. 그러나 실험실이라니 머리가 쭈뼛 섰다. 이름만 들어도 심장이 벌렁거리는 곳. 전두엽은 영어로 ‘Frontal Lobe’인데 이를 줄여 FL이라고 불렀다. 실험실 건물의 3층, 그곳에서도 가장 구석진 곳에 전두엽 실험실 방이 있었다. 장문수는 장소를 알려 주는 것만으로도 이미 그녀를 압박하고 있었다.

선우혜민은 택시를 타고 목적지를 말했다. 손문과는 중간 지점에서 만나 데이터를 받기로 했다. 강남으로 들어갔다 나오면 정체가 심해 시간을 맞출 수가 없었다. 손문에게 좀 더 외곽으로 나오라고 했다. 택시를 잠시 세우고 손문을 기다렸다. 시간이 자꾸 흘러갔다. 택시 기사에게는 10만원을 주고 실험실 건물까지 가 달라고 부탁을 한 상태였다. 택시 기사는 밖에 나와 담배를 피웠다. 그는 지름길을 알고 있어서 시간 안에 도착할 수 있다며 안심해도 된다고 했다. 멀리서 자동차 한 대가 비상 깜박이를 켜고 다가오고 있었다. 강민호의 차였다. 손문은 강민호 변리사와 함께 왔다.

"내가 뒤따라갈게."

강민호가 말했다.

"누구 죽는 꼴 보고 싶어서 그래요? 안 돼요!"

선우혜민은 펄쩍 뛰었다.

"그럴 줄 알았어. 그렇지만 너 혼자 가는 건 안 돼. 너무 위험해."

잠시 고민하던 강민호는 손문을 따로 부르더니 작은 소리로 얘기를 나누었다. 그리고 성큼성큼 걸어 택시 기사에게 갔다. 잠시 뒤 손문과 택시 기사는 서로 옷을 바꿔 입었다. 택시 기사는 강민호 차에 탔고, 택시 기사로 변신한 손문이 선우혜민에게 어서 타라고 손짓했다.

“무슨 일이 생기면 손문 씨가 내게 연락할 거야. 그러니까 안심하고 가. 택시 기사는 내가 태우고 갈 게. 어디로 가는지 길이라도 알고 있어야지. 손문은 너를 내려 주고 바로 돌아올 거야. 그래야 녀석이 의심하지 않을 테니까. 너무 걱정하지 마. 녀석은 데이터만 받으면 돌려보낼 거야.”

강민호는 택시 기사를 태우고 먼저 출발해 버렸다. 선우혜민은 달리 방법이 없었다. 그리고 시간도 없었다. 다시 택시에 타자 택시는 아무 일 없었다는 듯이 달리기 시작했다.

“괜찮겠어요?”

뒷좌석에 앉은 선우혜민이 운전하고 있는 손문을 보며 물었다.

“저한테 그런 말 할 상황이 아니잖아요. 저보다 변리사님이 더 걱정이죠. 혹시 무슨 일이라도 생기면 어떡해요.”

“자료만 넘기면 무슨 일이야 당하겠어요. 그렇지만 이렇게 속수무책으로 당해야 한다는 게 화가 나네요. 고객 비밀을 지켜야 하는데. 기업 자료를 통째로 넘겨야 하다니…….”

“하지만 사람부터 살아야 하지 않겠어요? 자료를 지키자고 변리사님이 죽을 순 없잖아요.”

손문은 속으로 벌벌 떨었지만 용감한 척 덤덤하게 말했다. 목소리가 허스키하게 갈라져 나왔다.

“정말 괜찮겠어요? 여기 물병이 있네요. 기사분이 마시던 것 같긴 한데."

선우혜민이 오히려 손문을 다독였다. 긴장한 표가 지나치게 났다. 손문은 긍정도 부정도 하지 않은 채 한 손으로 물병을 들어 꿀꺽꿀꺽 마셨다. 벌써 한적한 국도로 접어들어 오고 가는 차량은 많지 않았다.

멀리 실험실이 보였다. 꿀꺽. 침 삼키는 소리가 택시 가득 공명했다. 딩동. 또다시 문자가 도착했다.

정문에 도착하는 즉시 택시는 돌려보내고 혼자 올라올 것.

어디서 보고 있는 듯했다. 선우혜민은 진짜 택시 기사에게 하는 것처럼 지갑에서 돈을 꺼내 계산하고 밖으로 나왔다. 손문은 돈을 어떻게 받았는지도 모른 채 허둥대며 아무렇게나 던져 놓았다. 장문순지 하는 그 작자가 위에서 지켜보고 있을 것만 같았다. 핸들을 크게 돌려 실험실 뜰 안쪽으로 큰 원을 그려 회전하며 천천히 빠져 나갔다. 자동차 바퀴가 바닥에 깔린 자갈을 빠드득 소리를 내며 밀어냈다.

선우혜민은 떠나는 택시와는 아무 상관도 없는 듯 뒤도 돌아보지 않았다. 문 앞에는 계단이 있었다. 또각또각 계단을 밟고 문 앞에 선 뒤 천천히 비밀번호를 눌렀다. 비밀번호는 바뀌지 않고 그대로였다.

그녀는 천천히 실험실 건물로 들어섰다. 최대한 늦게 들어가고 싶었다. 문을 닫고 실내로 들어서자 갑자기 어둠이 덮쳤다.

건물은 더 이상 사람들이 기거하지 않아 우중충하게 변하고 있었다. 오래되지 않았지만 전두엽 실험을 하던 때의 기억이 되살아났다. FL방은 3층 맨 끝 오른쪽에 있었다. 그 방에서라면 택시가 들어오고 나가는 것을 모두 볼 수 있었으리라. 그녀는 심호흡을 크게 하고 손잡이를 돌렸다.

방으로 들어서자 어둠이 사라지고 빛이 충만해졌다. 창문을 통해 흰 햇살이 들어와 아른거렸다. 여름이었지만 실험실 건물은 추웠다. 건물 전체에 냉기가 가득했다. 닭살이 오소소 물방울처럼 돋아났다. 기억하기 싫은 실험 장치들이 그대로 놓여 있어 선우혜민은 이마를 찡그렸다. 책상에 노트북을 켜 놓은 채 장문수가 기다리고 있었다.

"정확히 1분 전에 도착했군. 역시 영리해. 시간을 허투루 사용하지 않아."

장문수가 비꼬듯이 말했다. 선우혜민은 장문수와 말을 섞기도 싫었다.

"여기 데이터를 가져왔으니 저는 가도 되죠?"

선우혜민은 애써 담담하게 USB를 담아 놓은 종이봉투를 내밀었다. 장문수가 히죽거렸다.

"겁도 없고 맹랑한 아가씨군."

선우혜민은 그 말에 대답이라도 하듯 장문수를 똑바로 쳐다보았다.

"어서 데이터를 확인해 보세요. 저도 바쁜 사람이에요."

"바쁜 사람이라……. 무슨 얘기를 그리 섭섭하게 하시나? 내가 괜히 택시를 돌아가게 했겠나. 지난번 빚도 아직 다 못 갚았잖아. 텅 빈 노트북으로 날 골탕 먹여 놓고 벌써 잊은 건 아니겠지? 그 시간만큼은 보상받아야 하니까 마음 푹 놓고 있자고."

장문수가 일어나 선우혜민 쪽으로 걸어왔다.

"그땐……."

그녀는 본능적으로 뒷걸음질을 쳤다.

"으악!"

갑자기 선우혜민이 고함을 지르며 풀썩 주저앉았다.

어디에 숨어 있었는지, 원래부터 있었는데 발견하지 못한 것인지, 까만 정장을 입은 남자가 뒤에서 선우혜민의 팔을 붙잡은 것이다.

"야, 야. 살살 하라니까. 숙녀분이 오줌이라도 지리면 어떻게 되겠니, 너무 창피할 거 아니야."

장문수가 정장 사내에게 눈을 부라렸다.

"시정하겠습니다."

정장 사내가 무뚝뚝하게 대답하고는 선우혜민을 일으켜 세운 뒤 의자에 앉혔다.

"진짜를 가져왔는지, 또 나를 골탕 먹이려는지 확인을 해봐야 하지 않겠어?"

장문수가 종이봉투를 빼앗아 거칠게 찢었다. USB가 톡 떨어졌다.

"시작해."

장문수가 고개를 끄덕였다. 선우혜민을 붙잡고 있던 남자가 테이프로 선우혜민을 묶기 시작했다. 두 발을 먼저 청 테이프로 꽁꽁 묶었다.

"왜 이래요? 금방 확인할 수 있잖아요."

선우혜민은 몸부림을 쳤지만 남자의 팔은 강했다. 위에서 찍어 내리누르는 힘은 엉덩이도 들썩거리지 못하게 했다. 그녀는 곧 잠잠해졌다. 입에도 테이프가 붙었기 때문이다. 두 팔도 의자에 뒤로 돌려져 테이프에 칭칭 감겼다. 이제 손도, 발도, 입도 움직일 수 없었다. 그나마 코가 뚫려 있는 걸 감사해야 했다. 눈으로 모든 장면을 볼 수 있도록 허락해 준 것을 고마워해야 했다. 장문수는 천천히 노트북 옆면에 USB를 꽂았다. 폴더는 잠겨 있었다.

"뭐야!"

장문수가 소리쳤다.

선우혜민이 깜짝 놀라 움찔했다.

"비밀번호 뭐냐고!"

장문수가 다시 소리쳤다. 선우혜민이 끙끙거리며 온몸을 비틀었다.

"입 풀어 줘."

장문수가 고갯짓을 했다.

사내가 다가와 입에 붙여 놓은 청 테이프를 떼어 냈다.

"아악!"

선우혜민은 다시 비명을 질렀다. 사내의 손짓은 주저함이 없었고 접착력이 강했던 테이프는 그녀에게 살을 찢어 내는 고통을 안겨 줬다.

"물, 물 좀."

선우혜민이 애원하며 말했다.

"갖다줘."

장문수가 말했다. 물을 가져온 남자가 거칠게 선우혜민의 머리채를 잡고 뒤로 젖혔다. 컥, 하고 거친 숨소리가 절로 나왔다. 눈을 동그랗게 뜬 선우혜민의 입으로 물이 거침없이 쏟아졌다. 그녀는 얼굴에 물이 쏟아지는 것을 그대로 맞으며 입속으로 들어오는 물을 꿀꺽꿀꺽 삼켰다. 꿀보다 달았다. 정신이 다시 살아났다.

"비밀번호 뭐야!"

장문수가 소리쳤다.

"일이삼 육오사"

핏기 없는 여섯 자리 숫자가 마른 풀처럼 그녀의 입에서 새어 나왔다.

'삐―.'

경고음이 먼저 튀어나왔다. 폴더는 열리지 않았다.

"뭐야, 쌍!"

장문수가 화를 내며 일어나 선우혜민에게 다가왔다. 분노로 이글거리는 눈이 선우혜민을 쏘아보았다. 그는 오른팔을 들어 그녀의 왼쪽 뺨을 후려쳤다. 선우혜민의 얼굴은 맥없이 뒤쪽으로 돌아갔다. 입안이 터졌는지 피 냄새가 났다. 뇌도 뉴런이 떨어져 나갔는지 나사 빠진 문처럼 덜컹거렸다.

"아직 나랑 장난할 용기가 남아 있나 봐? 어디 맛 좀 보라지."

장문수가 바닥에 침을 찍 뱉었다. 눈짓을 하자 검은 정장 사내가 골프채를 바닥에 질질 끌며 걸어왔다. 선우혜민은 공포로 숨도 쉬지 못했다.

"일이삼 육오사 칠팔구"

선우혜민이 재빨리 내뱉었다. 장문수가 또 한 번 침을 찍 뱉었다.

"무슨 암호가 장난치는 거 같냐. 한 번만 더 틀렸단 봐라."

장문수는 자리로 돌아간 뒤 암호를 입력했다.

"빙고! 장난 같더니만 제대로 열렸네."

장문수는 손가락 관절을 우두둑거리고 목을 좌우로 돌리면서 우두둑거렸다. 그리고는 폴더를 하나씩 열어 내용물을 확인했다.

띠리릭. 휴대폰에서 알림이 울렸다.

"왔다!"

강민호가 소리쳤다.

강민호는 전날 선우혜민에게서 단 하나 뿐이라며 받은 노트북의 데이터를 하나 더 복사했다. 그리고 선우혜민에게 받은 USB에 위치 추적 프로그램을 삽입해 놓았다. USB가 컴퓨터에 접속해 정해진 암호를 입력하면 앱이 활성화되면서 USB의 위치를 실시간으로 알려 주는 프로그램이었다. 강민호는 앱 접속 번호를 이중 구조로 만들었다. 키보드 숫자판에서 아래에서부터 위로 올라가면서 입력하면 되는 숫자라 외우기도 쉬웠다.

손문은 택시를 몰고 가면서 선우혜민에게 암호를 알려 주었다. 쉽지만 반드시 먼저 123 654를 한 번 입력한 뒤 123 654 789를 입력해야 잠금장치가 풀린다고 말했다. 선우혜민은 택시 안에서 주문을 외우듯 암호를 외우고 또 외웠다. 왜 이렇게 암호를 길게 만들어 사람 목숨을 위태롭게 하는지. 선우혜민은 USB에 위치 추적이 삽입된 사실은 꿈에도 모르고 있었다.

손문은 실험실을 빠져 나온 뒤 시골 읍내를 빙빙 돌았다. 마땅히 기다릴 곳이 없었다. 커피숍이나 카페라고는 눈을 씻고 찾아봐도 없었다. 가장 현대화된 곳이 그나마 편의점이었다. 손문은 편의점 앞에 차를 세우고 들어가 커피를 하나 샀다. 에어컨이 시원하게 나오고 있었다. 자리에 앉아 GPS를 켜고 위치를 지도에 찍어 강민호에게 전송했다.

강민호는 손문에게서 받은 위치가 위치 추적 앱에 표시된 위치와 거의 비슷한 걸 확인했다. 함께 있던 최인성 경장이 얼른 노트북을 켰다. 노트북에는 컴퓨터용 앱이 설치되어 있었다. 노트북에는 커다란 지도가 화면 전체에 나타나 있었고 경기도 한 지점에 빨간 화살표가 떠 있었다. 최인호는 김태근에게 전화로 장문수의 위치를 파악했다고 알리고 지역 경찰의 협조를 요청했다. 김태근은 경찰서장에게 보고한 뒤 지역 경찰과의 공조 체계를 만들었다. 김태근은 선우혜민이 위험해질 수 있으니 주변에서 대기하고 있다가 위치 추적 표시가 건물 바깥으로 움직이면 그때 접근하라고 했다.

"두 팀으로 나눠 움직여. 지난번과 같은 실수가 없도록 하란 말이야. 한 팀은 장문수를 쫓아가고 한 팀은 선우혜민을 구해."

김태근은 안심이 되지 않는지 지난번처럼 놓치면 안 된다고 몇 번이나 강조했다. 최인성은 노트북을 켜 놓은 채 강민호와 함께 실험실로 출발했다.

"내용물을 확인했으니 이제 넘겨주고 돈을 받는 일만 남았군."

장문수는 곧 돈을 받을 것처럼 싱글벙글했다.

"다 끝났으니 이제 풀어 주세요."

선우혜민이 몸부림을 쳤다.

"좋아, 이제 눈을 가려."

장문수의 명령에 사내가 다가와 선우혜민의 눈에 안대를 씌웠다.

"뭐하는 거예요. 풀어 줘요."

"자꾸 소리 지르면 입도 막아 버리는 수가 있어. 생각이 있으면 지혜롭게 처신해. 아직 모든 처리가 끝난 게 아니야. 내게 돈이 들어와야 일이 끝나는 거야. 알겠어? 그때까지 넌 좀 조용히 있어 줘야겠어."

장문수가 노트북을 닫고 일어섰다.

"잠깐만요. 당신이 송호성 변리사를 죽였나요? 돈 때문인가요?"

"이런 멍청한 변리사를 봤나. 강민호나 자네나 똑같군. 내가 돈 때문에 사람을 죽이는 저급한 인간으로 보이나? 난 몰

라. 송호성인지 뭔지 나는 모르는 일이야. 난 알리바이도 명확해. 그날 그 시간에 나는 다른 사람과 있었거든. 한 번도 자리를 뜨지 않았어. 암.”

“그럼 누구야, 누가 죽인 거냐고! 왜 죽인 거야!”

“글쎄 그건 경찰 나리들이 풀어야지, 나는 그저 심부름꾼이니 뭐 아는 게 없어. 이제 슬슬 움직여 볼까. 내일모레 내가 돈을 받으면 그때 확실하게 풀어 주지. 그때까지 살아 있다면 말이야.”

딸깍.

갑자기 차가운 금속 표면이 선우혜민의 관자놀이에 닿았다.

“이게 뭔지 알겠나?”

장문수가 물었다.

“초, 총?”

“그래. 잘 아는군. 총이야. 한국에서는 구하기 힘든 거지. 하지만 난 국정원의 일급 요원이잖아. 미치광이 김정은이 보내는 남파 간첩도 잡고, 미치광이처럼 아무것도 모르면서 날뛰는 종북 세력도 잡고, 특수 활동도 하려면 총이 필요하지. 총은 그런 거야. 존재 자체로 무섭지만, 그 두려움이 자신을 지켜 주지. 하지만 그 두려움의 총구가 바깥을 향하게 되면 많은 사람들이 다칠 수 있어. 이 총구가 외면으로 향해서 네 목숨도, 네 가족 목숨도 허망하게 사라지지 않도록 조심해. 난 총이 무서워 오래 가지고 있지 못하니까 말이야."

선우혜민은 어둠 속에서 발걸음이 멀어져 가는 소리를 들었다. 문이 닫히고 복도 저편으로 구둣발 소리가 사라져 갔다. 조금 지나 자동차 시동 거는 소리가 들렸고 멀어져 가는 소리가 들렸다.

선우혜민은 아직도 총이 이마에 닿아 있는 것처럼 느껴졌다. 섬뜩했다. 일단 목숨은 구한 것일까? 아니면 잠시 유보된 것일까. 어떻게든 여길 빠져 나가야 한다. 손문 대리가 여기까지 왔다 갔으니 이제 위치는 알려 줬을 테고, 누구라도 오지 않을까. 헛된 희망인 줄 알지만 희망을 품지 않을 수가 없었다.

얼마나 세게 칭칭 동여맸는지 꿈쩍도 할 수 없었다. 할 수 있는 거라곤 열려 있는 입으로 말을 하는 것뿐이었다. 하지만 들어줄 사람은 아무도 없었다. 긴장이 풀리면서 몸도 마음도 정신도 허물어져 내렸다. 발목의 통증이 위로 올라오고, 손목의 통증이 위로 올라왔다. 저릿저릿하던 느낌이 사라졌다. 마비가 된 것일까. 까마득히 잊고 있었던 실험실의 냉기가 다시 극성을 부리며 찾아왔다. 햇살도 지면 아래로 내려가고 아무도 찾아오지 않았다.

장문수가 떠나자 조용히 그 뒤를 쫓아가는 자동차가 있었다. 한참 거리를 두고 있어 장문수는 그 사실을 알아차리지 못했다. 장문수가 탄 차량은 빠른 속도로 읍내를 빠져나왔다. 어둑어둑해지면서 산 그림자가 도로 위에 머물렀다. 장문수는 휘파람을 불었다. 기분이 좋았다. 좋지 않을 이유가 없었다. 몇 차례 실수가 있었지만 이런 일을 하는 데 그 정도는 한낱 에피소드에 불과했다.

정장 사내가 운전을 하면서 말했다.

"누가 미행하는 것 같은데요."

"뭐, 미행?"

장문수가 흘낏 백미러로 뒤를 봤다. 까만 자동차 한 대가 거리를 둔 채 달려오고 있었다.

"과민반응 아냐? 누가 우릴 미행한다고 그래."

"아까 실험실을 나올 때부터 계속 같은 길을 가고 있어요."

"그 녀석이 경찰을 달고 온 거 아냐? 아까 분명히 혼자였지?"

"네. 선우혜민 혼자였어요. 그렇게 겁을 줬는데 경찰을 데리고 오진 못했을 겁니다. 여자들은 다 겁쟁이라니까요."

"그럼 누구야. 누구냐고. 인마!"

장문수가 화를 내며 씩씩거렸다. 정장 사내도 백미러로 거리를 좁히며 달려오는 검은 세단을 주시했다. 속도를 줄여도 추월할 생각을 하지 않고 같이 속도를 줄였다. 그러더니 갑자기 하이빔을 번쩍번쩍 올렸다가 내렸다.

그때였다. 갑자기 반대편 차선에서 달려오던 자동차 한 대가 중앙선을 넘어 들어왔다. 순식간에 벌어진 일이라 미처 대응을 할 수가 없었다. 자동차는 가까스로 장문수의 자동차 앞에 멈추어 섰다. 깜짝 놀란 사내는 급하게 핸들을 꺾었다. 오히려 장문수의 자동차가 주행선을 넘어가 반대편을 향하게 되었다. 그러자 그동안 따라오기만 하던 자동차가 역시 반대편 선으로 넘어가 장문수의 차를 막아섰다.

"개죽음 당하기 싫으면 가만히 있어."

장문수가 뛰어나가려는 사내를 붙잡아 앉혔다.

까만 세단에서 까만 선글라스를 쓴 한수산이 문을 열고 나왔다.

"너였어? 아, 괜히 쫄았네."

장문수는 헛웃음을 터뜨렸다.

"형님, 이렇게 혼자 해쳐먹으면 섭하죠. 얼른 내놓으쇼."

"없어 인마. 넌 강민호를 맡기로 했잖아. 서로 위치와 역할을 정했으면 프로처럼 지켜야지 안 그래?"

한수산이 품속에서 칼을 꺼냈다. 앞 자동차에 있던 사내가 기다란 골프채를 들고 다가왔다.

"지금!"

장문수가 소리쳤다. 운전석에 앉아 있던 정장 사내가 번개

처럼 뛰어나와 흉기를 들고 달려드는 사내를 앞발로 가격했
다. 놀란 사내가 골프채를 휘둘렀지만 정장 사내는 가볍게
피했다. 그는 자동차 옆문을 발로 차고 날아올라 다시 한 번
흉기를 든 사내의 턱을 갈겼다. 사내는 뒤로 넘어지며 뒤통
수가 바닥에 심하게 부딪혔다.

한수산이 칼을 휘두르며 달려왔다. 장문수가 살짝 피하며
팔꿈치로 한수산의 등을 내리쳤다. 한수산은 쓰러지면서 장
문수의 발목을 칼로 그었다. 깜짝 놀란 장문수는 총을 꺼내
들었다. 총알은 쓰러져 있는 한수산의 오른쪽 허벅지를 파고
들었다. 총소리에 놀란 새들이 푸드득거리며 나무에서 뛰쳐
나와 하늘을 맴돌았다. 까마귀들이 까악까악 소리를 지르며
멀리 달아났다.

"얼른 차에 타."

장문수가 소리쳤다. 정장 사내는 운전대를 잡았다.

"밀어 버려."

장문수가 소리쳤다. 장문수를 태운 차는 한수산을 타고 넘
어 후진한 뒤 반대편 차선으로 달려갔다.

"형님. 병원부터 가야겠습니다. 출혈이 심합니다."

"젠장. 병원으로 가자."

장문수는 노트북에서 USB를 뽑아 명함첩에 넣었다. 바지
를 찢어 피가 흘러내리는 발목을 감쌌다. 인상을 찡그렸지만

아무것도 아닌 양 발목을 두어 번 툭툭 쳤다.

"운전 잘 해. 한숨 잘 테니까. 무슨 일 생기면 깨우고."

"네. 알겠습니다."

장문수는 곧 잠에 빠져들었다.

경찰은 뒤늦게 한수산이 쓰러진 곳에 도착했다. 도로는 주변을 지나던 차들이 오도 가도 못한 채 뒤엉켜 엉망이 되어 있었다. 경찰은 곧 폴리스 라인을 치고 통행을 금지시키고 차량 정리를 했다. 최인성이 도착해 쓰러진 자가 한수산임을 확인했다. 그는 간신히 맥박은 뛰고 있었으나 의식을 잃은 상태였다. 나머지 한 명은 누군지 확인이 되지 않았다. 최인성은 김태근 반장에게 상황 보고를 하고 헬기를 요청해 한수산을 서울 병원으로 이송했다.

최인성은 강민호와 함께 장문수를 계속 추격했지만 USB 위치 추적 신호는 이내 끊기고 말았다. 노트북에서 깜박거리며 이동하던 빨간 화살표가 사라졌다. 강민호가 머리를 흔들었다.

"아, 틀렸어요. 노트북에서 USB를 뺐나 봅니다. 노트북에 꽂으면 1시간가량 충전이 되는데 언제 다시 꽂을지 알 수가 없네요. 일단 철수해야겠습니다."

"알겠습니다. 앗, 잠깐. 여기 핏자국이 있네요. 한수산이 장문수에게 상해를 입힌 모양입니다. 어쩌면 장문수가 병원을 찾아갈 수도 있겠는데요. 일단 저는 조금 더 지켜보며 병원을 탐문해 보겠습니다."

"아, 그러세요. 혹시 신호가 잡혀 문자가 오면 바로 연락을 드리겠습니다. 저는 선우혜민이 있는 병원으로 가 보겠습니다."

"아, 선우혜민 변리사가 있었군요. 알겠습니다. 이쪽 경찰에게 얘기해서 보안을 철저히 하고, 몸 상태 좋아지면 내일이라도 서울로 돌아올 수 있도록 하겠습니다. 일단 병원까지 함께 가시죠. 저도 상태를 한번 보고 올라가야겠네요."

최인성은 강민호와 함께 병원으로 갔다. 손문이 보호자처럼 옆에 앉아 있었다. 선우혜민은 약을 먹고 잠을 자고 있었다. 경찰 다섯 명이 교대로 지킨다고 했다. 그는 경찰에게 강민호를 소개시켜 주고 손문과 함께 보호자 자격이 있음을 확인시켜 주었다.

"먼저 올라가 봐야겠습니다. 혼자 남겨 두고 가려니 죄송하네요. 위치 추적 장치로 정보를 주셔서 정말 큰 힘이 되었습니다."

최인성이 강민호의 손을 잡았다. 두툼한 손이 따뜻했다.

"아닙니다. 제 소중한 친구, 호성이를 죽인 범인을 찾는 일이라면 불속이라도 들어갈 수 있습니다. 꼭 잡아 주십시오."

"혹시 무슨 일이 생기면 밤이든 새벽이든 언제든지 전화

주십시오."

　손문이 잠시 담배를 피우고 오겠다고 밖으로 나갔다. 강민호는 물끄러미 선우혜민을 바라보았다. 어쩌다 이렇게까지 되었는지 실감이 나지 않았다. 선우혜민은 얼마나 많이 맞았는지 얼굴을 알아보지 못할 정도로 상해 있었다. 의자를 당겨 침대 옆으로 옮겨 앉았다. 링거에서 투명한 액체가 시계 초침처럼 규칙적으로 떨어졌다. 이불 밖으로 나와 있는 선우혜민의 손을 잡았다. 손이 차가웠다. 추운지 몸을 부르르 떨었다. 잡았던 손을 이불 속으로 넣어 주었다.

　이제 데이터를 빼앗겨 버렸으니 허탈하기만 했다. 그가 그 데이터를 가지고 무얼 하려는지 감이 오지 않았다. 연결되는 선이 하나도 없었다. 장문수는 도무지 알 수 없는 수수께끼였다. 선우혜민이 깨어나면 뭘 좀 알 수 있을까. 데이터에 무엇이 들어 있길래 이렇게 난리들을 피우는지 좀 더 정확한 얘기를 들어야 했다. 아직 모르는 게 너무 많았다. 꼬르륵. 배꼽시계가 오늘 하루 11시 아점 이후 아무것도 먹지 않았다고 알려 왔다. 허기와 함께 피로감이 급격하게 몰려왔다.

　손문이 캔 커피 두 개를 사서 돌아왔다.

　"하루 종일 고생이 많았는데 어디 호텔에라도 가서 자고 오지 그래?"

　"아니, 여긴 제가 있을 테니까 변리사님이 주무시고 오세요. 변리사님 눈에 다크서클이, 어휴 장난이 아니에요."

"그렇게 표시가 나나?"

잠시 갈등하던 강민호는 잠을 청하기로 했다. 피로가 모기
처럼 앵앵거리며 몰려왔다.

"그래도 무슨 일이 생길지 모르니까 어디 멀리 갈 수는 없
고. 나는 여기서 잘게."

강민호는 침대 밑에서 간호용 시트를 꺼내 누웠다.

"그러세요. 무슨 일이 생기면 얼른 깨울게요."

강민호는 곧 깊은 잠에 빠져들었다.

사람은
자기가 보고 싶은 것만 본다.

사건 이첩 3일 전

가까이서 새소리가 들렸다. 참새들의 아침 문안이 요란했다. 강민호는 창문으로 들어오는 햇살에 눈을 비비며 일어났다. 선우혜민은 여전히 고요했다. 손문은 의자에 앉은 채 잠에 취해 있었다. 기지개를 켜고 일어나 창 쪽으로 갔다. 커튼을 걷어 바깥을 보았다. 정복을 입은 경찰이 차량을 통제하고 있었다. 나무며 공기며 생명을 유지하려는 모든 것들은 생명의 기운을 내려 주는 아침을 맞이하려고 분주했다.

똑똑. 문기화가 고개를 빼꼼 내밀었다.

"벌써, 일어나셨네요."

"아니, 문변. 아침 일찍 여긴 어쩐 일이야."

"강 변리사님. 너무 힘드실까 봐 교대하러 왔어요. 손문 씨가 변리사님 여기에 계시다고 알려 줘서……."

서울에서 두 시간 이상 걸리는 곳인데 아침 일찍 여길 도착하려면 새벽에 출발했다는 뜻이다. 강민호는 문기화의 세심한 배려와 마음 씀씀이에 가슴 한편이 뭉클해졌다.

"어서 들어와. 그럼 나도 덕분에 세수를 좀 해야겠네."

"여기, 세면도구랑 속옷."

문기화가 작은 가방을 내밀었다.

"엉? 이건 또 뭐야? 이거 다 내가 쓰던 건데?"

"네. 사모님이 잘 계시는지 확인해 달라고 하시며 이걸 챙겨 주셨어요. 집이랑 아이들 걱정은 하지 말고 몸만 잘 챙기시라고 전해 달랬고요."

강민호는 눈시울이 뜨거워졌다. 너무 많은 일들이 동시에 터지면서 집안일은 전혀 신경 쓰지 못한 게 떠올랐다. 아내가 얼마나 걱정을 많이 하고 있을지 생각하니 미안한 마음에 눈물이 앞을 가렸다.

'여보, 미안해. 조금만 더 기다려 줘. 얼른 호성이 죽인 범인 잡고 자기에게 갈게. 그리고 고마워. 사랑해.'

강민호는 아내에게 오랜만에 문자를 보냈다. 전화를 걸까 생각했지만 아이들 때문에 늦잠을 잘 거라는 생각이 들었다.

회사일이 많이 밀려 일단 서울로 올라가야 할 것 같았다.

"문변, 나는 일단 사무실로 갈 테니까 무슨 일 생기면 즉
각 알려 줘."

강민호는 간단하게 씻은 뒤 손문과 문기화에게 선우혜민을
부탁하고 병원을 나섰다.

* * *

김태근은 두 번씩이나 눈앞에서 장문수를 놓친 게 너무 아
쉬웠다. 한수산이 중간에 나타날 줄은 생각지도 못했다. 두
사람이 동시에 송호성이 가진 어떤 자료를 쫓는 게 확실했
다. 문제는 송호성을 죽인 범인과 자료를 쫓는 두 사람이 동
일인인가 하는 것이었다. 두 사람 모두 살인 사건이 벌어진
당일 사건 현장 근처에 있었다. 시간 차이는 있으나 두 사람
모두 송호성과 같은 날 같은 저녁 시간대에 동일한 장소에
머물렀던 것은 틀림없는 사실이었다. 다만 장문수는 국방부
소속 홍노희와 함께 먼저 들어갔기 때문에 한수산보다는 조
금 옆으로 비켜 서 있는 셈이다. 하지만 지금 사태를 보면
서로 엮이지 않은 사람이 아무도 없지 않은가. 장문수, 선우
혜민, 한수산, 홍노희 모두가 서로 먹고 먹히는 먹이사슬처
럼 맞물려 있었다.

홍노희는 비밀 식당에서 장문수를 만난 것은 시인했지만 몇 시에 헤어졌는지는 기억이 나지 않는다고 했다. 술에 많이 취해서 어떻게 집으로 돌아갔는지도 모르겠다고 했다. 대한민국에서 엄청난 면책 특권을 자랑하는 국회의원을 용의자로 조사하는 것은 거의 불가능한 일이다.

우리나라에서만 유독 막강한 권력이 주어져 있는 국회의원의 면책 특권과 불체포 특권은 국회의원의 신분을 안전하게 보장하여 국가를 위한 정치와 입법 활동을 자유롭게 할 수 있도록 해주기 위함인데 대부분은 개인적인 범죄 사실을 숨기기 위해 악용되곤 했다.

지금도 홍노희는 참고인 신분으로 와 거드름을 피우며 조사를 받았다. 눈을 희번덕거리며 내가 누군지 아느냐는 오만 불손한 태도로 일관했다. 김태근은 그를 당장 패주고 싶은 마음을 억누르며 최대한 예를 갖추어 존칭을 썼다.

"의원님, 저희가 조사하던 과정에서 이게 입수되었습니다."

김태근이 내민 종이에는 한수산이 홍노희에게 거액을 입금한 내역이 찍혀 있었다. 깜짝 놀란 홍노희는 거들먹거리며 흔들던 다리를 밑으로 내렸다. 그는 한수산에게 돈을 받고 명성기업이 국방부 벤처 기업으로 등록되도록 힘을 써 주었다고 실토했다. 명성기업은 국방부 벤처 기업에 등록되고 나서 훈련용 탄환을 공급하는 대기업의 협력 기업으로 인정되어 전량 물량을 떠맡았다.

"아니, 이게 뇌물로 받은 건 아냐. 그 돈은 내가 좀 도와줬더니 고맙다고 인사차 보낸 거라고. 그리고 명성기업은 원래부터 그런 기술력이 있는 회사였어. 자격이 안 되는 걸 억지로 만든 게 아니고 나는 명성기업이 좋은 회사여서 국방위원으로서 국방부에 단순히 추천한 것뿐이라니까."

홍노희는 여전히 사태를 정확히 파악하지 못하고 있었다.

"의원님. 이 자료는 국방부에서 공개 입찰하면서 두 기업을 평가한 보고서입니다. 여길 보면 명성기업은 다른 기업들보다 점수가 낮았습니다. 폭발력, 내구성 등 모든 항목에서 경쟁 기업이었던 에이스테크에 밀렸지요. 그런데 의원님 통장에 돈이 입금되고 나서 이틀 뒤에 새로운 보고서가 발행되었는데, 그때는 명성기업이 에이스테크보다 우수한 것으로 바뀌어 있었습니다. 물론 이때 보고서에는 국방위원회 소속인 의원님 사인도 들어가 있었고요."

김태근은 홍노희가 알아듣기 쉽도록 자세히 설명했다.

"알아보니 에이스테크 대표도 의원님에게 전화를 했더라고요. 그런데 아마 의원님이 원하는 수준의 돈을 주지 않았나 보죠. 명성기업은 하루에도 세 번씩 의원님과 통화를 했고요. 의원님은 송호성 변리사가 피살된 사건 당일, 사건 현장에 있었습니다. 송호성 변리사는 명성기업에게 밀려났던 에

이스테크 대리인이었습니다. 알고 있었겠죠. 에이스테크는 새로운 기술을 개발하고 있었고 특허 대리인인 송호성 변리사에게 기술을 설명해 주었을 테고요. 새로운 기술이 등록될 경우 명성기업의 미래가 불확실할 것을 홍 의원님은 명성기업 한수산과 짜고 송호성을 죽임으로써 새로운 기술이 세상에 나오는 걸 막으려고 했던 겁니다.”

“무, 무슨 소리를 하는 거야. 나는 아는 게 없어. 나는 그날 송호성이 거기에 있었다는 사실도 몰랐단 말이야.”

홍노희의 얼굴이 하얗게 질렸다. 동공은 커졌으며 호흡은 불안정하게 거칠어졌다. 비대해진 몸을 뒤척이며 화와 분노와 수치와 절망을 삭히지 못해 푹푹 대던 그는 결국 자기 통제를 잃고 말았다. 얼굴은 대머리가 되기 직전인 높다란 이마 위까지 빨갛게 붉어졌다. 거물이 되기는 틀린 인물이었다. 그저 의원 활동을 하는 동안 자신의 지위와 위치를 최대한 활용해 흰 돈이든 검은 돈이든 가리지 않고 돈을 챙겨 4년 뒤 떠나려는 메뚜기 의원에 불과했다.

“그럼 말씀해 보시죠. 그날 왜 장문수를 만난 겁니까? 거기서 무슨 말을 했습니까?”

“물, 물 좀.”

홍노희는 손을 벌벌 떨면서 물을 마셨다. 그러고도 그는 한참 동안 멍하니 앞만 바라보고 있었다.

* * *

　최인호는 동생 최인성과 함께 모든 문제를 원점에서 다시 검토해 보기로 했다.

　"범인은 항상 범죄 현장에 단서를 남기지. 그런데 이번 사건에서는 전혀 단서가 나온 게 없어. 우리가 놓치고 있는 게 뭘까?"

　"범인에 대한 고정관념이 아닐까? 지금까지 한수산이나 장문수 등 우리가 생각할 수 있는 범위에서만 범인을 찾아봤잖아."

　"맞아. 우리가 생각하지 못하고 있는 범위에서 범인은 우릴 농락하고 있어. 사람은 자기가 보고 싶어 하는 것만 보지. 어쩌면 범인처럼 보이는 사람들만 찾으려고 하다 보니 CCTV에서 찾지 못한 것일 수 있어."

　"형, 나도 그 얘긴 들었어. 형이 군에 가고 나니까 온 길거리에 군인들만 가득 보이더라고. 그 전에는 군인들이 눈에 안 들어왔었거든. 그러고 보니 생각나네. 하버드대학에서 실험한 고릴라 동영상 있잖아. 동영상을 보는 사람들에게 흰옷 입은 팀이 패스하는 농구공 개수를 세어 보라고 하는데 중간에 엄청나게 큰 고릴라가 지나가고. 하하. 그런데 50퍼센트의 사람들은 그걸 못 본대. 농구공만 쫓다 보면 아무리 크고 시커먼 고릴라가 지나가도 못 본다는 거야. 자기 눈으로 보고도 믿지 못하지. 형, 사실 나도 그 동영상을 봤는데 솔직히 고릴라를 보지 못한 50퍼센트에 속했어. 나중에 고릴라를 보여 주던데 얼마나 크던지, 어떻게 저 큰 고릴라가 지나가는데 보지 못할 수 있을까. 그때 받은 충격은 말로 설명할 수 없어.”

“그러니까 인간은 자기가 보고 싶은 것만을 보고, 그것을 진실이라고 믿는다는 거야. 그리고 그 실험을 설명한 책에는 아주 놀랄 만한 경찰 이야기가 나와. 몇 명의 경찰들이 범인을 쫓으려고 담을 넘어갔는데, 사실은 첫 번째로 달려간 흑인 경찰을 뒤늦게 도착한 다른 경찰들이 범인으로 착각하고 담 바로 옆 공터에서 무차별 폭행을 가했어. 그리고 그런 중에 세 번째로 도착한 경찰들이 범인을 쫓아 담을 넘어갔고. 근데 놀라운 것은 그들이 바로 옆에서 벌어진 폭행을 전혀 인지하지 못했다는 거야. 그리고 그들은 법정에서 만약 진짜 바로 옆에서 그런 일이 벌어졌다면 절대 자기가 모를 수 없다고 장담을 했다는 거지. 그래서 결국 동료 흑인 경찰은 폭행을 당했지만 가해자는 아무도 없는 상태에서 경찰직을 그만두고 말았대.”

“나도 얼핏 들은 거 같아. 사람의 인지는 자기가 원하는 것만 골라서 조작한다는 거지? 그렇다면 우리는 모든 걸 내려놓고 처음부터 다시 생각하고 모든 가능성을 검토해 봐야 하는 거야. 사실 지금까지 무수히 본 동영상이지만 사건 당일 CCTV를 다시 한 번 차근차근 보자."

최인호는 사건 당일 CCTV 자료를 노트북에 연결해 다시 돌렸다. 한 사람이라도 놓치지 않으려고 넓은 시야에서 보려고 노력했다. 대신 이번에는 서로의 동선이 드러나도록 도로의 위치를 감안해 화면을 4등분으로 나누어 각각의 위치를 동시에 볼 수 있도록 하였다.

"앗, 저 사람."

최인성이 화면을 중지시키고 옆의 CCTV를 움직였다. 외국인으로 보이는 두 사람이 저녁 9시경 식당 쪽으로 가다가 화면에서 사라졌다. 그리고 더 이상 나타나지 않다가 밤 12시가 넘어서 다시 반대편 도로로 사라지는 것이 카메라에 잡혔다. 그들은 키가 컸고 골격이 장대했다. CCTV에 많은 외국인이 잡혔지만 일정 시간이 지난 뒤 다시 모습을 드러낸 사람은 이 둘이 유일했다. 최인성은 즉시 얼굴 복원 프로그램을 가동시켜 얼굴의 선명도를 높였다. 최인호는 사진을 들고 공항 데이터베이스를 가동하여 일일이 얼굴 대조작업을 벌였다.

최인성은 갑자기 생각이 난 듯 송호성 아파트에서 발견된 미상의 두 지문을 공항 데이터베이스에 연결하여 검색했다. 경찰 데이터베이스에서는 찾아내지 못했지만 두 지문의 주인공이 인천공항으로 입국했다면 공항 데이터베이스에 지문을 등록했을 터였다. 두 사람은 송호성 피살 사건 일주일 전에 공항을 통해 이스라엘에서 한국으로 들어왔으며 아직 한국에 머물고 있다는 사실을 알아냈다. 최인호는 즉시 김태근 반장에게 두 사람의 신원을 알렸다. 두 사람 중 한 명의 지문이 아파트에서 발견된 지문과 일치했다. 하지만 그들이 지금 어디에서 무얼 하고 있는지 확인할 수 있는 방법은 없었다.

이들은 이번 사건과 어떤 관련이 있을까. 갑자기 나타난 외국인 두 명으로 인해 수사팀 내부 분위기가 새로운 가능성으로 술렁거렸다. 일단 피살자 아파트를 침입한 직접적인 인물이라는 점에서 한수산이나 장문수와 어떤 연결고리가 있을 것 같았다. 만약 한수산이나 장문수가 깃털이라면 이들 외국인이 지금까지 드러나지 않았던 몸통일 수 있었다. 피해자의 집에서 발견한 지문의 주인공을 발견한 것은 대단한 진전이었다. 사건 해결은 새로운 방향으로 흘러갈 수 있었다.

* * *

"어, 여기가 어디지?"

아침 늦게 정신을 차린 선우혜민은 자신을 빤히 쳐다보고 있는 손문을 발견하고 깜짝 놀랐다.

"어, 대표님. 깨어나셨네요. 몸은 괜찮으신가요?"

손문은 활짝 웃으며 물 한 잔을 떠다 주었다.

"밤새 여기 계셨던 거예요?"

선우혜민은 몸을 일으키며 물었다.

"네. 저 혼자는 아니었고 강민호 변리사님이랑 같이 있었어요. 강 변리사님은 아침에 문기화 변리사랑 교대하고 올라가셨어요."

"네? 문기화 변리사도 왔어요? 세상에 저 한 사람 때문에……."

선우혜민은 미안해서 어쩔 줄을 몰라 했다.

"아, 일어났군요."

문기화가 목에 수건을 걸치고 들어왔다.

"참, 저기 아침 식사 있어요. 변리사님 식사하실 수 있죠?"

손문이 침상 위에 간이 테이블을 올리고 테이블에 있던 식사를 가져와 아침을 준비했다.

"변리사님 식사하시라 하고 우리도 어디 나가서 잠깐 아침 해장하고 올까요? 손 대리님, 고생 많이 하셨는데 아침은 제가 쏠게요."

"그거 좋죠. 잠을 제대로 못 잤더니 온몸이 찌뿌둥하네요."

"그러세요. 저 때문에 다들 고생이신데. 문 변리사님, 손 대리님 맛있는 걸로 대접해 주세요. 저희 사무소 보배랍니다."

"네. 잘 알아 모시겠습니다. 화학 담당자니 편애를 하겠다 그거죠? 흐흐."

"에이. 민망하게 왜 이러십니까."

손문의 얼굴이 빨개졌다.

식사를 마친 일행은 병원에서 경찰서로 간 다음 간단히 조사를 마친 뒤 서울로 올라왔다. 감당할 수 없는 시련 속에 있지만, 그녀는 너무 많은 사람들의 도움을 받고 있다는 사실에 새삼 가슴이 뭉클해졌다. 이래서 사람은 사회적 동물이라고 하나 보다. 만약 이 모든 일을 겪는 동안 아무도 도와주지 않았다면 1초도 견디지 못하고 절망의 나락으로 떨어졌으리라.

선우혜민은 서울로 가는 도중 최인호의 전화를 받고 강남 경찰서에 내려달라고 부탁을 했다. 회의실에는 강민호 변리사가 이미 도착해 있었다. 김태근은 사안의 중요성을 감안하여 최인호와 최인성 그리고 박형택까지 모두 불러 모았다.

몇 가지 새로운 사실과 몇 가지 새로운 의문들이 있었다. 먼저 풀어야 할 의문은 장문수와 한수산이 그렇게 뺏으려고 하는 자료가 도대체 어떤 자료냐 하는 것이었다. 그 자료가 송호성을 죽음에 이르게 한 결정적인 이유가 될 수 있는지에 대한 확인이 필요했다.

선우혜민은 머뭇거렸다. 특허의 비밀 보장과 살인범을 잡기 위한 수사 협조의 저울 사이에서 어떻게 처신해야 할지 확신이 없었다. 하지만 이미 기술 정보는 장문수에게 넘어간 상태이지 않은가. 더 이상 머뭇거릴 수 없다고 판단한 그녀는 마음을 굳히고 자신이 알고 있는 사실을 털어놓기로 했다. 단, 기업과 기술에 대한 절대 비밀을 보장한다는 약속이 먼저 있어야 했다.

"사실, 기업에서는 특허 기술이 생명줄과 같습니다. 특허 대리 위임을 할 때 특허사무소는 비밀 유지에 대한 계약을 함께 하죠. 이번 경우는 살인 사건이라는 특수한 상황인 만큼 비밀 유지를 조건으로 기술 내용을 말씀드리겠습니다."

"그 점은 염려하지 않아도 됩니다. 저희 경찰 역시 비밀과 보안은 생명과 같습니다."

김태근은 선우혜민을 안심시켰다.

선우혜민은 회의에 참여한 모든 사람들에게 개인적으로 보안 유지 약속을 받고서 입을 열었다.

증오의 무게는
누구도 잴 수 없다.

선우혜민은 그녀가 A기업의 특허 출원 작업에 참여하게
된 경위, 자신의 논문과 A기업의 특허 기술 내용, 그리고 노
트북에 담긴 기밀 자료가 어떤 기술에 관한 내용들인지 설명
했다.

지금까지 폭발 기술은 명성기업이 보유한 특허 기술이 가
장 일반적인 것으로 대부분 지르코늄을 이용한 방식이나, A
기업의 기술은 하프늄이라는 새로운 물질을 이용한 폭발 기
술로 폭발의 패러다임을 바꾸는 획기적인 것이었다. A기업이
기초적으로 개발한 기술은 자연 속에 포함되어 있는 지르코
늄에서 하프늄을 분리해 내고, 이를 폭발시키는 기본적인 기
술이며, 여기에 선우혜민이 가세하여 확장한 기술은 터널과
같이 밀폐된 공간을 설계하고 하프늄의 양을 조절하여 터널

이나 파이프 등을 통해 원하는 곳으로 하프늄 장약을 이송하여 원하는 시간에 폭발이 일어나도록 제어하는 것이었다. 몇 가지 이론은 있었으나 세계 어디에서도 구현시키지 못했던 기술이었다. 특허업계에서는 이런 기술을 원천기술이라고 불렀다.

"조사한 바에 따르면 A기업은 에이스테크라는 기업으로 김은효 씨가 대표로 있습니다. 홍노희 의원의 진술에 따르면 에이스테크는 명성기업과 경쟁 관계에 있었으나 로비에서 밀려 국방부 납품에 떨어졌습니다. 로비가 아니라 뇌물이었죠. 국방부 보고서에 따르면 1차 기술력 검사에서는 에이스테크가 월등히 점수가 높은 것으로 나타났으나 갑자기 2차 보고서를 만들어 국내 신용도라는 항목을 추가했고 여기에 가장 높은 비중을 두는 바람에 결국 에이스테크 대신 명성기업이 국방부 납품 업체로 선정되었습니다."

"아니, 기술이 뛰어난데 왜 명성기업에 밀린 거지?"

다른 조사로 사건 전반을 이해하지 못한 박형택 형사가 물었다.

"아니, 그걸 몰라서 묻는 건 아니겠죠? 한수산이 홍노희에게 뇌물을 먹였잖아요. 홍노희는 국방위원회 소속이고. 장문수도 국정원 안에서 국방부 담당이어서 서로 죽이 잘 맞았을 겁니다. 둘 다 돈이라면 환장을 하는 족속들이죠. 에이스테크는 결국 미국 기업인 터널 유에스에이와 MOU를 체결하고 미국 터널 공사와 군사용 탄환 제조를 납품하며 미국 시장에 진출했습니다. 에이스테크의 기술이 얼마나 뛰어난지 몇 번이나 국방 잡지 월간 Defence에 소개됐더라고요. 한국은 멍청하게 뇌물 받아 먹으며 나쁜 기술을 채택하고, 좋은 기술은 외국으로 일부러 보내는 거 같아요."

"좀 더 정리를 하면, 송호성 고객인 에이스테크와 제 고객, 아니 고객이라고 이름 붙일 수도 없는 놈, 한수산이 명성기업 대표로 서로 앙숙이었단 말이네요. 한수산은 그럼 일부러 저한테 접근했을 수도 있겠군요."

강민호가 이마를 찡그리며 말했다.

"아마 그렇게 생각하는 게 맞을 겁니다. 한수산은 김은효가 소나무 특허사무소 고객이라는 사실도 알고 있었고, 강 변리사님이 송호성과 친구라는 사실도 알고 있었을 겁니다."

김테근은 속이 타는지 연신 생수를 들이켰다.

"이때 새롭게 사실과 정보가 서로 연결된 게 있습니다. 잘 맞춰 보면 아귀가 맞을 것 같은데요. 일단 제가 간단하게 그림을 그려 보겠습니다."

최인성이 일어나 보드 판 앞으로 가 슥슥 도형을 몇 개 그렸다.

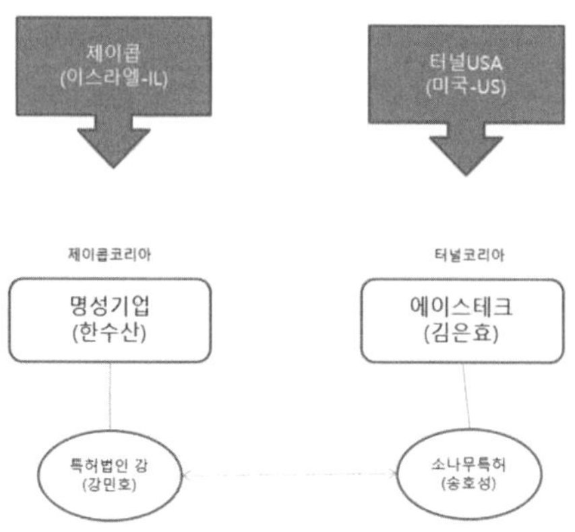

"현재까지 밝혀진 상호관계는 이렇게 나타납니다. 이스라엘 기업 제이콥과 미국 기업 터널 USA는 국방 시장을 놓고 서로 경쟁 관계에 있습니다. 이들은 각각 한국에서 제이콥은 명성기업과, 터널 USA는 에이스테크와 협력 또는 기술 주종 관계에 있습니다. 그리고 명성기업은 강민호 변리사에게, 에이스테크는 송호성 변리사에게 특허를 위임한 상태였죠. 현재는 선우혜민 변리사에게 위임된 걸로 알고 있습니다."

최인호가 말을 받아 이었다.

"그러니까 여기에서 지난번 퍼즐 조각 가운데 하나였던 에어러스 아이엘 AERUS-IL이라는 수상한 쪽지의 정체가 밝혀집니다."

최인호는 잠시 프로젝터를 연결하고 사진 하나를 띄웠다. 사진은 지난번 증거물의 하나로 제시되었으나 연관성을 찾지 못해 다들 잊고 있었던 영수증 메모 쪽지였다.

"이 영수증은 AER, US-IL로 나눠지는 게 확실합니다. 그렇다면 이스라엘 기업인 제이콥과 미국 기업인 터널 USA 와의 관계, 그러니까 제이콥과 터널 USA가 서로 특허 분쟁 중인 상태에서 이를 해결하기 위해 한수산이 송호성을 접촉 했다고 추정해 볼 수 있는 겁니다."

"잠깐, 어떻게 에어러스 아이엘이 AER, US-IL로 나눠진 다고 단언하지? 지난번에 변리사회 이경주 변리사를 만났을 때도 그런 가능성을 제기하더군. 그렇지만 그건 추정에 불과 하고 그렇게 생각할 근거가 아무 것도 없었잖아."

김태근 반장이 이의를 제기하고 나섰다. 그는 이미 이경주 로부터 US와 IL이 미국과 이스라엘일 것 같다는 얘기를 들 었지만 애써 무시해 왔던 상태였다. 그런데 다시 최인호가 그 부분을 얘기하자 지적을 하지 않을 수가 없었다.

"증거물을 잠시 대여해 왔습니다. 다시 한 번 직접 보시기 바랍니다. 시간이 너무 오래 지나서 확인하는 데 다소 어려 울 수 있으나, 발견된 초기에 찍어 놓은 사진과 함께 비교해 보면 좀 더 명확하게 알 수 있을 겁니다."

종이봉투를 꺼내 비닐에 들어 있는 영수증을 김태근 반장에게 건넨 최인호는 다시 프로젝터 화면을 보며 설명했다.

"여기 보시면 AER 옆에 물에 번져 희미해진 콤마 부호가 보일 겁니다. 이건 영수증을 그냥 보면 잘 보이지 않는데 사진을 이렇게 확대해 보면, 영수증 위에 머그컵 같은 걸 올려 놓아 동그란 원이 희미하게 번져간 걸 알 수 있습니다. 그러니까 원래는 AER, US-IL이라고 적었던 건데 그 영수증 위에 물기가 있는 머그컵을 얹어 놓아 콤마 표시가 물기 때문에 번져 희미해진 겁니다."

김태근은 비닐 속에 들어 있는 영수증을 형광등 불빛에 비춰 보고, 다시 확대된 화면을 보더니 고개를 끄덕거렸다.

"자네가 정확하게 분석했군. 맞아. 이 쪽지는 AER, US-IL이야. 그때 이경주 변리사가 AER이 뭔지 한참 설명해 줬는데 너무 어려워서 이해를 못 하겠더라고. AER은 특허 용어니까 그렇다 치고 그렇다면 결국 US인 미국과 IL인 이스라엘이 남는데, 명성기업과 에이스테크의 두 협력 기업이 각각 이스라엘 기업과 미국 기업이니 퍼즐은 딱 들어맞는 셈이군."

"맞습니다. 만약 이 쪽지가 사건 당일 비밀 식당에서 송호성과 한수산이 만나 적은 것이라면, 이번 사건에 이스라엘과 미국이 개입되어 있을 가능성이 큽니다. 지난번에 저희가 국내에서 특허 소송 중인 외국 기업의 한국 자회사를 조사했을 때 나왔던 제이콥과 터널 USA가 가장 유력합니다. 여기 도형에서처럼 서로의 관계가 딱 들어맞습니다."

최인성이 보드 판에서 제이콥과 터널 USA에 동그라미를 치며 말을 이었다.

"그래서 국내에서 특허 소송 자료를 받아 조사했는데 이스라엘에 본사를 둔 제이콥과 미국에 본사를 둔 터널 USA가 한국에서 한국 지사를 통해 서로 소송 중이었던 겁니다. 제이콥과 터널 USA는 군사용 폭발물 시장에서 매우 치열하게 경쟁하는 기업들입니다. 그런데 제이콥 코리아 대표는 명성기업의 한수산이고, 터널 USA의 한국 지사인 터널 코리아 대표는 에이스테크의 김은효입니다."

"그러니까 이스라엘과 미국의 두 기업이 폭발물 군사 장치 시장을 두고 한국에서 특허 분쟁 중이다. 그런데 명성기업 대표는 이스라엘 한국 지사 대표고, 에이스테크 대표는 미국 기업의 한국 지사 대표라는 말이지. 그리고 명성기업은 홍노희에게 로비를 해서 납품권을 따냈고, 에이스테크는 밀려나 미국과 거래를 했다. 그 와중에 에이스테크가 하프늄이라는 새로운 기술을 적용해 특허를 냈고 그 모든 기술 자료가 송호성에게 있었다."

김태근이 하나씩 사실을 나열하며 정보를 이어 붙였다.

"그런데 빠진 게 있어요."

모든 얘기를 가만히 듣고 있던 선우혜민이 손을 들고 말했다. 모든 시선이 선우혜민에게로 향했다. 그녀는 아직 푸른 멍이 군데군데 얼굴을 점령하고 있어 과히 좋은 상태로 보이지는 않았다.

"뭐가 빠졌다는 거죠?"

김태근이 물었다.

"강 변리사님과 저를 끈질기게 힘들게 한 두 사람. 노트북을 차지하기 위해 서로 싸움을 벌인 장문수와 한수산요. 두 사람이 여기 도형에 빠져 있어요. 두 사람은 어떻게 설명해야 되죠? 아, 한수산은 명성기업에 나와 있군요. 그렇다면 장문수요. 이름만 들어도 경기를 일으키게 하는 이 사람은 도대체 뭘까요? 이 사람은 송 변리사님과 저를 이번 사건과 다른 사건으로 괴롭혀 왔거든요. 근데 갑자기 나타나 노트북을 가져가 버렸어요. 이해가 안 되네요."

선우혜민이 보드 판을 빤히 쳐다보며 말했다.

"맞습니다. 그럼 여기 중간쯤에 장문수를 넣어 보겠습니다. 장문수는 국정원 소속이었고 현재 이 사건을 국정원에서 넘기라고 하고 있으니까 개인 자격이 아닌 국정원 소속임을 하나의 정보로 같이 표시하겠습니다. 그리고 선우혜민 변리사님도요."

최인성은 다시 도형에다 두 사람을 추가했다.

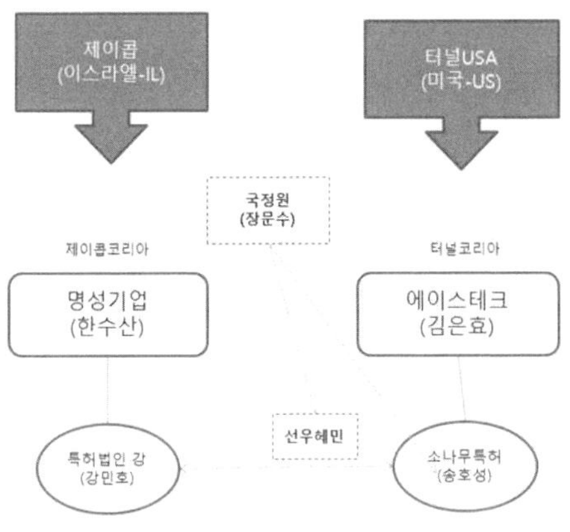

"일단 실험실 사건은 이번 살인 사건과 크게 관련은 없어
보입니다만 장문수는 두 사람을 괴롭혀 왔고 이전부터 알고
있던 상태였습니다. 그런데 왜 노트북을 가져갔느냐가 결국
가장 큰 의문점으로 남습니다. 이 부분에 대해 혹시 알고 있
는 정보가 있나요?"

최인성은 두 사람 앞으로 빨간 선을 연결시키고는 보드펜
으로 두 사람 이름을 톡톡 쳤다.

보드 판을 한참 쳐다보던 박형택이 입을 열었다.

"그림으로 그리니까 좀 더 명확해지네요. 일단 노트북을
가져간 게 이번 살인 사건과 관련이 있느냐 하는 점을 생각
해 봐야 하고요. 살인 사건과 관련된 거라면, 누가 살인범일

까 하는 부분을 생각해 봐야 합니다. 도형 상으로는 딱히 살인 동기를 가진 사람이 드러나지 않습니다. 누굴까요?”

“제가 한수산과 장문수에게 두 번씩이나 밧줄로 묶이면서 송호성을 죽였냐고 물어봤습니다. 명확하게는 대답하지 않았지만 둘 다 자기가 죽인 건 아니라고 하면서도, 죽을 짓을 했다고 하더란 말입니다. 사실 한수산은 저와 호성이에게 개인적인 감정이 있었습니다. 저는 몰랐는데 한수산 부친이 저희 고등학교 과학 선생님이셨습니다. 특히 저한테는 은사와 다름없는 분이었습니다. 근데 선생님이 집에 가서는 저희 두 사람과 비교하며 아들인 한수산을 힘들게 했나 보더라고요. 그래서 한수산은 저와 호성이에게 증오의 감정을 가지고 있었습니다.”

강민호가 한수산에게 들었던 이야기의 일부를 털어놓았다. 깜짝 놀란 형사들은 그 부분을 좀 더 자세하게 설명해 달라고 했고, 강민호는 다시 암산 대회부터 선생님에게 꽃을 받은 사건 등을 한수산에게 들은 대로 이야기했다.

수사본부는 다시 시끄러워졌다. 이런 정도라면 충분한 살인 동기가 되지 않느냐는 것이 중론이었다. 하지만 한수산은 현재 의식을 잃고 있어 대화를 할 수가 없었다. 그리고 증거물도 없었다. 어쨌든 노트북에 얽힌 장문수와의 관계를 풀지 않고는 명쾌하게 단언을 내릴 수가 없었다.

사진은

찍는 즉시 과거가 된다.

갑자기 생각난 듯 김태근이 자리에서 벌떡 일어나 특허 소
송이 벌어진 법정 내 참관자들의 사진을 확보해 달라고 요청
했다.

"가만히 생각해 봤는데, 아마 특허 소송 참관자들 가운데
앞서 찾아낸 이스라엘 사람이 있을 가능성이 높아. 만약 그
렇다면 이건 매우 조심스런 추리지만, 어쩌면 새롭게 지문이
발견된 외국인이 범인일 가능성도 있어. 증거는 없지만 그렇
게 추리가 가능해."

"아니 어떻게요? 한수산이 아니라 이스라엘 사람이 범인이
라고요?"

최인호가 깜짝 놀라 물었다. 밝혀진 지문과 공항 데이터베
이스를 이용해 두 사람이 이스라엘인이라는 것을 밝혀내긴

했지만 그들이 살인범일 거라고는 전혀 생각하지 않고 있었다. 현재까지의 정황으로는 한수산이 가장 유력한 범인일 수밖에 없었다. 그가 중태에 빠져 있으니 사실 그냥 정황 증거들을 가지고 그를 범인으로 몰아가도 별 문제는 없어 보였다. 조금 찜찜하긴 해도 수사는 마무리할 수 있을 것이었다.

"그들이 범인이라는 얘기가 아니야. 그럴 가능성이 있다는 말이지. 경찰은 0.1퍼센트의 가능성이라도 보이면 그걸 버려선 안 돼. 아직 정확한 건 아니니까 말을 아껴야겠지. 특허 소송에 참관한 사람들을 보면 좀 더 분명해질 거야."

김태근은 말을 아꼈지만 뭔가 짚이는 게 있는 듯했다.

잠시 뒤 특허 소송에 참관한 사람들의 사진이 도착했다. 사진을 꺼내 보던 김태근은 "역시 맞았어!" 하면서 탄성을 내질렀다. 사람들이 사진 앞으로 몰려들었다. "자자, 내 앞으로 오지 말고." 하면서 김태근은 사진을 책상 위에 펼쳐 놓았다. 사람들이 사진을 보며 한 마디씩 주고받을 때 김태근은 변리사회에 전화를 걸었다. 몇 마디 주고받은 뒤 사진 앞으로 다가왔다.

"내 예상대로야. 여기 보이지? 참관인으로 앉아 있는 사람 중에 여기, 여기 두 사람이 이스라엘 사람이야. 그리고 여기 이 사람. 맞지? 이 사람이 송호성 변리사야."

김태근은 변호사 바로 뒤에 바짝 붙어 있는 한 사람을 가리켰다. 송호성은 변호사 바로 뒤에 참관인 자격으로 앉아 있었는데, 변호사와 긴밀한 대화를 주고받는 것처럼 귀를 가까이 대고 있었다. 송호성 옆에는 커다란 백팩이 입을 벌린 채 놓여 있었다.

"송호성 변리사는 이 특허 소송에서 변호사와 같이 공동 대응을 하고 있었어. 방금 확인해 본 결과 특허 침해 소송인 경우 변리사가 소송대리를 하지 못하기 때문에 변호사가 기본적으로 참여한다고 하는군. 꾸준히 법 개정을 요구하고 있는데 잘 안 되나 봐. 결국 변호사는 이공계 출신이 아니기 때문에 기술적인 부분은 잘 모르고, 때문에 대부분 사건의 기술적인 부분은 변리사에게 의존할 수밖에 없는 상황이라고 해. 그런데 알려진 바와 같이 송호성 변리사는 천재 변리사로 소문이 나 있었어. 국내든 해외든 특허 소송에서 진 적이 없지. 아무도 그와 상대하려고 하지 않아. 변호사는 앵무새에 불과해. 그들은 공학 출신이 아니기 때문에 기술의 차이를 명확히 설명할 수 없거든. 아마 이스라엘 기업에서도 송호성 변리사에 대한 정보는 가지고 있었을 거야. 송호성과 대결해서는 이길 수가 없다는 것도 알고 있었고. 그렇지만 소송에 패소해 한국 시장에서 물러나게 되면 기업 입장에서는 손실이 너무 크겠지. 이스라엘 기업 입장에서는 어떻게든 한국 시장에서 살아남으려고 했을 거야. 그들이 이길 수 있는 방법은 단 한 가지야. 송호성이 아예 소송에 참여하지 못하도록 하는 거. 이 정도면 살인 동기로 충분하지 않나?"

탄성이 터져 나왔다. 역시 반장은 반장이었다. 그의 새로운 추리는 가정이라는 단서를 달고 있었지만 지금까지 나온 상당수의 의문을 한꺼번에 해결해 주었다.

"그래도 이상해요."

선우혜민이 다시 목소리를 높였다.

"이스라엘 사람 것으로 밝혀진 지문은 송 변리사님 집에서 채취되었으니까 두 사람이 직접 송 변리사님 아파트에 침입해 노트북을 훔치려고 시도했다고 볼 수 있어요. 그러니까 두 사람은 살인 동기 외에 노트북에 대한 동기도 있다고 봐야겠죠. 왜냐하면 아파트 침입은 송 변리사님이 죽고 나서 이루어진 일이니까요. 그리고 그때 노트북은 이미 제가 다른 곳에 숨겨 놓은 상태였기 때문에 그들은 아무것도 가져가지 못했어요. 그리고 그 뒤부터 한수산과 장문수가 노트북을 쫓기 시작했어요. 이 부분은 어떻게 설명할 수 있을까요?"

"맞아. 마지막 남은 퍼즐이 그거야. 외국인이 살인범이라면 한수산과 장문수는 왜 튀어나오느냐는 거지. 첫 번째 가정은 제이콥이라는 이스라엘 기업의 사람들이 송호성을 죽이고 노트북을 탈취하려고 했다. 두 번째 가정은 한수산이 송호성을 죽이고 노트북을 탈취하려고 했다. 세 번째 가정은 장문수가 송호성을 죽이고 노트북을 탈취하려고 했다. 이 세 가지 가정 중에 하나가 답일 것 같은데, 이 퍼즐을 맞출 조각이 현재는 없어."

김태근이 고개를 끄덕이며 말했다.

그때였다.

"잠깐만요. 장문수가 USB를 연결했어요. 위치가……."

최인성이 노트북을 열자 지도 위에 빨간 화살표가 깜박거리기 시작했다.

"가산 디지털 단지 부근이에요."

최인성이 소리쳤다.

"박 형사. 준비해. 이번에는 반드시 잡아야 해."

김태근은 박형택과 지도에 나타난 장소로 먼저 출발했다. 최인성은 뒤따라가면서 컨트롤 타워를 맡아 혹시 USB 위치가 이동하는지를 알려 주기로 했다. 선우혜민은 아직 몸 상태가 좋지 않고 혹시니 모를 위험에 대비하기 위해 최인호가 보호하기로 했다. 최인성이 차를 타고 막 출발하려고 할 때 강민호가 잽싸게 올라탔다.

"앗, 위험합니다. 남아서 소식을 기다려 주세요."

최인성은 깜짝 놀라 소리쳤다.

"좀이 쑤셔서 기다릴 수가 없네요. 아마 제가 도움이 될 겁니다."

강민호는 한쪽 눈을 찡긋하고는 안전벨트를 채웠다.

"노트북 주시죠. 제가 실시간으로 알려 드리겠습니다."

최인성은 하는 수 없다는 듯이 가속페달을 밟았다. 자동차는 곧 시내로 접어들었다.

* * *

장문수는 병원에서 간단히 치료를 받은 뒤 개인 사무실로 들어가 피터에게 전화를 걸었다. 피터는 기다렸다는 듯이 전화를 받았다.

"물건은?"

"돈은 준비됐나?"

"물론, 돈은 진작부터 주인을 기다리고 있지. 자료는 확실한가?"

"물론이지. 이번에는 내가 일일이 확인했어. 지금도 다시 한 번 확인하는 중이야."

장문수는 USB를 노트북에 연결하고 폴더를 하나하나 열어 내용을 확인했다.

"좋아. 그럼 내일 공항에서 기다리겠다. 물건은 4층 화장실. 정해진 곳에 두도록. 물건 확인되면 돈 위치를 알려 주겠다."

332

“오케이. 접수 완료.”

장문수는 전화를 끊고 정장 사내에게 말했다.

“여권이랑 다 준비됐나?”

“네. 내일 오후 3시 비행기입니다.”

“좋았어. 그럼 우리는 오늘 공항으로 먼저 가자. 미리 작업을 해 놓아야지.”

장문수는 사내와 함께 사무실을 나와 자동차를 타고 공항으로 이동했다.

“젠장. 차가 꼼짝을 안 하네요.”

박형택이 김태근을 보며 볼멘소리를 했다. 인상을 찡그리던 김태근은 금천 경찰서에 전화를 걸어 협조를 요청했다. 금천 경찰서에서는 즉시 인력을 보내 사태를 확인하고 연락을 주기로 했다.

길이 막혀 옴짝달싹 못하기는 최인성도 마찬가지였다.

“이, 신호가 사라졌어요.”

최인성은 울상을 지었다.

“녀석, 이제 자료는 다 본 모양이군요.”

강민호는 잠깐 생각하더니 어디론가 전화를 걸었다.

“어, 그래. 자네가 좀 확인해 봐. 우리 송변과 관련된 일이니까 꼭 도와줘. 그래. 나중에 크게 한턱 쏠게.”

“어디다 전화하신 건가요?”

“아. 가산 디지털 단지 쪽에도 특허사무소가 꽤 있거든요. 그래서 아는 동료에게 부탁을 좀 했습니다. 지도에 있던 한국 수출 산업 단지 B블럭이던가요. 거기 좀 확인해 달라고.”

평소라면 한 시간이면 갈 수 있던 곳이었는데 오늘은 두 시간이 훌쩍 지나서야 겨우 도착할 수 있었다. 인근 경찰서의 도움을 받았지만 그들은 정보가 너무 부정확해 구체적인 행동에 나설 수가 없었다. 김태근은 화살표 지역으로 갔지만 비슷한 사무실과 공장들이 가득 찬 도로 앞에서 힘이 쭉 빠져 버렸다.

최인성은 지도를 확대해 좀 더 근접한 곳을 확인했지만 사무실에는 아무도 없었다. 그는 CCTV를 확보하여 장문수와 사내 한 명이 이곳을 빠져나간 사실을 확인했다. 동료 변리사들은 알려 준 위치가 지상 주차장이었으며 아무것도 발견하지 못했다고 했다. 강민호는 그들에게 장문수의 사진을 보여 주었지만 한결같이 처음 보는 얼굴이라고 했다.

강남으로 돌아오는 길은 차가 더 막혔다. 짜증나는 더위에, 높은 습도에, 실패에 따른 스트레스로 모두 혀를 쭉 내밀고 있었다. 사건 이첩까지는 이제 이틀 남았는데 아무도 장문수가 어디로 갔는지. 이스라엘 사람들이 어디에 있는지 알 수 없었다. 장문수가 다시 USB를 노트북에 연결할 일도

없을 것 같았다. 게다가 한수산은 뒤늦게 깊은 잠에 취한 듯
했다. 그렇게 밤이 깊어 갔다. 고단한 하루가 억지로 밀려가
고 있었다.

빗방울은
틈으로 흐른다.

사건 이첩 2일 전 - 공항으로
"모든 게 장문수의 농간이었어. 그가 명성기업을 소개해
줬고 돈을 받을 수 있을 거라고 꼬드겼지. 난 반만 챙겼어.
반은 장문수가 소개비랍시고 홀랑 뜯어갔지. 교활한 놈. 그
날 정말 거기에 송호성 변리사가 있는 줄은 몰랐어. 그날 장
문수가 8시쯤에 만나자고 했거든. 그게 날 이렇게 망하게 할
줄은 꿈에도 몰랐어. 그래서 그날 장문수가 만나자고 할 때,
또 한 건이 터졌구나 생각했지. 그 식당은 은밀했고 돈거래
를 해도 문제가 되지 않는 곳이었어. 마음 놓고 돈을 주고받
았지. 물론 그런 비밀을 지켜 주는 조건으로 그만한 식당이
없었지. 한 끼 식사비가 백만 원을 한들, 오백만 원을 한들
그게 대순가, 거기서는 하룻밤에만 수십 억이 전자화폐처럼

슝슝 날아다니는데.”

홍노희의 시선이 허공에 잠시 머물렀다. 갈등하는 표정이 역력했다. 김태근은 묵묵히 기다렸다. 스스로 결정할 문제였다. 홍노희는 포기한 듯 눈을 내리깔고 한숨을 내쉬었다.

“마지막으로 한 건 크게 하고 손을 털자고 했어. 자기는 곧 외국으로 갈 거라며. 대신 내가 도와줄 일이 있다고 했지. 에이스테크가 신기술을 개발해 특허를 냈는데 이게 등록되면 큰일 난다고. 명성기업이 안전하게 계속 사업을 영위할 수 있고, 내가 계속 그 대가로 돈을 받으려면 에이스테크가 완전히 이 바닥에서 망해 버리도록 해야 한다고. 에이스테크가 회사 이름도 감추고 특허 출원을 진행했지만 우리도 안테나가 많거든. 국방부에 비공개 요청 특허로 해달라고 송호성 변리사가 보낸 문서를 나도 봤지. 장문수의 말도 일리는 있었어. 명성기업이 기술 이전을 받고 있는 이스라엘 기업에게 이 기술을 빼내어 팔면 이스라엘에서 더 좋게 개발해 명성기업에 이전할 거니까 결국 명성기업이 잘 해낼 거라고. 우리야 명성기업이 하든 에이스테크가 하든 상관없잖아. 어차피 대한민국 안에서는 거기서 거긴데 말이야. 게다가 우린 조금만 수고하면 수십 억이 생기니 그야말로 땅 짚고 헤엄치기였지. 에이스테크는 이미 한 번 미끄럼틀을 탔으니 한국에서 성공하긴 힘들어. 그렇다면 될 곳을 밀어주는 게 낫지.”

　김태근은 속에서 거룩한 분노가 올라오는 걸 느꼈다. 소위 국회의원이라는 자가 애국심은 둘째치고라도 이렇게 돈에만 눈이 멀어 있는 사람이었다니 기가 차서 말이 나오지 않았다.

　"의원님. 이게 얼마나 위험한 발상인지 아십니까? 이건 명백한 산업스파이 행위입니다. 그것도 외국으로 산업 기밀을 유출하는 거라고요. 잘못하면 국가 간 소송이 될 수도 있습니다. 어떻게 우리나라 기업이 애써 고생해서 개발한 기술을 돈 몇 푼 받고 다른 나라에 넘길 수가 있습니까! 돈이면 다 되는 겁니까!"

　"아니, 나는, 그냥, 결국 명성기업이 다시 기술 이전을 받으면 그게 그거라는 말에. 그리고 사실 그 돈이 몇 푼은 아니잖아."

　홍노희는 더 이상 말을 못 하고 얼버무렸다. 김태근은 홍노희의 변명을 들으면서 이상한 기분이 들었다. 홍노희의 말이 모두 사실이라면 장문수가 중앙 통제실처럼 명성기업도 홍노희에게 소개해 주고, 이스라엘 기업과도 장문수가 연이 닿아 홍노희에게 연결시켜 주었다는 얘기가 아닌가. 장문수가 국정원에서 국방부 업무를 담당하고 있지만 제이콥이라는 이스라엘 기업과 직접 연결이 되지는 않을 것이다. 홍노희가 자기 책임을 장문수에게 넘기고 있는 것이 보였다.

국가 정보원에 산업기밀 보호센터가 있었다는 걸 진작 알 아챘다면 문제를 더 쉽게 풀어갈 수 있었을지도 모른다. 국 정원에서 송호성 사건을 넘기라고 한 것을 좀 더 깊이 생각 해 봤어야 하는데 이런 멍청이 같으니라고. 김태근은 혼잣말 로 자책하며 자기 머리를 쥐어박았다.

국정원에서는 송호성 살인 사건에 국제 산업스파이 범죄가 엮여 있음을 진작 간파하고 넘기라 한 것이었는데 그저 높은 조직에서 사건을 빼앗아 간다는 감정적인 논리만 앞세운 게 문제였다. 김태근은 홍노희에 대한 신문을 다른 사람에게 맡 기고 사무실로 돌아왔다.

"반장님!"

최인성이 노크도 없이 문을 열고 들어왔다. 얼굴에 긴장한 빛이 역력했다.

"무슨 일이야?"

"어제 CCTV로 확인했던 피텨, 제이콤 두 명이 오늘 출국 할 것 같습니다. 혹시나 하고 출국자 명단을 확인했는데 오 늘 3시 비행기로 이스라엘 텔아비브에 예약되어 있었습니 다."

"뭐야? 지금 몇 시지?"

"10십니다."

"즉시 출동해. 총기 휴대하고. 가용할 수 있는 전 인원 동원하도록. 작전은 차 안에서 전달한다."

김태근은 총과 탄환을 확인했다.

"참, 혹시 출국자 명단에서 장문수 이름도 확인했나?"

"네. 장문수 이름도 검색했는데 출국자 명단에는 없었습니다."

"알았어. 즉시 출발하지. 녀석들이 오늘 장문수에게 물건을 받고 바로 도망갈 생각이로군. 그렇게는 안 되지."

김태근은 차 안에서 잠시 눈을 감고 생각에 잠겼다. 결국 문제의 데이터는 최종적으로 이스라엘 기업에서 가져가려는 것임이 분명했다. 이스라엘 기업은 어떻게 장문수와 연결되었을까? 그들은 지금까지 연결 고리를 전혀 찾을 수가 없었다.

그는 어제 최인성이 보드 판에 그린 도형들을 떠올리며 이리저리 선을 그어 보았다. 한수산이 제이콥과 연결되고, 한수산이 홍노희와 연결된다면, 제이콥과 홍노희도 모종의 거래가 가능할 것이다. 그는 돈만 밝히는 국방위 소속이니 한국에서 뭔가를 해주겠다는 식으로 말하고 리베이트를 받을 가능성이 있었다. 그리고 그 무언가가 바로 에이스테크의 새로운 특허 기술인 것이다.

만약 지금 추리대로라면 한수산과 장문수는 모두 홍노희의 지휘 아래 움직이고 있었던 것이다. 그렇다면 왜 한수산과 장문수가 동시에 움직였을까. 아냐. 동시에는 아니지. 순서를 살펴보면, 제이콥에서 먼저 시도했지만 구하지 못했어. 그래서 홍노희에게 부탁을 했고, 홍노희는 한수산에게 먼저 말했겠지. 근데 한수산이 일처리를 제대로 못했어. 그러자 장문수가 생각난 거야. 장문수는 두뇌 실험실에서도 원하는 결과를 얻지 못해 국정원에서 신임을 잃고 있었고, 도박에 빠져 늘 돈이 필요했으니까.

맞았어. 어제 그림에서는 더 중요한 핵심 인물이 빠져 있었던 거야. 바로 홍노희. 그는 머릿속으로 어제 그림을 수정해 다시 그려 보았다. 그렇다면 장문수가 왜 홍노희에게 물건을 전달하지 않고 제이콥과 직접 거래를 하고 있지? 맞아. 홍노희는 지금 붙잡혀 있잖아. 최종적으로 모든 사건이 정리되었다.

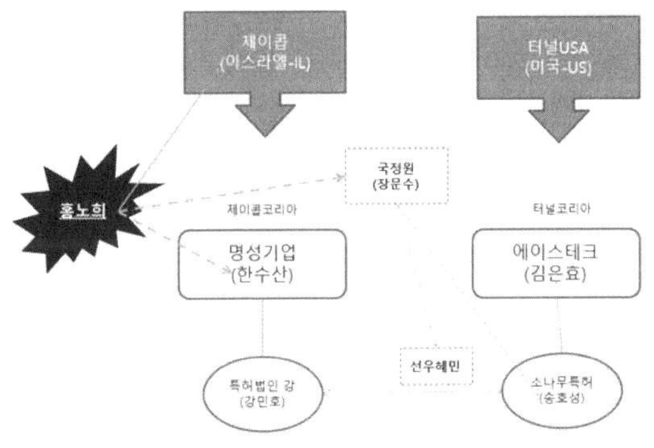

그러니까 이번 사건은 두 개의 사건이 비슷한 사람들에게 몰려 서로 섞여 버린 경우였다. 그래서 사건이 혼란스러워졌다. 그러니까 이번 사건은 송호성의 살인 사건과 노트북 탈취 사건을 두 개로 나누어서 수사를 해야 했다.

노트북 사건만 보면 지금은 장문수가 최종적으로 현물을 가지고 있고 이를 피턴지 제이콥인지 하는 이스라엘 사람들에게 넘기기 직전이다. 현장에서 이들을 체포하기만 하면 된다.

그런데 살인 사건을 보면 아직 많은 부분이 명확하지 않았다. 만약 이스라엘 사람들이 진짜 특허 소송 때문에 살인한 것이라면 그것으로 인해 실질적인 이득이 발생해야 한다. 그 부분은 앞으로 특허 소송이 어떻게 진행되는지 살펴보면 알 수 있을 것이다. 한수산의 경우 고등학생 시절 강민호와 송호성에게 원한을 품었다고는 하지만 그것이 성인이 된 지금에 와서 살인 동기로 발전하기에는 다소 억지스러움이 있었다.

장문수의 경우에는 국정원의 두뇌 재능 기부 실험이 하나의 변수가 될 수 있을 텐데, 선우혜민의 실험 거부로 그의 입지가 국정원에서 축소되었을 가능성은 예측이 되지만 그 정도를 가지고 송호성을 살인할 만큼 동기가 강해 보이지는 않았다.

결국 제이콥인가? 그렇다면 이스라엘 기업이 왜 노트북에 집착을 할까? 만약 그들이 에이스테크의 새로운 특허 기술을 알고 덤벼든 거라면, 어떻게 극비리에 진행되고 있는 에이스테크의 특허 출원 사실을 알았을까? 이 비밀을 알고 있는 누군가가 흘렸을 가능성이 있다.

그리고 진짜 이 두 사람이 그 살인범이라면, 이들은 특허 소송에서 암적인 존재인 송호성도 없애고, 그들이 가장 필요로 하는 산업기밀도 가져가고, 완벽한 임무수행이 될 것이다. 살인을 했는지에 대한 여부는 둘째치고 일단은 그들이 그냥 순순히 도망가지 못하도록 무조건 붙잡아야 했다.

김태근은 눈을 번쩍 떴다. 한국의 첨단 기술이 그렇게 허망하게 외국으로 빠져나가도록 둘 순 없었다. 이 범죄에 한국인들이 연루되어 있다는 사실이 가슴 아프긴 해도 당장 급한 건 물리적인 체포였다. 무조건 현장에서 잡아야 했다.

김태근은 공항경찰대 수사과장에게 전화를 걸었다. 경찰대장에게는 경찰서장이 이미 협조 전화를 넣어 놓은 상태였다.

"지금 한시가 급합니다. 용의자 사진을 찍어 보내 드릴 테니 전 기동대원에게 공유해 주시기 바랍니다. 휴가철이라 공항에 사람이 너무 많아 사진으로는 찾아내기가 힘들다고요? 네. 그래도 일단 보내 드리겠습니다."

김태근은 이스라엘인 두 사람과 장문수의 사진을 찍어 공항경찰대 수사과장에게 보냈다. 아니 사진도 보내기 전에 사진으로 찾기 힘들다고 초를 치는 수사과장은 도대체 뭐하는 사람인지, 김태근은 혀를 찼다.

대한민국 전체가 해외로 휴가를 떠나는지 인천공항으로 가는 길은 주차장처럼 꽉 막혀 가다 서다를 반복했다. 도착하기도 전에 그들이 출국 수속을 밟아 버린다면 자칫 그들을 눈앞에서 놓칠 가능성이 컸다. 김태근은 조바심에 혀가 바짝바짝 말라 갔다.

"비상 사이렌 올리고 갓길로 들어가자."

김태근은 비상수단을 동원해서라도 시간을 맞추어야 한다고 생각했다. 갑자기 고속도로가 술렁거렸다. 열 대 가량의 차량이 사이렌을 울리며 갓길로 질주하기 시작했다. 맨 앞과 뒤에서는 경찰 차량이 호위를 했다. 어설프게 갓길로 조금 빨리 가려던 차들은 황급히 되돌아갔다.

2시간 만에 공항에 도착한 일행은 어마어마한 공항 방문객을 보고는 입을 다물 수가 없었다. 수사과장 말이 허풍이 아니었다. 발 디딜 틈이 없을 정도라 표현하면 맞을까? 공항은 그야말로 인산인해였다. 보통 속도로 원하는 목적지까지 바로 걸어갈 수가 없을 정도였다.

공항에서는 사람이 많을수록 출국 수속을 밟는 데 시간이 많이 걸린다. 인천공항에서는 기다리는 시간이 오래 걸린다는 걸 아는 사람들은 최소 세 시간 전에 와서 출국을 준비한다. 3시 비행기라면 그들도 12시 정도에는 출국을 위해 움직일 터였다. 김태근은 입을 굳게 다물고 인파를 헤쳐 나갔다. 공항경비대 기동대원의 호위를 받고서야 겨우 2층 공항경찰대 본부로 들어설 수 있었다.

수사과장이 그들을 맞이했다. 눈썹이 짙어 날카로운 인상을 가진 자였다. 최대한 협조하겠다고 말을 했지만 얼굴에서는 귀찮은 일거리가 생겼다는 표정이 가득했다. 탑승객이 너무 많아 이들의 기본적인 안전 관리만 해도 기동대원들의 허리가 휠 지경이라고 앓는 소리를 했다. 그러니까 장소는 빌려주겠지만 너희들이 최대한 알아서 잡아가든 죽을 쑤든 하라는 뜻이었다.

회의실에서 잠깐 사건 개요를 설명한 김태근은 곧바로 회의실 옆에 있는 정보 통신실로 들어갔다. 정보 통신실은 무전기를 들고 움지이는 기동대원들과 수시로 상황을 주고받느라 정신이 하나도 없어 보였다. 게다가 정보 통신실은 CCTV를 모니터링 하지 않았다.

인천공항 CCTV 모니터링은 경찰이 아닌 경비용역업체가 담당하고 있어 경찰 관할이 아니었다. 인천국제공항에서 버젓이 밀입국한 사례는 다섯 번이나 되었다. 사회적으로 인천공항의 보안시스템에 문제가 있는 거 아니냐는 논란이 일 때마다 경비 인력을 늘리고 보안 감시를 철저히 하겠다고 했지만 말뿐이었다. 작년 초 공항 14번 게이트로 들어와 출국 심사대를 강제로 밀고 밀입국에 성공하여 행방을 감추어 버린 베트남 밀입국 사건과 같은 일이 얼마나 많은지 알 수 없었다. 공항을 돌아다닌 모든 장면이 CCTV에 찍혔지만 용역경비대는 아무도 그 사실을 알아차리지 못했다. 그 사건 이후 공항경찰대에서는 아날로그 방식의 카메라를 디지털로 바꾸고 화수도 높여 식별력을 높였다. 사람을 늘리는 것이 아니라 기계를 바꾸고 있었다.

수사과장의 안내를 받아 상황실로 들어서자 2100대의 CCTV를 관리하는 엄청난 화면이 그들을 맞이했다. CCTV는 곳곳에 설치되어 있었지만 이를 관리하는 모니터링 관제탑은 이를 수용할 능력이 없어 보였다. 광활한 전광판 앞에 선 김태근은 할 말을 잃었다. 여기서 모니터를 보면서 범인을 찾아내는 게 과연 가능한 일인가.

용역경비대가 밀입국자를 찾아내지 못한 것도 이해가 되었다. 누구나 비난을 쉽게 할 수는 있지만 당사자가 되어 보지 않으면 그 어려움을 알 수 없었다. 최인호는 강남구 CCTV 100여개를 보면서도 힘들어 죽겠다고 앓는 소리를 했는데 2100개의 CCTV라니, 이건 아무리 많은 사람이 달라붙어도 모니터링으로는 사람을 찾아낼 수 없을 거라는 생각이 들었다. 그래도 할 수 없었다. 무엇이든 해야 했다.

일행은 경비용역업체에 양해를 구하고 상황실에 비상본부를 구축했다. 공항경찰대보다는 차라리 여기가 속 편했다. 용역경비대는 오히려 경찰 나리들이 왔다고 최대한 자리를 만들어 주고 편안하게 해 주었다. 마치 대한민국에서 을이 갑을 대하는 것처럼 그렇게.

사람은
자기 자신도 믿지 못한다.

장문수는 기분이 좋아 콧노래를 흥얼거렸다. 이제 물건만
제대로 전달되고 돈만 받으면 길었던 고생도 끝이 나는 것이
다. 한수산은 한 방에 보내 버렸고, 홍노희는 경찰에 붙잡혀
있고, 모든 게 완벽했다. 돈만 손에 들어오면 지루했던 게임
도 끝나는 것이다.

"형님 선글라스가 잘 어울립니다."

정장 사내가 장문수를 보며 웃었다.

"대현아. 너도 눈썰미가 있구나. 이런 곳에 오면 선글라스
정도는 써 줘야 안 쓰겠냐. 얼굴도 좀 가리고 말이야. 어쨌
든 오늘만 지나면 이제 너도 고생 끝이구나."

장문수는 고개를 돌려 사내를 보며 말했다.

"다 형님 덕분이죠. 저는 이제 시작인데 처음부터 큰 사업

자금이 생겨 형님께 무한 감사할 따름입니다."

"그래. 너 인마, 형 잘 만난 줄은 알아라. 돈 찾으면 표시 안 나게 잘 세탁하고."

"염려 붙들어 매십시오, 형님. 오늘 홍콩으로 가시면 즉시 세탁해서 보내 드리겠습니다."

"얘네들 지금쯤이면 USB 찾지 않았을까? 왜 연락이 없지? 몇 시야?"

"네. 형님. 지금 12시 10분입니다. 개들도 3시 비행기니까 곧 움직이겠네요."

"그래, 우리야 서울에서 미리 출국심사 탑승수속을 다 끝내고 공항철도를 타고 왔으니 얼마나 편하고 좋으냐. 빨리 끝내고 탑승구로 가자. 무슨 일이든 미리미리 해야 하는 법."

"네. 맞습니다. 형님은 역시 천잽니다."

"좋아. 그럼 너는 이 천재 형님을 따라올 준비가 되어 있는지 함 테스트해 보자. 너, 바카스 상자에 5만 원 권을 넣으면 얼마나 넣을 수 있을 거 같냐?"

"아, 그거 뉴스에서 본 거 같은데요, 형님. 한 3천만 원 정도 되지 않을까요? 3천만 원이라고 해도, 거 머시기냐, 3천 나누기 5 하면 600장이니까 꽉 찰 거 같은데요, 형님."

"짜식 그렇게 통이 작아서 쓰겠냐. 5만 원 권 100장 묶어도 두께가 손가락 한 마디 정도밖에 안 돼. 박카스 그 작은 상자에 무려 1억이 들어간다. 알겠냐? 그래서 우리가 오늘 현찰 박치기를 할 수 있는 거야. 가방은 잘 준비했지?"

"염려 마십시오. 6천장까지 거뜬히 들어가는 가방입니다."

대현은 손으로 가방을 툭툭 치며 웃었다.

"우리 점심으로 간단하게 요기나 하자. 배가 고프니 일단 먹어야 일을 제대로 할 것 같다."

"네. 형님. 저기 빵집이 보입니다."

"빵집이 뭐냐. 무식하게. 베이커리라 하는 거다. 베이커리. 알겠냐?"

둘은 주거니 받거니 진짜 형제처럼 친근하게 근처 패스트푸드점으로 들어갔다.

피터는 약속된 화장실에서 방수 봉투에 곱게 밀봉된 USB를 꺼냈다. 돈이라면 사족을 못 쓰는 한국인들이 있어 참 다행이라는 생각이 들었다. 이걸 구하지 못했다면 앞으로 어떻게 사업을 할지 암담하기만 했다. 한국인을 믿을 수 없어 3중 연결고리를 만든 게 주효했다.

홍노희에게 에이스테크 정보를 알아봐 달라고 얘기했을 때 그렇게 따끈따끈하면서 알짜배기 기술이 있다는 정보를 가져올 줄은 몰랐다. 예상치 못한 정보에 돈을 조금 집어 주자 침을 질질 흘리는 모습이라니, 정말 가관이었다. 그는 돈이라면 나라도 팔아먹을 기세였다.

피터와 제이콥은 에이스테크의 기술을 가져오기 위해 정교한 계획을 세웠다. 게다가 터널 USA와 특허 소송 중이어서 다양한 변수를 고려해야 했다. 홍노희에게 한수산과 장문수를 맡긴다고 말했지만 그들은 다시 한수산을 만나 홍노희를 믿을 수 없다며 에이스테크 기술을 빼오라며 별도의 금액을 제시했고, 장문수에게도 개별로 접촉해 똑같이 유혹했다. 그리고 이 일을 성사시키는 사람과 앞으로 계속 거래하겠다며 은근 슬쩍 서로 경쟁하도록 정보를 흘렸다.

한국인은 경쟁을 시켜야 일을 잘한다. 그리고 돈은 이긴 자에게만 주는 것이다. 이번에는 보상금을 두둑하게 준비했지만 이걸로 사업을 확대하고 미국 시장을 잡을 수만 있다면 그건 껌 값도 안 될 것이다.

사실 문제는 특허 소송이었다. 한국 시장을 놓고 터널 USA와 벌이고 있는 특허 소송에서 패한다면 한국 시장은 물론이고 미국 시장은 꿈도 꾸지 못할 것이다. 피터는 한수산에게 송호성이 소송에 참여하지 못하도록 막든지, 우리가 빠져나갈 방책을 만들어 오든지 알아보라고 했다. 하지만 그는 겁쟁이였다.

사실 제이콥이 등록 받은 특허는 미국 터널 USA의 특허 기술을 가져와 조금 개량하여 등록 받은 것이었다. 그러니 그들이 자신들의 특허를 별도로 받았다고 해도 그 특허로 만든 기술은 터널 USA의 특허의 핵심 구성요소를 모두 사용하고 있기 때문에 터널 USA 미국 특허를 침해하는 것은 당연했다. 게다가 터널 USA는 한국에서도 특허를 등록받은 상태였기 때문에 특허 소송이라는 사단이 난 것이다. 송호성이 지적한 바로 AER, 올 엘레먼트 룰이었다.

한수산은 송호성의 'AER' 때문에 안 된다는 한마디에 모든 것을 포기해 버렸다. 한국이 미국처럼 특허 침해를 판단할 때 모든 구성 요소를 따지긴 하지만 분명히 피할 방법도 있을 것이었다. 그리고 송호성은 천재답게 그 방법도 알고 있을 것이 틀림없었다. 그걸 알아오라고 시켰는데 그 녀석은 오히려 송호성에게 설득당하고 말았다. 게다가 장문수에게까지 당해 병실에 누워 있으니 명성기업은 이제 제이콥의 파트너가 될 수 없었다.

당장 한국에서 다른 파트너를 알아봐야 한다. 폭발 분야에서 가장 기술력이 뛰어난 회사는 당연히 에이스테크다. 에이스테크는 오히려 미국에 기술 이전을 해주고 있는 기업이다. 그러니까 터널 USA는 한국의 에이스테크로부터 기술 이전을 받고 있는 처지에 있지 않은가. 게다가 에이스테크는 강력한 신기술을 개발해 비밀리에 특허 등록을 추진하고 있었다. 홍노희에게 이 정보를 전해 들었을 때 제이콥은 지옥의 나락으로 떨어지는 충격을 받았다. 제이콥 입장에서는 전 세계 군수품 시장의 절반 가까이를 완전히 잃을 수 있는 메가 톤급 기술이었다.

제이콥은 속이 탔다. 하프늄 폭발 장치가 세상에 나오는 순간, 지금까지의 기술은 모두 휴지조각이 될 게 뻔했다. 전략을 고심하던 그들은 한국 꼬봉인 명성기업을 통해 이 기술을 빼내기로 마음먹었다. 에이스테크가 회사 이름을 감추고 한국에서 특허 등록을 받는다고 해도, 해외 특허로 등록 받기까지는 몇 년간 시간이 걸릴 것이다. 그 전에 훔친 기술로 먼저 신제품을 미국에서 출시해 버린다면 세상은 1등 기업으로 제이콥을 기억할 것이다.

어쨌든 에이스테크의 모든 것이 들어 있는 이 기밀문서를 확인해 봐야 하리라. 그는 노트북을 열고 USB를 꽂아 내용물을 확인하기 시작했다. 폴더를 열고 파일을 여는 피터의 손이 파르르 떨렸다. 하프늄을 이용한 폭발 방법과 시스템이 한눈에 들이왔다. 피터는 눈물을 글썽거리며 화면에서 눈을 떼지 못했다.

"헤이, 브라더, 빨리 보고 끝내요. 우리도 수속 밟고 안으로 들어갑시다."

옆에 있던 공동대표 제이콥이 부추겼다.

"알았어. 알았다고. 하지만 이걸 봐. 너무 아름답지 않아. 하프늄이야. 우린 왜 이 생각을 못 했지?"

“USB 위치 인식이 다시 가동됐어요. 누가 노트북에 꽂았나 봐요.”

최인성이 다급하게 외쳤다. 김태근이 노트북 앞으로 급하게 다가왔다.

“이스라엘 녀석들이 드디어 물건을 받았나 보군. 내용을 확인하려면 USB를 꽂아 보는 수밖에 없지. 위치가 어디로 나와?”

“몇 층인지 모르겠습니다. 위치만 나와서요. 출국장이 있는 3층이라고 가정하면 서쪽, K 카운터 부근입니다. 저희가 가겠습니다.”

최인호가 대답도 듣지 않고 노트북을 들고 달려 나갔다. 최인성은 깜짝 놀라 잠시 김태근을 바라보다가 후다닥 최인호의 뒤를 쫓아 나갔다.

“형, 같이 가. 내 노트북 주고.”

최인성은 문을 닫고 급하게 코너를 돌아서다 이마에 강한 충격을 느끼며 바닥에 주저앉았다. 이마가 얼얼했다. 이마를 문지르며 눈을 뜨자 앞에는 거대한 강민호가 눈을 멀뚱멀뚱 뜬 채 서 있었다. 그 뒤에는 깜짝 놀란 선우혜민이 작은 가방을 든 채 눈을 동그랗게 뜨고 어쩔 줄을 몰라 하고 있었다.

“괜찮나요?”

강민호와 선우혜민이 동시에 달려왔다.

"아, 네. 괜찮습니다. 그런데 여긴 어쩐 일로."

그들은 사건에 도움을 주려고 경찰서로 갔다가 모두 공항으로 갔다는 말을 듣고 여기로 달려왔다고 했다.

"아, 지금 이스라엘 사람들이 다시 USB를 노트북에 꽂았어요. 그래서 거기로 가는 중입니다."

"아, 그럼 저희도 거기로 같이 갈게요."

"형은 벌써 갔어요. K 카운터라고 하던대요."

그들은 숨을 헐떡이며 사람들을 헤치고 달리기 시작했다.

장문수는 주문한 음식을 받아 와 자리에 앉은 뒤 우아하게 선글라스를 벗었다. 아무래도 먹을 땐 선글라스를 벗어야 했다. 좀 느긋하게 사람들도 구경하면서 폼 잡고 샌드위치도 먹고 커피도 마실 생각이었다. 오늘 같은 날은 그런 정신적인 사치를 부려도 될 것 같았다. 깔끔하게 정장을 차려 입은 장대현도 웃음 가득한 얼굴로 햄버거를 한 입 크게 베어 먹었다. 입 바깥으로 양배추가 시럽과 함께 떨어졌다.

"햄버거는 이게 힘들어요. 맛있긴 한데 말입니다."

"그러게 인마 나처럼 샌드위치를 먹어야지. 너는 옷은 깔끔한데 먹는 건 왜 그러냐."

"하하. 그래도 저희 세대는 햄버거와 콜라가 대셉니다. 샌드위치는 좀 노친네 냄새가 나지 않습니까?"

“뭐, 그럼 내가 노인이라는 얘기냐?”

장문수가 발끈했다.

“아닙니다. 형님. 잘못했습니다. 제 입이 실수했습니다.”

장대현이 웃음을 거두고 진지한 표정으로 벌떡 일어나 고개를 꾸벅 숙였다.

“인마, 얼른 자리에 앉아. 여긴 공항이야. 최대한 자연스럽게 있어. 내가 조직폭력배도 아니고, 그 인사는 뭐냐?”

장문수가 목소리를 죽이며 주변을 살폈다.

그때였다. 띠리리. 테이블 위에 올려 둔 휴대폰이 요란하게 울렸다.

장문수는 발신자 제한 표시를 보고 빙긋 웃음을 머금었다.

“드디어 녀석들이 물건을 챙겼군. 아, 헬로우, 디스 이즈 장문수.”

피터가 말했다.

“물건 접수 완료. 내용물 확인 완료. 돈은 3층 H 화장실 공사 중. 오버”

“오케이”

장문수는 급하게 남은 샌드위치를 입속으로 욱여넣고 일어섰다.

“반장님. 기동대에서 연락이 왔습니다. 3층 B 카운터 부근베이커리에서 장문수로 보이는 사람을 발견했다고 합니다. 멀리서 사진을 찍었는데 맞는지 확인해 달라고 합니다. 여기 사진."

박형택이 기동대원에게서 받은 사진을 보여 주었다. 선글라스를 쓴 채 쟁반에 음식을 받아 나오고 있는 장면이었다. 선글라스를 쓰고 있었지만 장문수가 틀림없었다. 기동대원은 전화를 받은 뒤 장문수가 B 카운터에서 중앙 쪽으로 빠르게 이동하고 있다고 알려 왔다. 김태근은 즉시 3층 CCTV를 확인했다. 사람이 너무 많아 누가 누군지 알 수 없었다. 정신을 집중하고 다시 화면을 봤다. 여러 개의 모니터가 동시에 움직이고 있어서 어디를 봐야 할지 정신을 차릴 수 없었다.

"여깁니다. 빠르게 걷고 있네요. 제가 가겠습니다."

박형택이 한 모니터를 가리켰다. 위에서 찍고 있었는데 사람들을 헤치며 빠르게 걷는 두 사람이 보였다. 박형택은 동료 두 사람과 함께 일어섰다.

장문수는 H 카운터 쪽으로 접근했다. 수속을 밟느라 사람들이 길게 줄을 서 있었다. 건너편 탑승동으로 연결되는 셔틀 트레인이 운행되는 곳이라 더 심하게 붐볐다. 장문수는 이런 분위기가 좋았다. 사람들이 많아야지. 암, 나는 있는 듯 없는 듯 그렇게 사라지는 거야. 그는 뒤쪽 남자 화장실로 들어갔다. 마지막 칸에 '고장, 사용 금지'라고 붙어 있고 경찰 폴리스라인 테이프로 사방을 막아 놓은 게 보였다.

그는 테이프를 뜯어내고 안으로 들어섰다. 장대현은 밖에서 망을 보았다. 변기 역시 테이프를 붙여 놓아 뜯어보지 못하도록 되어 있었다. 순진한 사람들은 테이프로 봉해진 곳은 아무도 들어가지 않는다. 장문수는 조심스럽게 테이프를 뜯어냈다. 자세히 살펴보니 변기 밖으로 붉은색 실이 나와 있었다. 실을 살짝 잡아당기자 묵직함이 느껴졌다. 힘을 주어 당기자 방수 비닐 가방 다섯 개가 줄줄이 끌려 올라왔다.

가방을 열자 5만 원 권이 100장씩 묶여 있었고 작은 가방 하나에는 정확히 1억원씩 들어 있었다. 그는 얼른 준비해 간 가방에 돈을 담았다. 가방은 순식간에 묵직해졌다. 돈을 다 옮겨 담은 뒤 방수 비닐 가방을 다시 변기 속으로 집어넣었다. 화장실을 나서면서 장문수는 준비해 간 폴리스라인을 꺼냈다. 장대현은 사복 경찰인 양 능숙하게 입구 쪽에 폴리스라인을 설치했다. 사람들이 흘끔흘끔 쳐다보았지만 아무도 말을 거는 사람은 없었다.

화장실에 들어서려는 사람들이 "어, 무슨 일인가요?" 물었다.

장대현은 능청스럽게 "폭발물 신고가 들어왔습니다. 다른 곳을 이용해 주세요."라고 말했다.

일을 마친 장문수는 공항경찰대에 전화를 걸었다.

"아, H 카운터 화장실에 폭발물로 의심되는 물체가 있어요. 한번 확인해 보시라고요."

그는 통화를 끝낸 뒤 화장실 휴지통에 전화기를 던져 버렸다.

장문수인지 꿈에도 모르는 공항경찰대는 폭발물 의심 전화를 받고 발칵 뒤집혔다. 정보보안과는 즉시 폭발물 전담팀과 군견을 호출했다. 먼저 도착한 기동대원은 이미 폴리스라인으로 출입구가 봉쇄된 화장실을 발견하고 깜짝 놀랐다. 그들은 안으로 들어가 볼 엄두도 내지 못했다.

장문수는 가벼운 걸음으로 가방을 흔들며 걸었다. 휘파람을 불던 그가 갑자기 딱 멈춰 섰다. 앞쪽에 총을 든 공항 경비대원 두 명이 그를 막아선 채 움직이지 않았다. 느낌이 이상했다. 뒤쪽으로 돌자 사복 경찰로 보이는 두 명이 비장한 모습으로 다가오고 있었다.

주춤주춤 뒷걸음질하던 장문수는 갑자기

"뛰어!" 소리치며 오른쪽으로 뛰었다.

동시에 장대현은 왼쪽으로 뛰었다.

두 사람이 동시에 양쪽으로 흩어지자 순간적으로 시선을 잃은 박형택은 "저쪽!"이라고 외치고는 장문수를 뒤쫓기 시작했다. 나머지 두 형사는 정장 사내를 쫓아 왼쪽으로 달렸다.

하지만 장애물이 너무 많았다. 사람들은 비명을 지르며 흩어졌지만 곧 사람들로 가득 채워졌다. 조금 지나자 단체 여행객이 앞을 가로막았다.

박형택은 두리번거리며 조심스럽게 시야를 조정했다. 사람들은 두 부류였다. 기다리는 사람들과 움직이는 사람들. 전체를 보면 힘들다. 기다리는 사람들은 뇌에서 지우고 움직이는 사람들만 쫓아라. 박형택은 고개를 들어 왼쪽에서 오른쪽으로 길게 훑었다. 저기. 움직이는 사람이 보였다. 그냥 움직이는 사람과 급하게 움직이는 사람은 모습이 달랐다.

장문수였다.

박형택은 그를 시야에서 놓치지 않기 위해 뛰지 않고 최대한 빠르게 움직였다. 거리를 점점 좁혀 나갔다. 장문수는 계속 뒤를 돌아보며 형사들이 쫓아오는지 확인하며 가다 보니 걸음이 느려졌다. 박형택은 바로 뒤로 가지 않고 측면으로 틀어서 접근했다. 둘 사이에는 몇 명의 가족 여행객이 시야를 가리고 있었다. 장문수가 두리번거리다 박형택과 눈이 딱 마주쳤다. 그의 발걸음이 멈췄다. 손이 슬그머니 허리로 내려갔다.

폭발은
긴장이 응집될 때 일어난다.

쾅. 콰쾅.

폭발물 터지는 소리와 함께 화재경보기가 동시에 울리기 시작했다. 화장실 주변에서 꺅 하는 비명소리가 들렸다. 기동대원들이 우르르 몰려갔다. 무장한 경찰경비대가 군견과 함께 뛰어갔다. 호각소리가 사방에서 터져 나왔다. 공항은 아수라장이 되었다. 사람들은 밀치고 달리고 넘어졌다.

장문수는 그 틈을 타 사람들에 묻혀 나갔다. 사람들은 어디로 가는지 모른 채 달려갔다. 아이들의 울음소리가 사방에서 터져 나왔다. 안내방송이 나오기 시작했다. 화재가 났다는 말인지 폭발물이 터졌다는 말인지 안내요원도 왔다 갔다 했다. 마지막에 안내요원이 배치됐으니 안내요원의 말을 듣고 질서 있게 움직여 달라고 했다. 그렇지만 안내요원이 어디에 있는지 알 수 없었다. 박형택은 쾅 하는 소리에 깜짝 놀라 바닥에 엎드렸다. 잠시 뒤 일어났을 땐 장문수는 이미 어디론가 사라진 뒤였다. 공항이 전쟁터로 변하고 있었다.

최인호는 K 카운터 앞에서 숨을 헉헉 몰아쉬었다. 냉방이 되고 있었지만 수만 명의 사람이 내뿜는 체온으로 공항은 계속 기온이 올라갔다. 용의자들은 이미 사라진 뒤였다. 게다가 어디로 갔는지 짐작도 할 수 없었다. 무작정 항공사 수속 게이트나 출국 심사장으로 가서 기다릴 순 없었다. 이미 USB 신호는 사라졌다.

그들은 움직이고 있었다. 사람들이 많아도 너무 많았다. 외국인들도 너무 많아 누가 누군지 알 수가 없었다. 전 세계의 언어가 동시에 터져 나오는 것 같았다. 높은 천장은 모든 소리를 공명시켰다. 수만 명의 탑승객과 배웅객이 동시에 쏟아 내는 말들이 모두 천장에서 돌면서 합쳐져 다시 내려왔다. 최인성은 노트북을 노려봤지만 K 카운터에서 사라진 붉은색 화살표는 더 이상 나타나지 않았다.

그때였다. 쾅 하는 폭음이 들렸다. 바닥이 잠시 흔들리는 것도 같았다. 혼비백산한 사람들이 사방에서 뛰어다니기 시작했다. 최인호는 즉시 상황실로 전화를 걸었다.

"반장님. 혹시 외국인, 이스라엘 녀석들 안 보이나요?"

"거기는 괜찮나? 앗, 잠깐 저기 저 녀석들 같은데?"

김태근은 혼잡한 사람들 사이에서 유난히 돋보이는 두 사람을 발견했다.

피터와 제이콥은 물건을 확인한 뒤 곧바로 출국심사를 끝내고 면세 구역으로 들어갔다. 폭발이 일어나자 출국심사를 끝내고 면세 구역 안에서 느긋하게 기다리던 사람들도 순간적인 공황 상태에 빠졌다.

화장실 폭발물은 그들이 설치한 것이었다. 지르코늄을 이용한 폭발물로 명성기업에게 기술 이전을 해준 기초 기술이었다. 사실 폭발력은 그리 크지 않았다. 대신 엄청난 소리로 폭발력을 과장하는 기술을 조금 포함시켰을 뿐이었다. 아마 화장실 내부만 조금 부서지고 말았을 것이다.

그들은 경찰이 쫓아오는 것을 알아차리자 폭발물을 터뜨릴 수밖에 없다고 판단했다. 혹시나 하고 방수 비닐 안에 지르코늄 장약을 넣어둔 것은 정말 잘한 일이었다. 여차하면 그것들을 터뜨려 시간을 벌 생각이었다.

그들은 사람 무리들을 따라 움직였지만 완전히 그들과 합쳐져서 움직이지는 않았다. 가능한 거리를 두었다. 혼잡한 것은 딱 질색이었다. 사람들이 곁을 스치는 것도 싫은데 마늘 냄새 가득한 한국 사람들 틈바구니에서 같이 걸어갈 수는 없었다. 항공기 출발이 지연되겠지만 어차피 소동은 곧 가라앉을 것이다. 어디 화장실 같은 곳에 잠시 숨어 있다가 다시 나타나면 그만이었다.

최인호는 분노에 가득 차 허리에서 권총을 뽑아 들었다. 더 이상 참을 수 없다고 판단한 최인호는 총기를 사용해서라도 범인을 잡아야 한다고 생각했다. 최인성은 순식간에 아수라장이 된 모습에 덩달아 흥분해 어쩔 줄을 몰라 허둥지둥했다.

그때 강민호 뒤에서 존재감도 없이 서 있던 선우혜민이 작은 가방을 열었다. 가방 속에서 생전 처음 보는 물건이 나났다. 깔대기처럼 생긴 관이 하나 있었고, 밀봉된 액체 분말이 담긴 봉투가 있었다.

"그게 뭔가요?"

최인성이 물었다.

"에이스테크의 특허 개발품이에요. 아직 시제품이지만 여기서 사용할 수 있지 않을까 하고 가져왔어요."

"깔대기처럼 생긴 그런 걸로요? 그걸로 범인을 잡을 수 있단 말인가요?"

"이걸 이용하면 좀 전에 터졌던 수준과 비슷한 폭발을 일으킬 수 있어요. 지르코늄으로 만든 장약이에요. 잘못 다루면 공항이 반쪽이 될 수도 있지요."

"헉, 그걸 왜 가져온 거예요? 여기서 이걸 사용하면 저희 다 모가지라구요. 얼른 집어넣어요."

"이미 폭발물은 터졌잖아요. 한 번 더 터진다고 달라질 건 없어 보이는데요. 그리고 지금 상황에서 권총을 사용하면 사람들이 진짜 공황에 빠질 거예요. 대신 이 폭발물은 목표로 하는 사람만 간신히 기절만 시키는 수준이에요. 제가 양을 조절할 수 있어요. 그게 특허 기술이기도 하죠. 하프늄은 너무 무시무시해서 함부로 사용할 수 없어요. 그래서 사용이 쉬운 지르코늄으로 가져왔어요."

최인호는 총을 슬그머니 다시 허리에 찼다. 아마 공항에서는 총 소리가 엄청 날 것이고, 총 소리 한 번에 모든 것을 다시 엉망으로 만들 수도 있었다.

선우혜민이 말했다.

"오늘 처음으로 특허 기술을 공개하게 되었군요. 특허 기술은 밀폐된 통로를 이용해 지르코늄을 원하는 위치로 이동시킨 뒤 폭발이 일어나도록 하는 거예요. 저기 큰 기둥들이 보이잖아요. 저 정도면 충분해요. 천장에 있는 파이프로 지르코늄을 넣고 원하는 기둥으로 내려 보낼 거예요. 녀석들이 어느 기둥으로 움직이는지만 알려 주시면 돼요. 녀석들이 훔쳐 가려고 한 기술이 바로 이 기술이죠."

선우혜민은 자신이 있어 보였다. 강민호도 옆에서 거들었다. 총보다 이게 훨씬 효과적일 거라고 했다. 선우혜민이 급하게 말했다.

“공항은 천장이 모두 파이프로 연결되어 있어서 터널과 같아요. 제가 파이프 구성도도 함께 가져왔거든요. 파이프가 중간 중간 큰 기둥으로 연결되어 바닥으로 내려오게 되어 있어요. 놈들이 기둥 근처를 지날 때 폭발물이 터지게만 하면 큰 사고 없이 잡을 수 있어요. 반장님께 전화해서 어디로 이동하는지만 알려 달라고 하세요. 지금요.”

“아. 네. 네.”

최인호는 퍼뜩 정신을 차리고 전화를 걸었다.

“반장님. 아까 녀석들 찾으셨다고 하셨죠. 지금 어디로 이동하고 있나요? 네. 네. 이미 심사를 마치고 면세 구역으로 들어갔다고요? 아, 잠깐만요.”

최인호는 난색을 표하며 선우혜민을 쳐다보았다.

“벌써 출국심사를 끝내고 면세 구역으로 들어갔답니다. 어떻게 하죠?”

“아, 그래요.”

선우혜민도 어떻게 해야할지 몰라 풀이 죽었다.

“잠깐만요. 어차피 천장에 있는 기둥을 이용할 거 아닌가요?”

강민호가 천장을 올려다보며 물었다.

“네. 맞아요. 우리는 기둥을 이용하기만 하면 돼요.”

“그럼 문제없겠네요. 천장 기둥들이 면세 구역까지 연결되어 있어요."

"아, 그럼 반장님께 외국인들이 어디쯤 가고 있는지 알려 달라고 하세요."

선우혜민이 다시 눈빛을 반짝이며 부탁했다. 최인호는 통화를 끝내고 선우혜민 쪽을 돌아보며 말했다.

"28번 게이트 부근으로 이동 중이라고 합니다. 루이비통 쪽이라고 하는데요."

"G 카운터 쪽으로 가야 돼요. 시간이 없어요. 형사님은 4층으로 올라가서 3층 면세 구역을 좀 살펴봐 주시겠어요? 같은 3층에서는 볼 수가 없네요. 강 변리사님. 저랑 같이 뛰어요. G 카운터예요."

선우혜민이 뛰기 시작했다.

강민호는 선우혜민이 맡긴 가방을 들고 재빠르게 뒤쫓아 갔다. G 카운터에서 벽 쪽으로 가 기둥이 시작되는 지점에 자리를 잡았다. 헐레벌떡 뒤따라 온 강민호는 도착하자마자 가방을 열어 폭발물 도구를 꺼내 놓았다. 선우혜민은 잠깐 생각하더니 이내 깔때기 입구를 조절하고 지르코늄 장약의 무게를 측정해 폭발물을 만들었다.

선우혜민은 최인호 형사에게 전화를 해서 외국인이 28번 게이트 10미터 부근에 오면 알려 달라고 했다. 루이비통에서는 문을 닫고 있었다. 계획대로 이루어진다면 폭발물은 천장

파이프를 타고 올라가서 27번과 28번 게이트 사이에 있는 기둥 파이프를 타고 내려올 것이다. 선우혜민은 지르코늄을 혼합해 만든 장약을 깔때기 안으로 조심스럽게 밀어 넣었다.

강민호는 선우혜민에게 자세한 설명을 듣고 가져온 도구를 이용해 바닥에서 천장으로 올라가는 파이프에 구멍을 뚫었다. 준비가 끝난 선우혜민은 깔때기 끝부분을 파이프 구멍에 밀어 넣었다. 발사 스위치를 조정해 폭발력을 조절했다.

"지금 발사하세요!"

전화기를 들고 있던 최인호가 소리쳤다.

딸깍. 선우혜민은 조심스럽게 스위치를 눌렀다. 바람 소리 같은 것이 나면서 파이프가 미세하게 떨렸다. 피터와 제이콥은 27번 게이트를 지나 28번 게이트 쪽으로 이동하고 있었다. 최인호와 최인성이 3층으로 내려왔다. 놈들을 잡기 위해 달리기 시작했다. 경찰 신분증을 보여 주며 심사대 안으로 들어갔다. 이번에는 놓칠 수 없었다.

쾅. 폭발음이 들렸다.

사람들의 비명소리가 터져 나왔다. 폭발물은 정확히 28번 게이트 기둥 아래쪽에서 터졌다. 정확히 피터와 제이콥의 정강이 부근이었다. 기둥에는 책 한 권 크기의 구멍이 생겼고 깨진 기둥 조각들이 두 사람의 다리에 박혔다.

갑작스런 폭음에 둘은 자리에 주저앉았다. 다시 일어나려

했으나 일어설 수 없었다. 다리에서 피가 흘러나왔다. 사람들이 비명을 지르며 그들을 에워싼 채 쳐다보았고 기동대원들이 달려왔다. 최인호는 수갑을 꺼내 그들의 손목에 채웠고 최인성은 뒤에서 권총을 꺼내 그들을 조준했다. 최인성은 피터의 바지에서 USB가 담긴 봉투를 찾아냈다. 멀리서 박형택이 달려오는 것이 보였다. 더 멀리서 김태근이 뛰어오고 있었다. 피터와 제이콥은 기술 욕심을 버리지 못했고, 비도덕적인 방법으로 기술을 훔치려고 했다. 탐심은 죄를 부르는 법이다.

사람들이 다시 내부로 들어오고 있었다.

시간은 일상으로 돌아가려고 발버둥을 치고 있었다.

내일은

오늘을 더 아름답게 한다.

사건 이첩 1일 전 - 에필로그

최인호는 강민호와 선우혜민의 놀라운 특허 신기술의 도움을 받아 전쟁터를 방불케 하는 공항에서 피터와 제이콥을 붙잡는 공을 세웠다. 신문은 공항경찰대와 용역경비대 그리고 일선 경찰의 놀라운 공조 수사 덕분이라고 연일 경찰들을 띄우기에 바빴다. 그리고 용감한 시민으로 강민호와 선우혜민도 함께 조명을 받기 시작했다.

김태근은 장문수를 놓쳐 매우 낙담하고 있었다. 피터와 제이콥을 잡을 수 있었던 것은 정말 대단했지만 장문수는 세 번씩이나 눈앞에서 놓치는 바람에 이를 부득부득 갈았다. 화재경보기가 울리고 폭발물 처리반이 들이닥치면서 더 이상 수사를 할 수 없는 상황이 되고 말았다. 대합실이 안정되고

사람들이 다시 돌아왔지만 이제는 기자들과 구경꾼까지 몰려
들어 공항은 더 많은 사람들로 발 디딜 틈이 없게 되었다.
장문수가 이미 공항을 빠져나간 것으로 판단하고 수사팀은
철수하여 피터와 제이콥만 연행한 채 사무실로 돌아왔다.

그런데 그날 저녁 박형택은 국정원 후배 김기현으로부터
장문수를 공항에서 체포했다는 연락을 받고 깜짝 놀랐다. 장
문수는 홍콩발 여객기에 탑승해 있었는데 국정원에서 이륙
직전에 비행기를 정지시킨 뒤 장문수를 잡아 나오는 쾌거를
이뤘다고 했다.

사실 박형택은 공항으로 출발하기 전 김기현에게 그 사실
을 알렸다. 국정원도 피터와 제이콥이 공항으로 움직인다면
장문수도 공항으로 갈 가능성이 높다고 판단했다. 다만 그들
은 장문수가 최근 법원에 개명을 신청해 이름을 장혁수로 바
꿨다는 정보를 가지고 있었다.

최인호는 공항 탑승객 명단에서 장문수를 찾지 못했지만
국정원은 홍콩발 예약자 명단에서 장혁수를 발견하고 쾌재를
불렀다. 원래 스케줄대로 장문수가 오후 3시에 홍콩으로 출
발했다면 국정원에서도 반드시 그를 붙잡을 수 있었을 것이
라고 장담하기 어려웠다. 하지만 피터와 제이콥이 화장실에
설치한 폭발물 소동으로 장문수는 비행기 출발이 지연되면서
끝내 자신의 동료들 손에 붙잡히고 말았다.

그런데 문제는 돈의 행방이었다. 장문수는 붙잡힐 때 출국 시 보유 한도액인 100만 원 정도만 가지고 있었다. 장문수는 현금 가방을 똘마니 장대현에게 맡겼었다. 박형택과 함께 뛰어갔던 두 형사도 폭발물 소리에 놀라 정장 사내를 놓치고 말았다. 상황본부로 되돌아온 그들은 눈이 빠지도록 CCTV를 훑었지만 장대현의 정확한 얼굴 사진을 확보할 수 없었다.

그는 장문수와 함께 걸어가다가 CCTV 앞에서는 고개를 숙이거나 옆으로 돌리는 등 철저하게 자신의 얼굴을 숨겼다. 아무것도 모른 채 돌아다녔던 장문수에 비하면 오히려 그가 더 치밀했다. 장문수가 장대현에 대한 정보를 제공했지만 장문수가 알고 있던 모든 정보가 가짜였음이 드러났다. 이름도 나이도 고향도 장문수가 알고 있던 모든 것이 가짜였다. 장문수가 멍청한 호랑이였다면 장대현은 교활한 여우였다. 국정원은 끝내 장대현을 찾지 못했다.

피터와 제이콥은 송호성을 모르는 사람이라며 딱 잡아뗐다. 자신들은 직접 소송에 참여하지도 않았고 송호성의 얼굴조차도 모른다는 것이었다. 최인호가 비밀 식당 옆에 있는 가정집 골목으로 들어가는 CCTV 화면을 보여 주고 그곳에 왜 들어갔냐고, 송호성을 죽인 게 아니냐고 추궁했지만 그들은 모르는 일이라고 딱 잡아뗐다.

가정집에 숨어 있다가 담을 뛰어넘어 비밀 식당 정원으로 간 뒤 송호성이 뒷문으로 나갔을 때 한 사람은 송호성을 뒤에서 끌어안고 한 사람은 송호성의 배를 찔렀다는 최인호의 추리에 대해 그들은 실소를 터뜨렸다. 자신들은 그렇게 할 이유가 없다고 했다. 특허 소송 때문에 한국에 왔지만 한수산을 한국 대표로 보냈고 자신들은 그저 보고만 받고 있어 송호성이 참여하고 있었는지도 몰랐다는 것이다.

김태근은 송호성이 칼로 인해 상해를 입은 위치가 한국 사람이 범행을 했다고 하기에는 다소 높은 위치에 있고 피터나 제이콥의 팔 길이를 쟀을 때 정확하게 송호성의 상처 부위와 일치한다고 말했으나 그들은 콧방귀를 뀌었다. 그들은 한국에 오래 드나들어 한국말을 잘 했지만 신문을 받을 때는 통역관과 변호사를 앞에 내세운 채 불리한 질문에는 한 마디도 대답하지 않았다. 이스라엘 대사관에서는 사람을 파견해, 신문하는 동안 그들에게 위해한 행동을 하지는 않는지 끊임없이 감시하며 윗선에 압력을 넣어 경찰 조사를 방해했다.

김태근은 결국 사건 이첩 마지막 날을 다 써버리고 피터와 제이콥을 국정원으로 넘길 수밖에 없었다. 국정원은 장문수와 함께 그들을 산업기술 유출 위반으로 구속 기소하였다. 홍노희도 산업기술 유출과 뇌물 수수 혐의로 구속 기소하였다.

특허 소송은 제이콥 코리아 대표인 한수산이 불참하는 바람에 변호인만 참석한 채 진행되었고, 제이콥의 제품이 터널 USA의 한국 등록 특허를 침해한 것으로 판결이 났다. 제이콥에서는 항소를 포기하였고 더 이상 한국에서 지르코늄 장약을 이용한 탄환을 판매할 수 없게 되었다.

에이스테크의 하프늄 특허는 특허법 제41조의 국방상 필요한 발명으로 인정되어 특허 등록을 받았으나 일반에게 공개되지 않았다. 선우혜민이 어설프게 만든 모형본 깔때기 제어 장치로 인천공항에서 범인들을 잡는 장면은 CCTV에 모두 찍혔는데, 에이스테크는 이 장면을 참고 자료로 제출하여 국방부 국가 과제로 최종 낙점을 받았다. 또 명성기업을 대신하여 더 성능이 뛰어난 지르코늄 탄환을 국방부에 보급하기 시작했다.

* * *

"네. 강변리사님. 어디세요?"

선우혜민이 통통 튀는 목소리로 전화를 받았다.

"어디긴 사무실 바로 밑이지. 얼른 내려와. 설마 따로 가려는 건 아니겠지?"

강민호는 들뜬 표정으로 전화를 받았다.

“지금 바로 내려갈게요. 화장은 다시 안 해도 되겠죠? 혹시 텔레비전에 나올지도 모르잖아요.”

“화장은 무슨, 아무것도 안 해도 예쁘니까 내 말 믿고 그냥 내려와.”

강민호는 엘리베이터 앞에서 다시 한 번 거울을 보고 웃는 표정을 지어 보였다. 그동안 이리저리 뛰어다닌다고 몸무게가 5킬로그램이나 빠졌다.

엘리베이터 문이 열리자 분홍빛 블라우스를 입은 선우혜민이 걸어 나왔다.

“오, 이게 누구야? 내가 알고 있는 선변 맞아?”

강민호는 선우혜민의 팔을 살짝 꼬집었다.

“어머, 변리사님. 왜 그러세요. 부끄럽게.”

선우혜민의 볼이 발그레 달아올랐다. 선우혜민도 3킬로그램이나 몸무게가 줄었는데 주변에서 난리가 났다. 좋은 의미에서 난리기 났다는 뜻이다.

둘은 30분 뒤 강남경찰서에 도착했다. 출입구에서부터 꽃다발을 받았고 사방에서 기자들의 플래시가 터졌다. 20분 뒤에는 특허 사무소 직원들이 업무를 포기하고 강남경찰서로 몰려왔다. 손에 모두 캘리그래피로 그린 손 피켓을 들고 강민호와 선우혜민을 연호했다. 둘은 손사래를 쳤지만 기분은 좋아 보였다.

　명예 경찰 수여식은 간단하게 끝이 났다. 경찰서장은 강남에 이렇게 훌륭한 사람이 있는 줄 미처 몰랐다고 두 사람을 추켜세웠다. 강민호는 송호성의 범인을 잡았지만 증거가 부족해 사법 처리를 하지 못하는 것이 마음 아프다고 답사를 해 분위기를 숙연하게 만들었다. 서장은 친구가 하늘 위에서 이 장면을 보고 함께 축하해 줄 것이라고, 다른 사건에서 정의를 구현해 그 빚을 갚으면 될 것이라고 답사에 대한 답사를 했다.

　"이제 저희도 진짜 경찰이 된 건가요?"

　선우혜민이 깜짝 질문을 했다.

　"진짜 경찰은 아니지만 말 그대로 명예 경찰의 권한은 부여됩니다. 저희와 함께 다니면 수사권을 발동할 수 있습니다. 앞으로 많은 지도 편달을 부탁드립니다."

　김태근은 진심으로 고개를 숙이며 감사를 표했다. 명예 경찰 수여식을 마치고 특허법인 강과 나무 특허사무소 직원들은 연합으로 회식 자리를 가졌다. 강민호와 선우혜민은 그동안 사무실을 지키며 수고한 전 직원에게 금일봉을 전달했다. 사실 고마운 마음이 너무 큰데 다르게 표현할 방법이 없어 봉투로 대신하니 거절하지 말고 받아 달라고 했다.

　분위기는 다시 어떻게 저 조그만 깔때기로 장약을 이동시켜 정확한 위치에서 폭발이 일어나게 할 수 있었는지 묻고,

추측하고, 떠벌리고, 웃느라 소란스러워졌다. 선우혜민이 파이프만 있으면 언제든지 원하는 위치에 장약을 보내 폭발이 일어날 수 있도록 제어가 가능하다고 하자 누군가 그럼 김정은도 잡을 수 있겠다며 농담을 던졌다.

"우우."

"설마."

"에이."

같은 야유가 사방에서 터져 나왔다.

선우혜민은 에이스테크의 김은효와 함께 몇 번이나 국방부로 가서 특허 기술을 시연했다. 작은 깔때기가 더욱 정교해졌고 하프늄을 구하기 위해 가장 많은 매장량을 자랑하는 미국으로 몇 번이나 출장을 다녀왔다.

북한의 핵 위협을 제어하기 위해 미국과 한국은 꾸준히 김정은과 대화를 시도했으나 김정은의 변덕은 기상청 일기 예보만큼이니 심했디. 어느 날 선우혜민과 긴은효는 이상한 설계도를 들고 판문점에 갔다 왔으며, 몇 달 동안 수능 시험 출제자처럼 사무실에 나타나지 않았다.

몇 달 뒤 놀라운 뉴스가 하나 발표되었다. 북한의 김정은이 느닷없이 북조선의 비핵화를 선언한 것이다. 주변인의 말에 의하면 김정은이 알 수 없는 위협을 느끼고 있으며 뭔가에 깜짝 깜짝 놀란다고 했다. 세수를 하다가 물이 빠져나가는 세면기 파이프에서 이상한 것이 튀어나와 경악했다는 불확실한 소문이 돌아다녔다. 물론 그 뉴스가 나오기 얼마 전에 선우혜민은 아무일도 없었다는 듯이 사무실에 다시 나타났다. 그리고 뉴스를 보고는 알 수 없는 미소를 지었다. 그러더니 어디론가 전화를 걸었다.

"강 변리사님. 오늘 저녁이나 근사하게 사주세요. 오늘은 왠지 샤브샤브가 땡겨요. 변리사님은 저를 피하지 않으실 거죠? 사람들이 저를 폭발녀라 부르며 다들 피해 다녀서 힘들어요. 너무 외롭다고요!"

약속 장소로 간 선우혜민은 강민호가 아니라 문기화가 앉아 있는 걸 보고 깜짝 놀랐다.

"아니, 문변이 어쩐 일로. 저 만나러 온 건 아니죠?"

깜짝 놀라기는 문기화도 마찬가지였다.

"음. 아마 그럴 수도 있겠는데요. 강 변리사님이 오늘 소개팅이 하나 있는데 바쁘다고 저보고 나가라고 해서 대타로 나왔어요. 혹시 아는 사람이 나올 수도 있다고 하던데, 그게 선변이었군요."

"소개팅요? 그 말을 믿었단 말이에요? 강 변리사님은 결혼도 하신 분인데. 에구, 남자들이란."

"하하, 그러게요. 근데 누가 나올까 정말 쫄면서 앉아 있었는데. 이제 살 것 같네요."

문기화가 가슴을 쓸어내리는 시늉을 하며 말했다.

"그러고 보니 제가 그 동안 기화 씨에게 신세를 많이 졌는데 제대로 고맙다는 인사도 못 했네요. 일단 커피는 제가 쏘겠습니다. 주문하시죠."

선우혜민이 살짝 눈웃음을 지으며 메뉴판을 내밀었다. 문기화는 얼떨결에 메뉴판을 받아 들었다. 두 사람의 손끝이 살짝 스쳤다. 문기화는 전기에 감전된 듯 깜짝 놀라 손을 빼다 테이블에 놓인 유리잔을 메뉴판으로 치고 말았다. 잔은 와장창 소리를 내며 바닥으로 떨어졌다. 테이블 위로 흥건하게 쏟아진 물이 선우혜민 쪽으로 흘러내렸다. 선우혜민은 깜짝 놀라 일어섰고 문기화도 깜짝 놀라 일어섰다. 요란한 소리에 종업원도 깜짝 놀라 달려왔다. 치우고 닦고 마음을 가라앉히고 주문을 했다. 선우혜민은 요즘 새롭게 꽂힌 차가 있다며 빨간색 음료를 시켰다.

"새콤한 맛, 달달한 맛, 시원한 맛이 섞여 있어요. 저두 이름을 다 못 외워요. 메뉴판 봐야 시킬 수 있거든요. 요기, 패션 탱고 티 레모네이드 피지오라는 거예요. 한번 맛보실래요?"

선우혜민이 마시던 빨대를 내밀었다. 문기화는 또 얼떨결에 음료를 받아 들었다. 이건 뭐 간접 키스를 하자는 말인가? 하고 생각할 틈도 없이 담배를 빨아당기듯 한 모금 깊게 빨아당겼다. 갑자기 눈이 밝아지고 새로운 세상이 열렸다. 원인 모를 스트레스가 우주선을 타고 지구 밖으로 떠나가는 게 느껴졌다. 이건 도대체 뭐람. 마약은 아니겠지. 문기화는 눈을 반짝거리며 잔을 돌려줬다.

"아, 이거 바로 내가 찾던 그 음룐데요."

"호호. 그럴 거라 짐작했어요. 사실 이건 송호성 변리사님이 좋아하던 음료예요. 그걸 제가 제대로 전수받았죠. 저한테도 그랬어요. 딱 한 모금만 마셔 보면 옆에 끼고 마시게 될 거라고요. 그리고 진짜 그렇게 됐어요. 이젠 기화 씨에게 제가 전수해 주는 거예요."

문기화는 선우혜민이 갑자기 문변이라는 호칭에서 기화 씨라고 바꿔 부르는 게 어색했다. 이건 데이튼가? 하긴 소개팅으로 나왔으니 문변보다는 기화 씨가 낫긴 하겠다.

"그럼 혜민 씨. 궁금한 게 하나 있어요."

문기화도 선변 대신 혜민 씨라고 불렀다. 기분이 묘했지만 특허 일을 하는 동료를 대하는 게 아니라 진짜 소개팅을 하는 기분이 들었다.

"뭔데요? 경찰도 아니면서 호구 조사 같은 건 말고요."

"앗. 제가 명예 경찰 앞에서 주름 잡을 뻔했네요. 그런 조사 아니에요. 사실 말이죠. 그날, 그러니까 파주에 아버님 뵈러 간 날 있잖아요. 그날 무슨 일이 있었던 거예요? 다음 날

아침에 요양원에 없었잖아요. 정말 혜민 씨에게 무슨 큰일이라도 일어난 줄 알았어요."

"아, 그날요. 그날……."

선우혜민의 눈이 촉촉해졌다. 거의 다 마셔 비어 버린 잔을 손끝으로 빙빙 돌리던 그녀가 입을 열었다.

"제 아버지가 치매 때문에 요양원에 가 계신 건 알고 계시죠. 근데 정말 기적적으로 그날 잠시 기억이 돌아왔어요. 저를 보더니 쪽지를 하나 주셨거든요. 그 쪽지에는 송호성 변리사의 개인 메일 아이디와 비밀번호가 적혀 있었어요."

"아니 그걸 어떻게 아버님이 가지고 계셨던 거죠?"

"저도 그게 이상했죠. 혹시나 하고 그날 노트북을 열고 메일을 접속해 봤어요. 그건 비밀 메일 주소였어요. 이 세상 아무도 모르는, 저희 아버지와 송 변리사님만 주고받은."

"아니 그럼 송 변리사님과 혜민 씨 아버님이 서로 아는 사이였다는 건가요?"

선우혜민이 고개를 끄덕거렸다.

"메일 맨 뒤쪽으로 가 아버지와 송 변리사님이 처음으로 메일을 주고받기 시작한 때부터 읽기 시작했어요. 놀랍게도 메일은 송 변리사님이 변리사가 되기 전 학교 앞 독서실에서 변시 공부할 때부터 시작되었어요. 아버지는 그때 학교 앞에서 어묵을 파는 포장마차로 생계를 유지하고 있었죠. 제가 아주 어렸을 때일 거예요. 저는 아버지가 포장마차를 했다는 말만 들었지 직접 본 적이 없어요. 그 당시 송 변리사님은 경제적으로도 가난했고 용돈도 없이 아주 힘들게 생활했나 봐요. 고시촌 같은 곳에도 갈 수 없어 학교 앞에 있는 독서실에서, 제대로 된 침대도 없는 곳에서 공부를 했다고 해요."

"그래서 밤이 되면 배가 고파 아버지 포장마차 앞을 어슬렁거렸고 아버지는 그 낌새를 알아채고 남은 어묵을 그냥 주기도 하고, 반찬을 만들어 주기도 하면서 조금씩 도와주기 시작했대요. 그리고 나중에는 아예 밤 10시 넘으면 언제든지 공짜로 먹으러 오라고 했는데 송 변리사님은 진짜 밤 10시가 넘으면 쏜살같이 내려가 허겁지겁 어묵을 먹었다고 해요. 그러던 어느 날 학교 앞에서 질 나쁜 학생들끼리 싸움이 붙었는데 정의감에 불탄 송 변리사님이 그걸 말리다 심하게 다쳤나 봐요. 병원에 입원할 정도로요. 그걸 발견한 저희 아버지가 병원에 데려다주고 입원도 시키고 했는데, 낮 시간 동안 거의 혼자 간호를 했다고 해요."

"그때 강민호 변리사도 같은 학교 친구였는데 낮 시간은 학교 수업이 있어 못 오고 밤에만 찾아왔다고 하더라고요. 송 변리사님은 부모님 걱정하신다고 시골집에는 연락도 못 했대요. 그래서 저희 아버지가 거의 한 달간을 병간호를 했던 거죠. 그런데 제가 지금도 기억나는 건 그때 아버지가 돈을 많이 못 벌어 와 어머니랑 싸운 적이 있었거든요. 어머니가 돈 다 어떻게 했냐고 화를 내자 밤에 깡패를 만나 다 털렸다고 그랬다고 해요. 아버지는 나중에 송 변리사님 병원비까지 다 내주었고요. 그래서 그 뒤로 송 변리사님은 저희 아버지를 친아버지 이상으로 깍듯하게 모셨나 봐요. 그래서 송 변리사님이 변시 합격하고 나서부터는 저를 챙기기 시작했대요. 제 대학 학비 모두랑, 자취방 월세랑 식비까지 챙겨 줬다고 하네요."

"송 변리사님은 아마 저를 초등학생 때부터 봐왔나 봐요. 저는 어렸을 때라 누가 누군지도 모르고 인사만 하고 놀러다니기 바빴거든요. 그러고 보니 가난한 대학생 오빠라고 인사를 했던 것도 같고 잘 모르겠어요. 아마 송 변리사님이 아버지한테 저를 변리사 공부를 시키라고 부추겼던 것 같아요. 안 그러면 특허의 특자도 모르는 아빠가 어떻게 저한테 그런 시험이 있다고 언질을 줄 수 있었겠어요. 그러다 제가 정말 시험에 합격하니까, 5년간의 자기 규칙을 깨고 저를 수습 변리사로 받아들인 거예요. 마지막 편지 보니까 그렇게 적었더라고요. 아버님 걱정하지 마세요. 따님은 제가 꼭 지켜 드리겠습니다. 근데 아버지보다도 더 빨리 세상과 이별하고 말았어요."

"아, 그런 일이 있었군요. 정말 놀랐겠어요."

"그날 정말 밤을 하얗게 새웠어요. 그런데 맨 마지막 메일이 이상했어요. 'S.H에게 S.H.S가'라는 제목이 붙어 있었거든요. S.H.S는 송호성의 약자였어요. 한글로는 산호새라고 쓰기도 하더라고요. 산에는, 호랑이도 살고, 새도 산다네. 뭐이런 말도 안 되는 삼행시를 지어놓기도 했던데, 가만히 생각해 보니, S.H.에게 보낸 메일은 아버지가 치매에 걸려 편지를 읽을 수 없던, 사실은 송 변리사님이 돌아가시기 한 달전에 보낸 거더라고요. 아버지는 물론 안 읽어 봤기 때문에 열람 표시가 안 되어 있었죠. 가만히 생각해 보니까 제가 선우혜민이잖아요. S.H. 머리글자가 맞아떨어져 혹시 나한테 보낸 건 아닐까 생각하고 조심스레 열어 봤어요."

"그랬더니 혜민 씨에게 보낸 편지가 맞았어요?"

문기화가 침을 꿀꺽 삼키며 물었다. 선우혜민이 고개를 끄덕이며 말했다.

"변리사님은 자기가 곧 죽을지도 모른다며 미래를 예측하고 있었어요. 저는 그때 이스라엘과 미국 기업의 특허 소송에 변리사님이 깊숙이 관여하고 있는지 몰랐거든요. 그리고 에이스테크의 모든 기술이 이 노트북에 담겨 있으니, 누가 노트북을 찾는 낌새가 보이면 꼭 데이터를 다른 곳에 옮겨 놓으라고 당부를 했어요. 저는 깜짝 놀라 커튼을 들쳐 봤죠. 무서웠어요. 이미 송 변리사님은 이 세상 사람이 아니었으니까요. 하늘은 어느새 밝아 오고 있었어요. 강 변리사님이 노트북을 가져오라고 했는데, 그 메일에는 무조건 강 변리사님 말을 들으라고도 되어 있었어요. 정말 헷갈렸어요. 그래서 누군가 강 변리사님도 협박하고 있는 게 아닌가 하는 생각이 들었죠. 그래서 그 새벽에 파주 온 시내를 돌아다니며 PC방을 찾았어요. 그래서 늦은 거였어요. 휴대폰은 메일을 읽느라 충전을 못 해서 방전이 되어 버린 상태였거든요."

선우혜민의 눈에서 눈물이 한 방울 또르르 굴러 떨어졌다. 문기화는 조용히 일어나 선우혜민 옆자리로 가 살며시 어깨를 당겼다. 선우혜민은 힘없이 그의 어깨에 머리를 기댔다.

"너무 힘들었어요. 이젠 다 끝난 거겠죠?"

문기화는 대답 대신 고개를 끄덕였다. 그리고 어깨를 감싸 쥔 손에 힘을 주었다. 그녀의 머리에서 상큼한 레모네이드 향이 올라왔다.

"이제 일어나요. 모든 게 다 끝났어요."

문기화는 선우혜민을 일으켰다. 선우혜민이 갑자기 벌떡 일어나더니 문기화의 팔짱을 꼈다.

"이제 제가 기화 씨 호구 조사할 차례예요. 저는 경찰이니까 당연히 호구 조사를 할 수 있는 거죠. 호구 조사는 식당에서 하는 게 어때요? 말을 많이 했더니 배가 고프네요."

"이거 소개팅 진도가 너무 빠른 거 아닌가요? 식당은 제가

고를게요. 기가 막힌 추어탕 집을 알고 있어요. 신논현역 부근이라 좀 걸어가야 하는데, 거긴 줄 서서 기다려야 먹을 수 있는 곳이에요."

"이 여름에 추어탕을 먹자고요?"

"다 쓰러져 가는 건물이고 좁디좁은 골목 안에 있어요. 하지만 맛은 보장하죠. 이열치열 몰라요? 여름에는 당근 추어탕이라니까요."

"아, 골목은 무서운데. 근데 기화 씨 추천 맛집이니까 무조건 따라갈게요."

선우혜민은 무서운 듯 몸서리를 치며 문기화의 팔목을 더욱 세게 붙잡았다.

"여름인데 너무 붙어 가는 거 아니에요?"

"이열치열 몰라요? 저는 지금 몸도 마음도 너무 춥단 말이에요."

"하하, 그럼 정말 추어탕이 딱이네요. 얼른 갑시다."

할머니 세 분이 좁은 골목을 물로 씻어 내고 있었다. 뭔가 불길한 기운을 감지한 문기화가 떨리는 목소리로 물었다.

"어? 여긴데? 오늘 장사 안 하나요?"

고개도 들지 않고 할머니가 씩씩하게 말했다.

"오늘 준비한 300그릇 다 팔았어. 내일 와 총각. 아가씨도 꼭 데리고. 둘이 잘 어울리네."

안 보고도 어떻게 아는지 모르겠다. 내일은 아침부터 와야겠다. 문기화는 내일이 있어서 참 다행이라는 생각을 했다.

"내일 다시 와요."

선우혜민이 뒤를 돌아 걷기 시작했다.

길어진 햇살도 문을 닫고 있었다.

하루가 참 길었다.

어느새 겨울이 지나고 봄이 왔다.

창작은 가재를 닮았다. 수족관에서 가재를 키운 적이 있다. 새끼 가재는 밤새 허물을 벗고 껑충 자란다. 집게발이 하룻밤 사이에 거짓말처럼 두 배로 커진다. 가재의 성장이 재미있는 점은 그 허물이, 조금 전까지 자신의 뼈와 살을 덮고 있던 그 갑피가 허망한 껍데기가 되어 고스란히 남아 있다는 것이다. 녀석은 과거를 버리고 전혀 다른 녀석으로 다시 태어난다.

이 책도 그랬다. 시작은 작고 보잘것없는 새끼 가재와 같았다. 봄에 시작한 글쓰기는 영원히 끝나지 않을 것만 같았다. 새끼 가재는 몇 번 허물을 벗었지만 여전히 새끼 가재인 것만 같았다. 크게 그렸던 그림은 자꾸만 축소되었고, 아쉽지만 무대는 막을 내려야만 했다.

문학을 꿈꾸며 자랐지만 특허로 30년 동안 밥을 먹게 되어 정체성의 혼란이 이어졌다. '나는 누구인가' 하는, 청소년기에 거친다는 자아에 관한 질문은, 거기에 존재의 목적이 있는 것인 양 달려드는 파리처럼 끈질기게 나에게 매달렸다.

놀랍게도 그 질문은, '특허 추리'라는 생소한 이름으로 내게 빛이 되어 다가왔다. 시인, 동화 작가라는 이름에서 추리 작가라는 새로운 이름을 얻었다. 가재가 허물을 한 번 더 벗은 것이다.

많은 분들이 추운 겨울에도 따스한 봄 햇살처럼 온기를 나눠 주어 감사했다. 이름과 캐릭터를 흔쾌히 빌려주어 소설을 더 빛나게 해 준 가람특허의 식구들 강정민, 천호성, 정혜민, 장동환, 문종화, 고영갑. 그리고 백일독서클럽 회원들과 길동인 작가들, 기도로 응원해 준 조태수 목사님과 북적북적 회원들. 소리 없이 응원해 준 수많은 분들에게 감사의 인사를. 밤늦게 책상 앞에 앉아 있어도 끝까지 기다려 주고 응원해 준 애인 같은 아내 정란과 두 딸 원지, 원은이에게 사랑의 인사를, 그리고 이렇게 좋은 달란트를 주신 하나님께 무한 감사함을.

　부족한 글을 잘 다듬어 주고 좋은 책으로 만들어 준 몽실
북스 에바대장과 편집팀 식구들에게도 고마운 마음이 두레박
넘치는 물처럼 출렁거린다.
　글을 쓴다는 것은 즐거운 일이고,
　응원을 받으며 글을 쓴다는 것은 행복한 일이고,
　신과 함께 글을 쓴다는 것은 참으로 감사한 일이다.

　시작할 땐,
　아무도 끝을 알 수 없다.

봄부신 날에,
이태훈 쓰다.

이 소설은 몽실북클럽 연재를 통해 탄생한 책입니다.

산호새의 비밀 천재변리사의 죽음

2018년 5월 1일 초판 1쇄 발행

지은이 · 이태훈

발행인 · 주연지
편집인 · 석창진

편집 · 정지영
디자인 · 김서영
마케팅 · 오세영
독자교정 · 문희정 박애진 송이령 채성미
스탭교정 · 박찬미 오세영 유성기 이미영 이수경 전옥경 최동완
북트레일러 · 사이클론

펴낸곳 · 몽실북스
출판신고 · 2015년 5월 20일 (제2015 - 000025호)
주소 · 서울 관악구 난향7길52
전화 · 02-592-8969 / 팩스 · 02-6008-8970
카페 · http://cafe.naver.com/mongsilbook
전자우편 · mongsilbooks_kr@naver.com

ISBN 979-11-957048-9-7 (03810)

● 이 도서의 국립중앙도서관 출판예정도서목록(CIP)은 서지정보유통지원시스템 홈페이지(http://seoji.nl.go.kr)와 국가자료공동목록시스템(http://www.nl.go.kr/kolisnet)에서 이용하실 수 있습니다.(CIP제어번호: CIP2018011073)

● 잘못된 책은 구입하신 서점에서 바꿔드립니다. ● 책값은 뒤표지에 있습니다.